LE DERNIER GARDIEN

EOIN COLFER

LE DERNIER GARDIEN
ARTEMIS FOWL / 8

Traduit de l'anglais
par Jean-François Ménard

GALLIMARD JEUNESSE

Artemis Fowl

1. Artemis Fowl
2. Mission polaire
3. Code éternité
4. Opération Opale
5. Colonie perdue
6. Le paradoxe du temps
7. Le complexe d'Atlantis
8. Le dernier gardien

Le dossier Artemis Fowl

Artemis Fowl — la bande dessinée

Illustration de couverture : © Bob Lea

Titre original : *Artemis Fowl and the Last Guardian*
Édition originale publiée par Puffin Books Ltd, The Penguin Group, 2012
© Eoin Colfer, Artemis Fowl Ltd, 2012, pour le texte
© Éditions Gallimard Jeunesse, 2012, pour la traduction française

Pour tous les fans de Fowl qui ont voyagé avec moi dans le monde souterrain. Merci.

PROLOGUE

ÉRIÚ, AUJOURD'HUI

Les Berserkers, les Guerriers Indomptables, reposaient en spirale sous la pierre de rune, en une longue courbe qui s'enfonçait dans la terre – les bottes vers l'extérieur, la tête vers l'intérieur, comme l'exigeait le sortilège. Bien sûr, après avoir été enterrés pendant dix mille ans, ils n'avaient plus physiquement ni bottes, ni têtes. Il ne subsistait plus que le plasma de magie noire qui maintenait leur conscience intacte et commençait lui-même à se dissiper, infectant le sol, faisant apparaître à la surface d'étranges sortes de plantes, imprégnant les animaux d'une agressivité inhabituelle. Il y aurait peut-être encore une douzaine de pleines lunes avant que les Berserkers disparaissent entièrement et que leur dernière étincelle de puissance s'échappe dans les profondeurs de la terre.

« Nous n'avons pas tous disparu, pensa Oro, guerrier de Danu, capitaine des Berserkers. Nous serons prêts à saisir notre moment de gloire lorsqu'il viendra et nous répandrons alors le chaos parmi les humains. »

Il transmit cette pensée le long de la spirale et éprouva une grande fierté en percevant l'écho de ce sentiment que lui renvoyaient ses guerriers féeriques.

«Leur résolution est aussi tranchante que l'étaient jadis leurs épées, pensa-t-il. Bien que nous soyons morts et enterrés, la flamme d'une sanglante volonté brille dans nos âmes avec le même éclat.»

C'était la haine du genre humain qui maintenait cette flamme vivante – et aussi la magie noire du sorcier Bruin Fadda. Plus de la moitié des guerriers avaient déjà expiré, leurs âmes entraînées dans l'au-delà, mais il en restait encore une centaine prêts à accomplir leur devoir si on les y appelait.

Avant que ne s'écoulent tous ces siècles, l'elfe sorcier leur avait dit, alors même que les pelletées d'argile tombaient sur leurs chairs : «Souvenez-vous des ordres que vous avez reçus. Souvenez-vous de ceux qui sont morts et des humains qui les ont tués.»

Oro se souvenait et il se souviendrait toujours. De même qu'il n'oublierait jamais le crissement des pierres et de la terre qu'il sentait s'abattre sur sa peau mourante.

«Nous nous souviendrons, lança-t-il le long de la spirale. Nous nous souviendrons et nous reviendrons.»

Sa pensée se répandit dans la terre puis son écho remonta vers lui, répercuté par les guerriers morts qui avaient hâte d'être libérés de leur tombe et de voir à nouveau le soleil.

CHAPITRE I

UNE SITUATION COMPLEXE

EXTRAITS DES NOTES DU DOCTEUR JERBAL ARGON, DE LA CONFRÉRIE DES PSYS

1) Artemis Fowl qui, à une certaine époque, s'auto-proclamait « le plus jeune cerveau du crime » préfère désormais se faire appeler « génie juvénile ». Apparemment, il a changé. (Note pour moi-même : « ha, ha. »)

2) Au cours des six derniers mois, Artemis a suivi des séances de thérapie hebdomadaires dans ma clinique de Haven-Ville afin d'essayer de guérir un cas grave de complexe d'Atlantis, un désordre psychologique consécutif à son intrusion dans la magie des fées. (Bien fait pour lui, stupide Bonhomme de Boue.)

3) Ne pas oublier de présenter aux FAR ma note d'honoraires astronomique.

4) Artemis paraît guéri, et en un temps record par-dessus le marché. Est-ce vraisemblable ? Est-ce même possible ?

⟨⟩ symboles gnomiques ⟨⟩

5) Parlé de ma théorie de la relativité avec Artemis. Pourrait donner lieu à un très intéressant chapitre de mon livre virtuel, *Flouer Fowl : en savoir plus qu'un je-sais-tout.* (Les éditeurs adorent le titre : *Gling, glong, le tiroir-caisse !*)

6) Commander d'autres médicaments antidouleur pour ma hanche démolie.

7) Établir un certificat de santé mentale pour Artemis. Dernière séance aujourd'hui.

CABINET DU DOCTEUR ARGON, HAVEN-VILLE, MONDE SOUTERRAIN

Artemis Fowl s'impatientait. Le docteur Argon était en retard. Cette dernière séance était aussi inutile que la demi-douzaine d'autres qui l'avaient précédée. Enfin, quoi, il était complètement guéri et il l'était déjà depuis la dix-huitième semaine. Son prodigieux intellect avait accéléré le processus et il ne voyait pas pourquoi il devrait continuer à se tourner les pouces simplement pour se soumettre au bon vouloir d'un gnome psychiatre.

D'abord, Artemis fit les cent pas dans le cabinet, refusant de se laisser calmer par les lumières d'ambiance qui scintillaient doucement dans le mur d'eau, puis il alla s'asseoir pendant une minute dans la cabine à oxygène qui le calma un peu trop à son goût.

«Une cabine à oxygène, non mais vraiment !» pensa-

⠀

t-il en s'échappant très vite de la petite pièce aux parois de verre.

Enfin, la porte émit un sifflement et coulissa sur ses glissières, laissant entrer dans son propre cabinet le docteur Jerbal Argon. D'une démarche claudicante, le gnome trapu se dirigea droit vers son fauteuil. Il se laissa tomber dans les nombreux coussinets qui épousaient la forme de son corps, actionnant les touches de contrôle intégrées dans le bras du siège jusqu'à ce que la poche de gel placée sous sa hanche droite brille d'une légère lueur.

– Aaaah, soupira-t-il. Ma hanche me tue. Rien ne me soulage, absolument rien. Les gens croient savoir ce qu'est la douleur, mais ils n'en ont aucune idée.

– Vous êtes en retard, fit remarquer Artemis dans un gnomique impeccable, la voix dépourvue de toute compassion.

Argon poussa un nouveau soupir de bonheur tandis que la poche de gel chauffant agissait sur sa hanche.

– Toujours pressé, n'est-ce pas, Bonhomme de Boue ? Pourquoi n'allez-vous pas respirer une bouffée d'oxygène ou vous détendre devant le mur d'eau ? Les moines Hey-Hey ne jurent que par les murs d'eau.

– Je ne suis pas un prêtre félutin, docteur. Ce que font les moines Hey-Hey après leur premier coup de gong du matin n'a aucun intérêt à mes yeux. Pourrait-on s'occuper de mon certificat de guérison ? Ou préférez-vous continuer à gaspiller mon temps ?

Argon parut un peu vexé puis il se pencha en avant et ouvrit sur son bureau un dossier en simili-papier.

– Je me demande comment il se fait que plus vous êtes lucide, plus vous êtes insupportable.

Artemis croisa les jambes. Pour la première fois, le langage de son corps indiquait qu'il était détendu.

– On sent chez vous une telle colère refoulée, docteur. Quelle en est l'origine?

– Tenons-nous-en à votre propre cas, vous voulez bien, Artemis?

Argon prit un paquet de cartes dans son dossier.

– Je vais vous montrer quelques taches d'encre et vous me direz à quoi leur forme vous fait penser.

Le long gémissement que poussa Artemis avait quelque chose de théâtral.

– Des taches d'encre. Allons, voyons. Mon espérance de vie est beaucoup moins longue que la vôtre, docteur, et je préfère ne pas perdre un temps précieux à me soumettre à de pseudo-tests sans aucune valeur. Nous pourrions aussi bien lire dans des feuilles de thé ou essayer de prévoir l'avenir en observant des entrailles de dinde.

– L'interprétation des taches d'encre donne une bonne indication de la santé mentale d'un patient, objecta Argon. Il y a longtemps que cela a été expérimenté.

– Expérimenté par des psychiatres à l'usage d'autres psychiatres, ricana Artemis.

Argon plaqua une carte sur la table.

– Que voyez-vous dans cette tache d'encre?

– Je vois une tache d'encre, répondit Artemis.

– Oui mais, à quoi vous fait-elle penser?

Artemis eut un petit sourire narquois, parfaitement exaspérant.

– Je vois la carte numéro cinq cent trente-quatre.
– Pardon ?
– La carte cinq cent trente-quatre, répéta Artemis. Extraite d'une série de six cents cartes représentant des taches d'encre modèle standard. Je les ai mémorisées au cours de nos séances. Vous ne prenez même pas la peine de les battre.

Argon vérifia le numéro au dos de la carte : 534. Bien sûr.

– Connaître le numéro de la carte ne répond pas à ma question. Que voyez-vous dans cette tache ?

Artemis soupira en faisant trembler ses lèvres.

– Je vois une hache ruisselante de sang. Je vois aussi un enfant apeuré et un elfe revêtu d'une peau de troll.
– Vraiment ?

Argon, à présent, était intéressé.

– Non. Pas vraiment. Je vois une construction qui donne une impression de sécurité, peut-être une maison familiale avec quatre fenêtres. Un fidèle animal, chat ou chien, et une allée qui mène de la porte vers l'horizon. À mon avis, si vous vérifiez dans votre manuel, vous verrez que ces réponses font partie des paramètres indiquant une bonne santé mentale.

Argon n'avait pas besoin de vérifier. Le Bonhomme de Boue avait raison, comme d'habitude. Peut-être parviendrait-il à prendre Artemis par surprise avec sa nouvelle théorie. Elle ne faisait pas partie du programme mais pourrait lui valoir un peu de respect.

– Avez-vous entendu parler de la théorie de la relativité ?

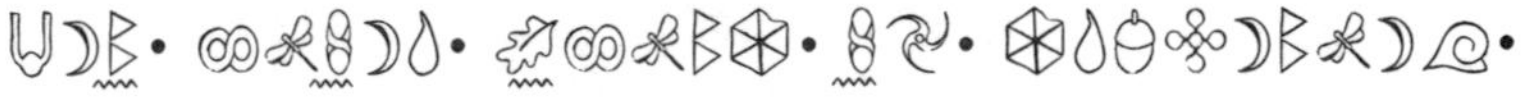

Artemis cligna des yeux.

– C'est une plaisanterie ? J'ai voyagé dans le temps, docteur. Je crois que je connais un petit quelque chose en matière de relativité.

– Non. Pas cette théorie-là. Ma propre théorie de la relativité établit que tous les phénomènes magiques ont des relations entre eux et sont influencés par des sortilèges anciens ou des lieux qui bouillonnent de puissance magique.

Artemis se caressa le menton.

– Intéressant. Mais je pense que votre hypothèse devrait plutôt s'appeler la théorie de la *relation*.

– Peu importe, répondit Argon qui évacua d'un geste de la main la querelle de mots. J'ai mené quelques recherches et il est apparu qu'à diverses périodes, sur une durée de plusieurs millénaires, les Fowl ont causé des ennuis au Peuple des fées. Vos ancêtres, par dizaines, ont essayé de découvrir la cruche d'or, mais vous avez été le seul à y parvenir.

Artemis se redressa. Voilà qui devenait intéressant.

– Et je n'en ai jamais rien su parce que vous avez fait subir à ces ancêtres un effacement de mémoire.

– Exactement, approuva Argon, ravi d'avoir réussi à capter toute l'attention d'Artemis. Quand il était jeune homme, votre propre père a réussi à ficeler un nain qui avait été attiré par le domaine des Fowl. J'imagine qu'il doit encore rêver de ce moment.

– Tant mieux pour lui.

Une pensée vint à l'esprit d'Artemis.

– Pourquoi le nain a-t-il été attiré par le domaine ?

⬚ꝐᘯꞍꝋᗷꝰ · ꙅꝰ · ꙩ ꙙꝋꙮꝰ ◆ · 𐅡 · ꝰꙅꝰꙅꝯꙩ

– Parce que le résidu magique qui émane de cet endroit est exceptionnel. Un jour, quelque chose s'est produit dans le manoir des Fowl. Quelque chose d'une énorme importance d'un point de vue magique.

– Et cette force qui subsiste nous met des idées en tête et pousse les Fowl à croire à la magie, murmura Artemis, presque pour lui-même.

– Exactement. C'est l'histoire de l'œuf et du gobelin. Est-ce qu'on pense d'abord à la magie pour la découvrir ensuite ? Ou bien est-ce la magie elle-même qui vous incite à essayer de la découvrir ?

Artemis prit quelques notes sur son smartphone.

– Cet événement d'une énorme importance magique, vous pouvez m'en dire davantage à ce sujet ?

Argon haussa les épaules.

– Nos archives ne remontent pas si loin. Je dirais que cela a dû se passer au temps où les fées vivaient à la surface de la terre, il y a plus de dix mille ans.

Artemis se leva, dominant de sa taille le petit gnome trapu. Il se sentait redevable envers lui pour son exposé sur la théorie de la *relation* qui méritait qu'on l'examine de plus près.

– Docteur Argon, aviez-vous les pieds en dedans lorsque vous étiez enfant ?

Argon fut si surpris qu'il donna spontanément une réponse vraie à une question personnelle, une réaction très inhabituelle pour un psychiatre.

– Oui. Oui, en effet.

– Avez-vous été obligé de porter des chaussures orthopédiques avec des semelles compensées ?

Argon était intrigué. Il y avait des siècles qu'il n'avait plus pensé à ces horribles chaussures. Il les avait même oubliées jusqu'à cet instant.

– Une seule, au pied droit.

Artemis hocha la tête d'un air entendu et Argon eut l'impression que leurs rôles avaient été inversés. C'était lui le patient, maintenant.

– J'imagine que votre pied a retrouvé sa position normale mais, au cours du processus, votre fémur a été légèrement tordu. Un simple appareil orthopédique devrait résoudre votre problème de hanche.

Artemis tira de sa poche une serviette de table pliée.

– Pendant que vous me faisiez attendre, lors de nos dernières séances, j'ai eu le temps de dessiner un modèle. Foaly devrait pouvoir vous le construire. Il se peut que je me sois trompé de quelques millimètres dans mes estimations, il vaudrait donc mieux que vous preniez vos mesures exactes.

Il posa ses dix doigts à plat sur le bureau.

– Puis-je m'en aller, maintenant ? Ai-je rempli mes obligations ?

Le docteur hocha la tête d'un air sombre en pensant qu'il valait peut-être mieux ne pas consigner cette séance dans son carnet. Il regarda Artemis traverser le cabinet à grands pas et se baisser pour franchir la porte.

Argon examina le dessin tracé sur la serviette et sut d'instinct qu'Artemis avait raison au sujet de sa hanche.

« Ou bien ce garçon est l'être le plus équilibré que

ᛁᚯᚦᛝ·ᛝ·ᚼᚢᚶᚢᚦ·ᚢᚼᚯᛒ·ᚨ·ᚢᛠᛁᚯᚢ·ᚴ ᚠ·ᛁᚢ·

la Terre ait jamais porté, pensa-t-il, ou bien il est tellement perturbé que nos tests n'arrivent même pas à en gratter la surface.»

Argon prit un tampon de caoutchouc sur son bureau et imprima sur le dossier d'Artemis les mots PSYCHIQUEMENT APTE en grosses lettres rouges.

«C'est du moins ce que j'espère, pensa-t-il. Je l'espère vraiment.»

Butler, le garde du corps d'Artemis, attendait son principal devant le cabinet du docteur Argon. Il était assis dans le grand fauteuil que lui avait offert Foaly le centaure, consultant technique des Forces Armées de Régulation.

– Je ne supporte pas de vous voir perché sur un tabouret de fée, lui avait dit Foaly. C'est une agression visuelle. Vous avez l'air d'un singe avec une noix de coco entre les fesses.

– Très bien, avait répondu Butler de sa voix de basse rocailleuse. J'accepte ce cadeau, ne serait-ce que pour épargner votre regard.

En vérité, il avait été enchanté de disposer d'un fauteuil confortable. Il mesurait en effet un mètre quatre-vingt-quinze dans une ville conçue pour des êtres dont la taille moyenne ne dépassait guère les quatre-vingt-dix centimètres.

Le garde du corps se leva et s'étira, les mains à plat contre le plafond qui avait le double de la hauteur normale chez les fées. Dieu merci, Argon avait un certain goût pour le grandiose, sinon, Butler n'aurait même pas pu se tenir debout dans la clinique. À ses yeux, le bâtiment, avec ses plafonds voûtés, ses tapisseries parsemées d'or et ses portes coulissantes en simili-bois style rétro, ressemblait davantage à un monastère où les moines auraient fait vœu de richesse qu'à un établissement médical. Seuls les systèmes à laser fixés aux murs pour la désinfection des mains et les elfes infirmières qui passaient parfois d'un air affairé indiquaient qu'on se trouvait en réalité dans une clinique.

« Je suis vraiment content que cette mission s'achève », avait pensé Butler au moins une fois toutes les cinq minutes pendant les deux dernières semaines. Il s'était souvent trouvé dans des endroits exigus mais se voir confiné dans une ville coincée de l'autre côté de la croûte terrestre avait quelque chose qui lui donnait, pour la première fois de sa vie, un sentiment de claustrophobie.

Artemis émergea du cabinet d'Argon, avec un sourire d'autosatisfaction encore plus prononcé que d'habitude. Lorsque Butler vit l'expression de son visage, il sut que son patron avait retrouvé le contrôle de lui-même et que son complexe d'Atlantis était officiellement guéri.

« Fini de compter les mots. Plus de peur irrationnelle du chiffre quatre. Terminés la paranoïa et les délires. Merci du fond du cœur. »

Pour être vraiment sûr, il demanda :

– Alors, Artemis, comment allons-nous ?

Artemis boutonna la veste de son costume de laine vierge bleu marine.

– Nous allons très bien, Butler. Cela signifie que moi, Artemis Fowl deuxième du nom, je dispose à cent pour cent de mes facultés mentales, ce qui représente cinq fois les facultés d'une personne moyenne. Ou pour dire les choses autrement : un Mozart et demi. Ou trois quarts d'un Léonard de Vinci.

– Seulement trois quarts ? Vous êtes modeste.

– Exact, répondit Artemis avec un sourire. Je le suis.

Sous l'effet du soulagement, les épaules de Butler s'affaissèrent un peu. Un ego démultiplié, une suprême confiance en soi. Artemis était sans nul doute redevenu lui-même.

– Très bien. Allons chercher notre accompagnatrice et partons d'ici, voulez-vous ? J'ai envie de sentir le soleil sur mon visage. Le vrai soleil, pas les lampes à UV qu'ils ont ici.

Artemis ressentit une pointe de compassion pour son garde du corps, une émotion qu'il avait éprouvée de plus en plus souvent au cours des derniers mois. Il était déjà difficile pour Butler de passer inaperçu chez les humains mais, dans cet endroit, il n'aurait guère attiré plus d'attention s'il avait jonglé avec des boules de feu en portant un costume de clown.

– Ne perdons pas de temps, poursuivit Artemis. Où est Holly ?

Butler montra du pouce l'autre bout du couloir.

– Là où elle est d'habitude. Avec le clone.

Le capitaine Holly Short, des FARfadet, Forces Armées de Régulation/Fées Aériennes de Détection,

᥊ᑱᏘᏰ᥎•ᒕ•ᒕᏘᏰᏰᏕᎧᏰ•Ᏸ•ᖬᏘᏰ᥎•ᏕᎧ•ᎮᏘᎧ⊕ᎧᎧ•

contempla le visage de son ennemie jurée et ne put éprouver que de la pitié. Si elle s'était trouvée en présence de la véritable Opale Koboï et non de sa version clonée, la pitié ne serait peut-être pas arrivée dernière dans la liste de ses sentiments, mais elle aurait été sans nul doute largement précédée par la *rage* et une *intense détestation proche de la haine.* Il s'agissait cependant d'un clone, créé à l'avance pour fournir à la félutine mégalomane un double de son corps afin de pouvoir échapper au dispositif de surveillance de la clinique du docteur Argon si les FAR parvenaient un jour à l'incarcérer. Ce qui avait été le cas.

Holly avait pitié du clone car c'était une créature stupide et pathétique qui n'avait jamais demandé à exister. Le clonage était une science interdite pour des raisons religieuses mais aussi par le fait, plus évident, que sans une force vitale ou une âme pour animer leur organisme, les clones étaient condamnés à mener une vie brève, caractérisée par une activité cérébrale négligeable et des défaillances d'organes.

Ce clone en particulier avait vécu la plus grande partie de son existence dans un incubateur, aspirant péniblement chaque bouffée d'air depuis qu'on l'avait retiré de la chrysalide dans laquelle il avait grandi.

– Il n'y en a plus pour très longtemps, petite, murmura Holly en caressant l'ersatz de félutine sur le front, à travers les gants stériles incorporés à la paroi de l'incubateur.

Holly n'aurait su dire avec certitude pour quelle raison elle avait commencé à rendre visite au clone. Peut-être était-ce parce que Argon lui avait dit que personne d'autre ne l'avait jamais fait.

« Elle vient de nulle part. Elle n'a pas d'amis. »

Elle avait au moins deux amis à présent. Artemis avait pris l'habitude de se joindre à Holly lorsqu'elle allait la voir et il s'asseyait à côté d'elle en silence, ce qui était très inhabituel chez lui.

Le clone était officiellement désigné sous le nom d'Expérimentation non autorisée numéro quatorze, mais l'un des fins esprits de la clinique l'avait surnommé Tropale, parce qu'il n'était qu'un trop pâle reflet d'Opale. C'était un jeu de mots cruel mais, cruel ou pas, le nom lui était resté et même Holly l'utilisait, en y mettant toutefois une certaine tendresse.

Argon l'avait assurée qu'Expérimentation non autorisée numéro quatorze n'avait aucune faculté mentale mais Holly aurait juré que, parfois, les yeux laiteux de Tropale réagissaient lorsqu'elle venait la voir. Le clone pouvait-il réellement la reconnaître ?

Holly observa les traits délicats de Tropale et pensa inévitablement à celle qui avait fourni ses gènes.

« Cette félutine est un poison, pensa-t-elle avec amertume. Tout ce qu'elle touche se fane et meurt. »

Artemis entra dans la salle et vint se placer au côté de Holly, posant avec légèreté une main sur son épaule.

– Ils se trompent au sujet de Tropale, dit Holly. Elle ressent des choses. Elle comprend.

Artemis s'agenouilla.

– Je sais. Je lui ai appris quelque chose la semaine dernière. Regardez.

꧁◌ꔘ◌❈· ꔘ꩜· ꔘꔰ· ꧐꩜· Ս◌꩜ꔘՍ◌ꔘꞎ◌❈· ❈·

Il plaça une main sur la paroi de verre et la tapota avec ses doigts, lentement au début, en suivant un rythme bien défini.

– C'est un exercice qui a été mis au point par le docteur Parnassus, de Cuba. Il l'utilise pour provoquer des réactions chez des nourrissons ou même des chimpanzés.

Artemis continua à tapoter la paroi et peu à peu, Tropale réagit, levant péniblement la main à la hauteur de celle d'Artemis, frappant le verre avec maladresse pour essayer de reproduire son rythme.

– Vous voyez, dit Artemis. Un début d'intelligence.

Holly le poussa avec douceur, épaule contre épaule, ce qui était l'équivalent chez elle d'une étreinte amicale.

– Je savais bien que vos capacités intellectuelles finiraient par être utiles.

Les glands accrochés à la combinaison de Holly se mirent à vibrer et Holly toucha du doigt son oreillette wi-tech, acceptant la communication. Un rapide coup d'œil à son ordinateur-bracelet lui indiqua que l'appel venait de Foaly, le consultant technique des FAR, et que le centaure l'avait marqué «urgent».

– Foaly? Qu'y a-t-il? Je suis à la clinique, je fais la baby-sitter pour Artemis.

La voix du centaure, transmise par le réseau sans fil de Haven-Ville, était claire comme le cristal.

– J'ai besoin de vous immédiatement au centre de police. Emmenez le Bonhomme de Boue.

Le centaure avait un ton théâtral mais, de toute façon,

il aurait suffi que son soufflé aux carottes retombe pour que Foaly en fasse un monologue tragique.

– Ce n'est pas comme ça que les choses fonctionnent, Foaly. Les consultants ne donnent pas d'ordres aux capitaines.

– Nous avons une image de Koboï qui nous arrive par satellite, répliqua le consultant technique. Et c'est du direct.

– On arrive, dit Holly qui coupa aussitôt la communication.

Dans le couloir, ils prirent Butler au passage. Artemis, Holly et Butler, trois alliés qui avaient affronté ensemble des batailles, des rébellions et des complots et avaient développé leur propre langage abrégé dans les moments de crise.

Butler vit que Holly avait le visage fermé de la professionnelle en mission.

– Situation ?

Holly avança à grands pas, forçant les deux autres à la suivre.

– Opale, dit-elle.

Les traits de Butler se durcirent.

– Image ?

– Liaison satellite.

– Origine ? demanda le garde du corps.

– Inconnue.

Ils se hâtèrent le long du couloir du fond qui menait dans la cour de la clinique. Butler dépassa le groupe et maintint ouverte l'ancienne porte à gonds avec son vitrail qui représentait un médecin attentionné consolant un patient en pleurs.

– On prend la Barre ? demanda le garde du corps.

Le ton de sa voix laissait entendre qu'il aurait préféré, justement, ne pas prendre *la Barre*.

Holly franchit la porte.

– Désolé, mon grand. La Barre nous attend.

Artemis n'avait jamais beaucoup apprécié les transports en commun, ceux des humains comme ceux des fées. Aussi demanda-t-il :

– Qu'est-ce que la Barre ?

C'était le nom courant d'un réseau de tapis roulants qui suivaient en parallèle les pâtés de maisons de Haven-Ville. Il s'agissait d'un mode de transport ancien et fiable, datant d'une époque moins chicanière, et qui permettait de monter et de descendre en marche, comme les trottoirs roulants de certains aéroports humains. Il y avait des plateformes d'accès dans toute la ville et il suffisait de monter en se tenant à une tige en fibre de carbone fixée au tapis. D'où le nom de Barre.

Bien sûr, Artemis et Butler avaient déjà vu fonctionner la Barre, mais Artemis n'avait jamais eu l'intention d'utiliser un mode de transport aussi peu compatible avec sa dignité et n'avait donc pas cherché à en connaître le nom. Il n'ignorait pas qu'en raison de son manque de coordination bien connu, toute tentative de monter d'un pas léger sur un trottoir roulant se conclurait par une humiliante culbute. Pour Butler, la difficulté n'avait rien à voir avec des questions de coordination. Il savait qu'avec sa corpulence, il aurait

🜁 ⸾⸕➤• ⸐• ⸘⸕• ⸀ ⸜• ⋃⊡ ⸤⸚• ⸸• ⸸⸘⸙⸐⸮⸝• ⸘⸮•

tout simplement le plus grand mal à maintenir ses pieds sur la largeur du tapis.

– Ah oui, dit Artemis. *La Barre*. Je suis sûr qu'un taxi vert irait beaucoup plus vite.

– Nan, répliqua Holly.

Elle entraîna précipitamment Artemis sur la rampe menant à la plateforme, puis elle le poussa au creux des reins juste au bon moment pour qu'il monte inconsciemment sur le tapis, sa main atterrissant d'elle-même sur la poignée renflée de l'une des barres.

– Eh ben ! dit Artemis qui employait peut-être pour la troisième fois de sa vie une exclamation familière. J'ai réussi.

– La prochaine fois, vous serez mûr pour les Jeux olympiques, plaisanta Holly qui était montée sur le tapis derrière lui. Venez vite, le garde du corps, dit-elle à Butler par-dessus son épaule. Votre principal va passer sous un tunnel.

Butler lui lança un regard qui aurait décorné un taureau. Holly était une amie très chère mais ses moqueries étaient parfois pesantes. Butler dut faire des pointes de danseur pour monter sur le tapis. Il serra ses énormes pieds sur l'étroite bande mouvante et plia les genoux pour attraper la minuscule barre. Sa silhouette faisait penser à une énorme ballerine s'efforçant de cueillir une fleur.

Holly en aurait souri si elle n'avait pas eu Opale Koboï en tête.

Partant de la clinique Argon, la Barre transporta ses passagers le long d'une place à l'italienne en direction d'un tunnel bas qui avait été foré au laser dans de la roche solide. Lorsqu'elles aperçurent le trio improbable, des fées qui déjeunaient sur une terrasse se figèrent, leurs fourchettes pleines de salade suspendues au-dessus de leurs assiettes.

Un officier des FAR en uniforme voyageant sur la Barre n'avait rien d'inhabituel, mais voir passer un adolescent dégingandé vêtu comme un ordonnateur de pompes funèbres et un colosse humain de la taille d'un troll, aux cheveux coupés ras, était beaucoup moins courant.

Le tunnel faisait à peine un mètre de hauteur et Butler dut se jeter à plat ventre sur trois sections du tapis roulant, écrasant plusieurs barres au passage. Son nez n'était qu'à un mètre de la paroi du tunnel et il remarqua qu'elle était gravée de magnifiques pictogrammes phosphorescents relatant des épisodes de l'histoire du Peuple.

«Ainsi, les jeunes fées peuvent apprendre quelque chose de leur passé chaque fois qu'elles prennent ce tunnel. Quelle merveilleuse idée», songea Butler.

Il réprima toutefois son admiration car il avait depuis longtemps entraîné son cerveau à se concentrer sur ses devoirs de garde du corps sans gaspiller ses neurones à s'extasier devant ce qu'il voyait sous terre.

«Garde ça pour ta retraite, pensa-t-il. À ce moment-là, tu pourras te souvenir et apprécier rétrospectivement les œuvres d'art.»

L'esplanade qui s'étendait devant le centre de police était située en hauteur et recouverte de pavés minutieusement disposés par des maîtres artisans pour former l'image du gland de chêne ornant l'insigne des membres des FAR. C'était cependant un gaspillage total d'énergie aux yeux du personnel qui n'était pas du genre à regarder par les fenêtres du quatrième étage pour s'émerveiller de la façon dont les rayons du simili-soleil faisaient scintiller l'ensemble de la composition en se reflétant sur les feuilles d'or qui recouvraient chaque pavé.

Ce jour-là, au quatrième étage, il semblait que tout le monde avait glissé de son petit bureau, tels des cailloux sur une surface inclinée, pour se rassembler en un groupe compact, dans la salle des opérations contiguë au bureau/laboratoire de Foaly.

Holly se dirigea d'un pas décidé vers l'endroit où la foule était la moins dense et joua de ses coudes pointus pour se frayer un chemin dans cette multitude étrangement silencieuse. Butler s'éclaircit la gorge une seule fois et la foule s'écarta comme si le géant humain avait émis un champ magnétique qui l'aurait naturellement repoussée. Artemis emprunta ce chemin tout tracé et entra dans la salle des opérations où le commandant Baroud Kelp et Foaly se tenaient côte à côte devant un écran de la taille d'un mur, suivant avec une intense concentration les événements qui se déroulaient.

Foaly entendit les exclamations étouffées qui suivaient Butler partout où il allait à Haven-Ville et jeta un regard autour de lui.

– Que les quatre soient avec vous, murmura le centaure à l'oreille d'Artemis.

⊕⊖♌♭♍·∪♎◊⊖⊛♞⊕⊖⊚♍➤·⊙♌♭♐♍·⊕☙)♋♋·

Au cours des six derniers mois, c'était par cette plaisanterie qu'il avait pris l'habitude de le saluer.

– Je suis guéri, vous le savez très bien, répliqua Artemis. Que se passe-t-il, ici ?

Holly se ménagea un espace à côté de Baroud Kelp qui semblait se métamorphoser, au fur et à mesure que les années passaient, en son ancien chef, le commandant Julius Root. Le commandant Kelp éprouvait une envie tellement débordante de passer à l'action qu'il avait gagné le surnom de Baroud à la fin de ses études et avait essayé un jour d'arrêter un troll pour avoir jeté des déchets par terre. Depuis cet incident, le bout de son nez était recouvert d'une greffe de simili-peau qui brillait d'une lueur jaune quand on la regardait sous un certain angle.

– Une nouvelle coupe de cheveux, patron ? dit Holly. Rouge avait la même.

Rouge était le surnom de Julius Root. Le commandant Kelp ne détacha pas les yeux de l'écran. Holly se moquait de lui parce qu'elle était inquiète et Baroud le savait. D'ailleurs, sa nervosité était tout à fait justifiée. En fait, une pure et simple terreur aurait été mieux appropriée, étant donné la situation qu'on leur transmettait en direct.

– Regardez le spectacle, capitaine, répliqua Kelp, la voix tendue. Il parle de lui-même.

Il y avait trois silhouettes sur l'écran, quelqu'un qui était prisonnier, à genoux, et deux ravisseurs, mais Holly ne repéra pas Opale Koboï tout de suite car elle pensait que la félutine était l'un des deux personnages debout.

ᚠ))ᚱ·ଃ·ଃ·ᛂᚱᚺᚱ·ᚱ@U·ᛂᚱᚠ·□ᚱଃ◌⊗)ଃଃ·

Avec un sursaut, elle comprit enfin qu'Opale était la prisonnière.

– C'est un piège, dit-elle. Forcément.

Le commandant Kelp haussa les épaules. *Regarde et vois.*

Artemis s'approcha de l'écran, scrutant l'image pour essayer d'en tirer des informations.

– Vous êtes sûr que c'est en direct? demanda-t-il.

– La liaison est en direct, répondit Foaly. Mais ils envoient peut-être des images préenregistrées.

– Ça vient d'où?

Foaly vérifia la carte des traceurs sur son propre écran. La liaison venait d'un satellite de fées, descendait en Afrique du Sud puis remontait vers Miami et une centaine d'autres endroits. On aurait dit un gribouillis d'enfant en colère.

– Ils ont piraté un satellite et établi la connexion à travers une série de serveurs relais. Ils pourraient être n'importe où.

– Le soleil est haut, réfléchit Artemis à haute voix. D'après les ombres, je dirais que c'est le début de l'après-midi. Si c'est vraiment du direct.

– Ça réduit le champ de recherche à un quart de la planète, répliqua Foaly d'un ton ironique.

Le brouhaha dans la salle augmenta d'intensité lorsque, sur l'écran, l'un des deux gnomes corpulents qui se tenaient derrière Opale sortit un pistolet automatique de fabrication humaine. L'arme chromée avait l'air d'un canon entre ses doigts de fée.

On aurait dit que la température avait soudain baissé de plusieurs degrés dans la salle des opérations.

– J'ai besoin de calme, dit Artemis. Faites sortir tous ces gens.

En temps normal, Baroud Kelp aurait objecté qu'Artemis n'avait aucune autorité pour exiger l'évacuation de la salle et peut-être même aurait-il fait entrer quelques personnes supplémentaires dans cet espace exigu, simplement pour montrer qui commandait, mais on n'était pas en temps normal.

– Tout le monde dehors, aboya-t-il à l'adresse des officiers rassemblés. Holly, Foaly et le Bonhomme de Boue, vous restez où vous êtes.

– Je pense que moi aussi, je vais rester, dit Butler en protégeant d'une main le haut de son crâne pour éviter d'être brûlé par la lampe du plafond.

Personne ne s'y opposa.

D'habitude, lorsqu'on leur donnait l'ordre de sortir, les agents des FAR traînaient les pieds, dans une attitude de macho récalcitrant, mais cette fois, ils se précipitèrent avidement vers l'écran le plus proche, pour ne pas perdre une seule image des événements qui se déroulaient.

D'un coup de sabot, Foaly ferma la porte derrière eux puis obscurcit la vitre de séparation pour que rien d'extérieur ne vienne les distraire. Formant un demi-cercle approximatif, le centaure et les quatre autres se rassemblèrent devant l'écran pour observer ce qui devait être, apparemment, les dernières minutes de la vie d'Opale Koboï. L'une des Opale Koboï en tout cas.

Il y avait deux gnomes sur l'écran, le visage dissimulé derrière des masques de fête anti-UV programmés pour pouvoir représenter n'importe qui. Ceux-ci avaient pour modèles Pip et Kip, deux chatons de dessin animé très appréciés sur la chaîne de télévision à péage, mais les torses en forme de tonneau et les avant-bras hypertrophiés des silhouettes qui les portaient étaient typiques des gnomes. Ils se tenaient devant un mur gris, sans aucun trait particulier, et dominaient la minuscule félutine, agenouillée dans les traces boueuses laissées par un quelconque véhicule automobile, de l'eau montant le long des jambes de son survêtement de marque. Les mains d'Opale étaient liées, sa bouche bâillonnée avec du ruban adhésif et elle paraissait sincèrement terrifiée.

Le gnome au pistolet parlait à travers un boîtier vocal intégré dans le masque, déguisant sa voix pour imiter celle de Pip le chaton.

– Je ne peux pas être plus clair, couina-t-il.

D'une certaine manière, cette voix de dessin animé le faisait paraître plus menaçant.

– Nous avons une Opale, vous avez l'autre. Vous libérez votre Opale et nous ne tuerons pas celle-ci. Vous aviez vingt minutes, vous n'en avez plus que quinze.

Pip le chaton arma son pistolet.

Butler tapota l'épaule de Holly.

– Est-ce qu'il a dit…

– Oui. Quinze minutes ou Opale meurt.

Butler s'enfonça dans l'oreille un appareil de traduc-

⚔☾♊☽)·✍·♭§·⚙⚘◊☊·⟁☽)·⚑·☾☊♑)♀⚔☊♺·♃)☊·

tion miniature. Ce qui se passait était trop important pour qu'il se fie à ses notions très incertaines de gnomique.

Baroud Kelp était incrédule.

– Qu'est-ce que c'est que ce marché ? Donnez-nous une terroriste ou nous tuons une terroriste ?

– Nous ne pouvons pas laisser assassiner quelqu'un sous nos yeux, dit Holly.

– Certainement pas, approuva Foaly. Nous ne sommes pas humains.

Artemis toussota.

– Désolé, Artemis, dit le centaure. Mais vous, les humains, vous êtes assoiffés de sang. Bien sûr, nous pouvons parfois produire une félutine folle de pouvoir, mais dans l'ensemble, le Peuple est pacifique. Ce qui est sans doute la raison pour laquelle nous vivons sous terre.

Baroud Kelp émit un de ces grondements menaçants dont il avait le secret pour bien montrer qu'il était le chef. Rares étaient ceux qui auraient pu en faire autant, surtout en mesurant à peine plus de quatre-vingt-dix centimètres dans des bottes dont Artemis était sûr qu'elles avaient des talonnettes. Mais le grondement de Baroud fut suffisamment convaincant pour étouffer la dispute.

– Concentrez-vous, dit-il. Il me faut des solutions. À aucun prix nous ne pouvons libérer Opale Koboï, mais nous ne pouvons pas non plus rester les bras ballants à attendre qu'on l'assassine.

L'ordinateur avait identifié Opale et décidé d'af-

𖤍𖤘𖤘◌⏀◌ · ⁊𖤙𐐩◌ · ⁊𖤍𖤓 · ⏀⁊⁊⏀⊗◌⁊⏀⏀◌✦ · ⁘ ·

ficher ses références sur un écran latéral, au cas où quelqu'un aurait eu besoin qu'on lui rafraîchisse la mémoire.

OPALE KOBOÏ : Félutine, génie certifié, industrielle et inventrice. A orchestré le coup de force et l'insurrection des gobelins. A créé un clone d'elle-même pour s'évader de prison et a tenté d'amener les humains à Haven-Ville. Responsable du meurtre du commandant Julius Root. S'est fait implanter une glande pituitaire humaine pour produire des hormones de croissance (retirée par la suite). La version plus jeune d'Opale a quitté le passé pour suivre le capitaine Short et se trouve en liberté dans le temps présent. On suppose qu'elle va essayer de libérer son incarnation actuelle et retourner dans son propre flux temporel. Opale se trouve dans la situation sans précédent d'occuper les deux premières places dans la liste des personnes les plus dangereuses recherchées par les FAR. Considérée comme hautement intelligente, très motivée et psychotique.

«C'est une tentative audacieuse, Opale, songea Artemis. Avec des répercussions potentiellement catastrophiques.»

Il sentit, plus qu'il ne vit, Holly à côté de lui.

– Qu'en pensez-vous, Artemis ?

Artemis fronça les sourcils.

– Ma première impression, c'est qu'il s'agit d'un bluff. Mais les plans d'Opale prennent toujours en compte les premières impressions.

– Ce pourrait être une ruse. Peut-être que ces gnomes vont lui tirer dessus avec des balles à blanc ?

Artemis hocha la tête en signe de dénégation.

– Non, le seul résultat qu'elle obtiendrait, ce serait une réaction d'horreur momentanée de notre part. Opale a conçu son plan pour sortir gagnante de la situation, quelle qu'en soit l'issue. Si vous la libérez, alors elle est libre. Si la jeune Opale meurt, alors… Alors quoi ?

Butler intervint.

– On peut faire toutes sortes d'effets spéciaux, de nos jours. Et s'ils fabriquaient une image assistée par ordinateur montrant sa tête qui explose ?

Artemis fut déçu de l'entendre avancer cette théorie qu'il pensait avoir déjà éliminée.

– Non, Butler, réfléchissez. Là encore, il n'y a rien à gagner.

Foaly s'ébroua.

– En tout cas, s'ils la tuent, nous saurons très bientôt si toute cette histoire est réelle ou pas.

Artemis rit à moitié.

– C'est vrai. Nous le saurons, sans aucun doute.

Butler grogna. C'était un de ces moments où Artemis et Foaly savaient qu'il y avait de la *science dans l'air* et imaginaient que ceux qui se trouvaient avec eux disposaient de tous les éléments pour comprendre. Ces moments-là rendaient Holly folle de rage.

– De quoi vous parlez ? s'écria-t-elle. Qu'est-ce que nous saurons ? Et comment le saurons-nous ?

Artemis baissa les yeux vers elle et la regarda, comme s'il s'éveillait d'un rêve.

– Allons, Holly ? Vous avez dans un flux temporel donné deux versions d'un même individu et vous ne voyez pas les ramifications que cela implique ?

Sur l'écran, les gnomes se tenaient comme des statues derrière la félutine qui tremblait de tout son corps. Pip, celui qui était armé, jetait un coup d'œil de temps en temps à sa montre-bracelet en remontant sa manche avec le canon de son pistolet, mais en dehors de cela, ils attendaient patiemment. D'un regard suppliant, Opale fixait l'objectif, de grosses larmes sur ses joues scintillant sous le soleil. Ses cheveux paraissaient moins touffus qu'à l'ordinaire et n'avaient pas été lavés depuis longtemps. Son survêtement Juicy Couture, acheté sans aucun doute dans le rayon enfant d'un magasin de luxe, était déchiré en plusieurs endroits, les entailles maculées de sang séché. L'image était en très haute définition et si claire qu'on avait l'impression de la voir par une fenêtre. S'il s'agissait d'une menace fictive, il était certain que la jeune Opale ne le savait pas.

Baroud tapa du poing sur la table, un geste étudié, emprunté à Julius Root.
– C'est quoi, les ramifications ? Dites-moi.
– Soyons clairs, répondit Artemis. Voulez-vous savoir ce que le mot « ramification » signifie ? Ou souhaitez-vous connaître la nature de ces ramifications ?
Holly donna un coup de coude dans la hanche d'Artemis pour l'inciter à aller plus vite.
– Artemis, le temps presse.

– Très bien, Holly, voici le problème…

– S'il vous plaît, implora Foaly. Laissez-moi donner les explications. C'est mon domaine et je serai simple et précis, je le promets.

– Allez-y, dans ce cas, dit Baroud qui était connu pour son amour du *simple et précis*.

Holly éclata de rire. Une sorte d'aboiement rauque, unique. Elle n'arrivait pas à croire qu'ils continuent à se comporter comme si de rien n'était alors qu'une vie était en jeu.

«Nous avons perdu notre sensibilité, comme les humains.»

Quoi qu'ait pu faire Opale, elle restait une personne. Il y avait eu des jours sombres où Holly aurait rêvé de traquer la félutine et de lui faire subir un peu de cette justice dont les Hommes de Boue sont coutumiers, mais cette époque était révolue.

Foaly tira sur sa frange au brushing outrageusement soigné.

– Tous les êtres sont formés d'énergie, commença-t-il du ton pompeux de celui *qui a des informations importantes à communiquer*, un ton qu'il utilisait habituellement en de telles circonstances. Lorsque ces êtres meurent, leur énergie se dissipe lentement et revient à la terre.

Il s'interrompit, dans un silence théâtral.

– Mais que se passe-t-il lorsque l'existence d'un être se trouve soudain annulée par une anomalie quantique ?

Baroud leva les bras.

– Hé, ho ! Souvenez-vous, on avait dit simple et précis.

⬚)◔⊕⊗⊖ ⌡·⧣⧣◔◉◊⌁⧢◔◊·⊞)⧣⧣⊞·◔⊖·⧢◊⧣·

Foaly reformula sa phrase.

– D'accord. Si la jeune Opale meurt, la vieille Opale ne peut pas continuer à exister.

Baroud réfléchit une seconde mais il finit par comprendre.

– Alors, ce sera comme dans les films ? Elle va se volatiliser, on aura tous l'air un peu étonné et puis on l'oubliera ?

Foaly ricana.

– Ça, c'est une des théories.

– Et l'autre, c'est quoi ?

Le centaure pâlit brusquement et, d'une manière très inhabituelle, laissa la parole à Artemis.

– Vous voulez bien expliquer cette partie-là ? demanda Foaly. Je viens de me représenter ce qui pourrait réellement se passer et je dois donner quelques coups de téléphone.

Artemis accepta d'un bref signe de tête.

– L'autre théorie, dit-il, a été exposée pour la première fois par l'un de vos savants, le professeur Bahjee, il y a plus de cinq siècles. Bahjee croit que si le flux temporel est pollué par l'arrivée d'une version plus jeune d'un être donné et que cette version plus jeune vient à mourir, alors la version présente de cette personne relâchera spontanément et violemment toute son énergie. Et en plus, tout ce qui existe grâce à la jeune Opale va aussi entrer en combustion.

« Violemment » et « combustion » étaient des mots que le commandant Kelp comprenait bien.

– Relâcher son énergie ? Avec quel degré de violence ?

Artemis haussa les épaules.

– Tout dépend de l'objet ou de l'être. La matière se transforme instantanément en énergie. Une énorme force explosive sera libérée. On peut même parler de fission nucléaire.

Holly sentit son rythme cardiaque s'accélérer.

– De fission ? De fission nucléaire ?

– Fondamentalement, oui, répondit Artemis. Pour les êtres vivants. Les objets devraient causer moins de dégâts.

– Tout ce qu'Opale a fabriqué ou contribué à fabriquer va exploser ?

– Non. Seulement les choses sur lesquelles elle a eu une influence dans les cinq dernières années de notre ligne de temps, entre ses deux âges, mais il y aura sans doute quelques ondulations temporelles aux deux extrémités de cette période.

– Vous voulez parler de toutes les armes sorties de ses usines et qu'on utilise encore ? demanda Holly.

– Et les produits satellites, ajouta Baroud. Un véhicule sur deux dans toute la ville.

– C'est simplement une théorie, rappela Artemis. Il y a encore une autre théorie qui suggère que rien ne se passera en dehors de la mort d'une personne. La physique classique l'emporte sur la physique quantique et les choses continuent normalement.

Sous l'effet d'une fureur soudaine, le visage de Holly devint écarlate.

– Vous parlez comme si Opale était déjà morte.

Artemis ne savait pas très bien comment répondre.

– Nous contemplons les abysses, Holly. Dans très peu de temps, beaucoup d'entre nous vont peut-être mourir. Je dois garder un certain détachement.

Foaly leva les yeux de son tableau de commande.

– À votre avis, Bonhomme de Boue, quels sont les pourcentages?

– Les pourcentages?

– En ce qui concerne la théorie.

– Ah, d'accord. Quelle est la probabilité des explosions?

– Exactement.

Artemis réfléchit.

– Tout bien considéré, je dirais quatre-vingt-dix pour cent. Si j'étais joueur et qu'il se trouve quelqu'un pour accepter ce genre de pari, je miserais ma dernière pièce d'or là-dessus.

Baroud faisait les cent pas dans la petite salle.

– Il faut libérer Opale. Relâchons-la tout de suite.

À présent, Holly était indécise.

– Réfléchissons, Bard'.

Le commandant se tourna vers elle.

– Vous avez entendu ce qu'a dit l'humain? Un processus de fission. On ne peut pas se permettre d'avoir une fission nucléaire sous terre.

– Je suis d'accord mais il pourrait s'agir d'une ruse.

– L'autre hypothèse est trop atroce. Il faut la libérer et se lancer sur ses traces. Appelez tout de suite l'Atlantide. Je dois parler au directeur de la prison des Profondeurs. C'est toujours Vinyaya?

Artemis s'exprima à voix basse mais avec le ton de

commandement qui avait fait de lui un chef naturel depuis l'âge de dix ans.

– Il est trop tard pour libérer Opale. Mais on peut lui sauver la vie. C'était son plan dès le départ.

– Lui sauver la vie ? objecta Baroud. Mais nous avons encore…

Le commandant Kelp vérifia le compte à rebours.

– Dix minutes.

Artemis tapota l'épaule de Holly puis s'écarta d'elle.

– Si la bureaucratie des fées ressemble à celle des humains, vous ne pourrez pas mettre Opale dans une navette à temps. Ce que vous pourrez faire, c'est la descendre dans le cœur du réacteur.

Kelp n'avait pas encore appris par la manière forte à se taire et laisser Artemis donner ses explications. Il ne cessait de poser des questions, ralentissant l'exposé et perdant de précieuses secondes.

– Le cœur du réacteur ? Quel cœur du réacteur ?

Artemis leva un doigt.

– Encore une question, commandant, et je me verrai dans l'obligation de demander à Butler de vous neutraliser.

Kelp était à deux doigts d'expulser Artemis ou de l'inculper de quelque chose, mais la situation était critique et si cet humain pouvait les aider en quoi que ce soit…

Il serra les poings jusqu'à ce que ses articulations craquent.

– D'accord, allez-y.

– Les Profondeurs sont alimentées en énergie par un réacteur nucléaire naturel, situé dans un filon d'uranium qui repose sur une couche granitique, semblable à celui d'Oklo, au Gabon, dit Artemis en fouillant sa mémoire. La compagnie d'électricité du Peuple récupère l'énergie ainsi créée grâce à de petites capsules fixées dans l'uranium. Ces capsules fabriquées par des procédés à la fois scientifiques et magiques peuvent résister à une explosion nucléaire modérée. C'est ce qu'on enseigne dans les écoles, ici. Les fées présentes dans cette salle le savent, si je ne me trompe.

Tout le monde approuva d'un signe de tête. En fait, Artemis ne se trompait pas car, désormais, ils le savaient.

– Si nous pouvons mettre Opale dans une de ces capsules avant l'expiration du délai, le choc sera au moins contenu et, théoriquement, si nous arrivons à injecter suffisamment de mousse anti-radiations, elle conservera même son intégrité physique. Mais cette fois, je ne parierais pas ma dernière pièce d'or. Apparemment, Opale est prête à prendre le risque.

Baroud fut tenté d'enfoncer un doigt dans la poitrine d'Artemis mais il eut la sagesse de se contrôler.

– Vous êtes en train de dire que tout cela est un plan d'évasion très élaboré ?

– Bien sûr, répondit Artemis. Et pas si élaboré que ça. Opale vous oblige à la libérer. Sinon, c'est la destruction totale de l'Atlantide et de tous ses habitants, ce qui est impensable pour qui que ce soit, à part Opale elle-même.

Foaly avait déjà affiché le plan de la prison.

– Le cœur du réacteur se trouve à moins de cent

mètres au-dessous de la cellule d'Opale. Je contacte tout de suite le directeur de la prison.

Holly savait qu'Artemis était un génie et qu'il n'avait pas son pareil pour deviner les intentions d'un ravisseur, mais ils disposaient quand même d'une marge de manœuvre.

Elle observa les silhouettes sur l'écran et fut glacée d'effroi en voyant la désinvolture des gnomes, étant donné ce qu'ils s'apprêtaient à faire. Ils étaient avachis comme des adolescents, regardant à peine leur prisonnière, très sûrs d'eux, et ne se rendant absolument pas compte que leurs masques électroniques exprimaient leurs émotions à la manière caricaturale d'un personnage de dessin animé. Les masques électroniques étaient très appréciés chez les amateurs de karaoké qui pouvaient ainsi imiter les visages de leurs idoles autant que leurs voix.

« Peut-être qu'ils ne comprennent pas très bien les enjeux, pensa soudain Holly. Peut-être qu'ils sont aussi inconscients que je l'étais moi-même il y a dix secondes. »

– Ils peuvent nous entendre ? demanda-t-elle à Foaly.

– Ils peuvent, mais nous ne leur avons pas encore répondu. Il suffit d'appuyer sur le bouton.

Ce n'était qu'une figure de style un peu archaïque. Bien entendu, il n'y avait pas de bouton, simplement un capteur sur l'écran digital.

– Attendez, capitaine ! ordonna Baroud.

– Je suis une négociatrice professionnelle, commandant, répondit Holly en espérant que le respect avec lequel elle lui parlait lui permettrait d'obtenir ce qu'elle voulait. Et un jour, j'ai moi-même été…

Elle jeta un regard coupable à Artemis, regrettant d'avoir à jouer cette carte.

– J'ai moi-même été otage. Je sais donc comment ça se passe. Laissez-moi leur parler.

Artemis hocha la tête en signe d'encouragement et Holly sut qu'il comprenait sa tactique.

– Le capitaine Short a raison, commandant, dit-il. Holly est une communicatrice-née. Elle a même réussi à négocier avec moi.

– Allez-y, aboya Baroud. Foaly, continuez à essayer d'appeler l'Atlantide. Et réunissez le Conseil, il faut commencer à évacuer les deux villes dès maintenant.

Bien qu'il fût impossible de voir leur visage, on devinait l'ennui que ressentaient les deux gnomes à travers l'expression de leurs masques. Il transparaissait dans l'inclinaison de leurs têtes et la façon dont ils pliaient les genoux. Peut-être que tout cela ne leur paraissait pas aussi excitant qu'ils l'auraient espéré. Ils ne pouvaient pas voir leur public et personne n'avait réagi à leurs menaces. Ce qui avait commencé comme une action révolutionnaire se réduisait à présent à l'image de deux gnomes harcelant une félutine.

Pip agita son pistolet en direction de Kip dans un geste dont la signification était très claire. *Pourquoi ne pas la tuer tout de suite ?*

D'un geste de la main, Holly activa le micro.

– Hello, vous là-bas. Capitaine Short des FAR. Vous m'entendez?

Les gnomes redressèrent immédiatement la tête et Pip essaya même de siffler mais le son déformé par le boîtier vocal ressemblait plutôt à un bruit grossier.

– Salut, capitaine Short. On a entendu parler de vous. J'ai vu des photos. Vous n'êtes pas trop mal.

Holly ravala une réplique cinglante. Ne jamais forcer un ravisseur à montrer sa détermination.

– Merci, Pip. C'est comme ça que je dois vous appeler?

– Vous, capitaine Short, vous pouvez m'appeler comme vous voulez, quand vous voulez, répondit Pip d'une petite voix couinante.

Il tendit le bras vers son complice pour échanger un «poing contre poing».

Holly avait du mal à y croire. Ces deux-là s'apprêtaient à dévaster le monde des fées dans son intégralité et ils plaisantaient comme deux gobelins dans une soirée de cracheurs de feu.

– OK, Pip, poursuivit-elle d'un ton égal. Que peut-on faire pour vous, aujourd'hui?

Pip se tourna vers Kip en hochant la tête d'un air consterné.

– Pourquoi est-ce que ce sont les plus jolies qui sont les plus bêtes?

Il regarda l'objectif de la caméra.

– Vous savez très bien ce que vous pouvez faire pour nous. Nous vous l'avons déjà dit. Libérez Opale Koboï

⬚⚇⚘ · ⚔⚄⚖⚆ · ⚝⚄ · ⚘⚆⚘⚘ · ⚆⚇⚖⚖ · ⚆ ⚆

46

ou son double va être plongé dans un profond sommeil. Ce qui signifie qu'on va lui tirer un coup de pistolet dans la tête.

— Il va falloir nous donner un peu de temps pour vous montrer notre bonne foi. Allons, Pip. Une heure de plus. Rien que pour moi ?

Pip se gratta la tête avec le canon de son arme, faisant semblant de réfléchir.

— Vous êtes très mignonne, Holly. Mais pas mignonne à ce point-là. Si je vous donne une heure de plus, vous allez vous débrouiller pour me localiser et m'enfermer dans une suspension temporelle. Non merci, cap'taine. Vous avez dix minutes. Si j'étais vous, je ferais ouvrir cette cellule ou bien j'appellerais une entreprise de pompes funèbres.

— Ce genre de chose demande du temps, Pip, insista Holly, répétant le nom pour établir un lien. Payer une amende pour stationnement interdit prend déjà trois jours.

Pip haussa les épaules.

— Pas mon problème, ma jolie. Et vous pouvez passer la journée à m'appeler Pip, ça ne fera pas de nous les meilleurs amis du monde. Ce n'est pas mon vrai nom.

Artemis désactiva le micro.

— Celui-là est intelligent, Holly. Ne jouez pas avec lui, dites-lui simplement la vérité.

Holly approuva d'un signe de tête et rebrancha le micro.

— D'accord, monsieur sans nom. Laissez-moi vous expliquer les choses clairement. Il y a de bonnes chances pour que, si vous tuez la jeune Opale, nous ayons ici une série de très fortes explosions qui coûteront la vie à de nombreux innocents.

Pip brandit son pistolet dans un geste d'indifférence.

– Ah oui, les lois de la physique quantique. On sait déjà tout ça, pas vrai, Kip ?

– La physique quantique, répéta Kip. Bien sûr qu'on est au courant.

– Et ça vous est égal que d'honnêtes fées, des gnomes qui ont peut-être un lien de parenté avec vous, meurent ?

Pip haussa les sourcils, ce qui les fit apparaître au-dessus de son masque.

– Vous aimez votre famille, Kip ?

– La famille, j'en ai pas. Je suis orphelin.

– Vraiment ? Moi aussi.

Tandis qu'ils bavardaient aimablement, Opale frissonnait dans la boue, essayant de dire quelque chose à travers le ruban adhésif. Foaly analyserait plus tard les marmonnements étouffés qu'elle parvenait à émettre, s'il y avait un plus tard, mais il était inutile d'être un génie pour deviner qu'elle suppliait qu'on la laisse en vie.

– Il y a sûrement quelque chose dont vous avez besoin ? reprit Holly.

– Il y a une chose, en effet, répondit Pip. Vous pouvez me donner votre code de communication ? J'aimerais bien vous inviter à boire un simili-cappuccino quand tout sera terminé. Ça prendra peut-être un peu de temps, bien sûr, si Haven-Ville est en ruine.

⚜⚜⚜⚜ ⚜⚜⚜⚜ ⚜⚜ ⚜⚜⚜ ⚜ ⚜⚜⚜⚜ ⚜⚜

Foaly afficha une zone de texte sur l'écran. On pouvait lire : «Ils sont en train de transférer Opale.»

Holly battit des paupières pour montrer qu'elle comprenait, puis elle poursuivit les négociations.

– Voici la situation, Pip. Nous n'avons plus que neuf minutes. On ne peut pas faire sortir quelqu'un d'Atlantide en neuf minutes. C'est impossible. Il faut mettre une combinaison adaptée, procéder peut-être à une pressurisation, parcourir les conduits qui mènent à la mer. Neuf minutes, ce n'est pas assez.

Les réactions théâtrales de Pip devenaient un peu pénibles à supporter.

– Alors, j'imagine que beaucoup de gens vont devoir nager. La fission nucléaire peut faire un sacré trou dans le dôme de protection.

Holly n'y tint plus.

– Vous vous fichez donc de tout le monde? Quel est le tarif actuel pour un génocide?

Pip et Kip éclatèrent de rire.

– C'est terrible, la sensation d'impuissance, pas vrai? dit Pip. Mais il y a des sensations encore pires. Quand on se noie, par exemple.

– Ou qu'on est écrasé par des bâtiments qui s'écroulent, ajouta Kip.

Holly frappa la console de ses poings minuscules.

«Ces deux-là sont tellement exaspérants.»

Pip s'approcha de la caméra jusqu'à ce que son masque occupe tout l'écran.

– Si, dans les minutes qui viennent, je ne reçois pas un appel d'Opale Koboï pour me dire qu'elle est dans

ႮⱭⱭ∩Ɽ·ⱭႮ∞ⱭⱮ·Ⰴℰ·ℾ Ɓ ⱭⰄℛ·ⱣℰℤℾℬⱯ⊛ ⸱⊛⸱

une navette en route vers la surface, alors je tuerai cette félutine. Vous pouvez me croire.

Foaly posa sa tête sur ses mains.

– Avant, j'aimais beaucoup Pip et Kip, dit-il.

CHAPITRE 2
TUER LE PASSÉ

ATLANTIDE, LES PROFONDEURS

Dans un effort dérisoire, Opale essayait de léviter lorsque des gardiens de la prison vinrent la chercher. C'était quelque chose qu'elle avait su faire quand elle était enfant, avant de choisir la voie du crime, ce qui avait détruit tout pouvoir magique dans ses synapses, ces minuscules liens entre les cellules nerveuses, où, selon la plupart des experts, la magie prend sa source. Ses pouvoirs auraient pu se régénérer si elle ne s'était pas fait brièvement greffer une glande pituitaire sur son hypothalamus. La lévitation était un art compliqué, surtout pour les capacités limitées des félutins, et en général, seuls les moines Hey-Hey du Troisième Balcon parvenaient à le maîtriser. Mais Opale avait réussi cet exercice à l'époque où elle portait encore des couches, le premier signe qui avait révélé à ses parents que leur fille était un peu particulière.

« Difficile d'imaginer que j'aie voulu être un humain, songea-t-elle. C'est une erreur dont je vais finalement rendre quelqu'un responsable. Foaly, le centaure – c'est lui qui m'a poussée à ça. J'espère vraiment qu'il sera tué dans l'explosion. »

Opale eut un petit sourire satisfait. À un certain moment, elle avait rompu la monotonie de sa vie en prison en inventant des pièges mortels de plus en plus élaborés pour se débarrasser du centaure, son ennemi juré, mais à présent, elle allait se contenter de laisser Foaly mourir avec les autres dans l'explosion qui se produirait bientôt. Il est vrai qu'elle avait préparé une petite surprise à son épouse, mais c'était un projet accessoire qui ne lui avait pas pris trop de temps.

« Ça permet de mesurer le chemin parcouru, pensa Opale. J'ai mûri d'une certaine manière. Le voile s'est levé et je vois clairement mon véritable objectif. »

À une certaine époque, Opale n'avait été qu'une fée d'affaires impitoyable qui avait des problèmes à régler avec son père, mais au cours des années consacrées aux expériences interdites, elle avait laissé la magie noire suppurer dans son âme et corrompre son cœur au point qu'il ne lui suffisait plus de connaître la gloire dans sa propre ville. Elle avait besoin d'avoir le monde entier à ses pieds et était prête à tout risquer, à sacrifier n'importe qui, pour voir son désir assouvi.

« Cette fois, ce sera différent car de redoutables guerriers seront soumis à ma volonté. Des soldats venus des temps anciens et prêts à mourir pour moi. »

Opale vida son esprit et envoya une sonde mentale à

8≈·◌≈↺⊖8♵•B•⊞⊃℞·↗·℞≈⅊Bↂⴲⵁ⅁8·∞⊃℘·

la recherche de son double. Tout ce qui lui revint, ce fut l'écho d'une terreur nue.

«Elle sait, comprit Opale. Pauvre petite.»

Cet instant de compassion pour son double plus jeune ne dura pas longtemps car, en prison, Opale avait appris à ne pas vivre dans le passé.

«Je tue un souvenir, c'est tout», pensa-t-elle.

Ce qui était une façon avantageuse de voir les choses.

Un changement de phase fit passer la porte de sa cellule de l'état solide à l'état gazeux et Opale ne fut pas surprise de voir apparaître Tarpon Vinyaya, le directeur de la prison, un gratte-papier terne et malléable qui n'avait jamais passé une seule nuit sous la lune. Flanqué de deux félutins grand format, il s'arrêta sur le seuil, visiblement nerveux.

– Monsieur le directeur, dit-elle en renonçant à ses tentatives de lévitation, ma grâce est-elle arrivée?

Tarpon n'avait pas le temps de faire la conversation.

– On vous transfère, Koboï. Pas de discussion, venez avec nous.

Il adressa un geste à ses gardes.

– Ficelez-la, les gars.

Les félutins géants s'avancèrent rapidement dans la cellule et, sans dire un mot, plaquèrent les bras d'Opale contre ses flancs. Ces félutins grand format étaient une espèce propre à l'Atlantide où le mélange particulier d'un environnement pressurisé et d'un système de filtration à base d'algues leur avait permis d'apparaître avec une régularité croissante au cours des années. Ce que les félutins géants gagnaient en masse musculaire, ils le perdaient généralement en masse cérébrale et c'est pour cela qu'ils faisaient d'excellents gardiens de prison. Ils n'avaient en effet aucun respect pour les êtres plus petits qu'eux, excepté ceux qui signaient leur chèque en fin de mois.

Avant qu'Opale ait pu ouvrir la bouche pour formuler une objection, les félutins lui avaient passé de force une combinaison anti-radiations et avaient attaché autour de son torse trois câbles élastiques.

Le directeur poussa un soupir de soulagement, comme s'il s'était attendu à ce qu'Opale parvienne à désarmer ses gardes. Et en effet, il s'y était attendu.

– Très bien, très bien, dit-il en s'épongeant le front avec un mouchoir de chanvre. Emmenez-la au sous-sol. Ne touchez à aucun des tuyaux et évitez de respirer si possible.

Les félutins soulevèrent leur captive, chacun d'un côté, comme un tapis roulé, puis l'emmenèrent au pas de charge le long de la passerelle étroite qui reliait sa cellule à la prison centrale et la firent entrer dans l'ascenseur de service.

Opale souriait derrière le lourd voile de plomb intégré au casque de sa combinaison.

« C'est vraiment le jour où les Opale Koboï se font malmener par des brutes. »

Elle envoya une pensée à son double, à la surface de la terre.

« Je compatis, petite sœur. »

L'ascenseur en forme de cube descendit très vite, traversant sur une centaine de mètres une couche de grès, avant d'arriver dans une petite salle composée entièrement de matériaux à haute densité, rapportés de la croûte d'une étoile à neutrons.

Opale devina qu'ils étaient arrivés dans la chambre d'accès au réacteur et elle pouffa de rire en se souvenant d'un stupide gnome, au lycée, qui avait demandé de quoi étaient composées les étoiles à neutrons.

« De neutrons, mon garçon, avait sèchement répliqué le professeur Leguminus. De neutrons ! La réponse est dans la question. »

Cette chambre détenait le record de la pièce la plus chère au centimètre carré qui ait jamais été construite où que ce soit sur la planète, bien qu'elle eût la simple apparence d'une sorte de chaufferie en béton. D'un côté, il y avait la porte de l'ascenseur, de l'autre, quatre tubes qui ressemblaient à des missiles et au milieu un nain extrêmement grognon.

– Vous vous fichez de moi, dit-il, projetant son ventre en avant d'un air belliqueux.

Les félutins géants laissèrent tomber Opale sur le sol gris.

– Ce sont les ordres, l'ami, dit l'un d'eux. Mets-la dans un tube.

Le nain hocha la tête avec obstination.

– Je ne mets personne dans un tube. Les tubes, c'est fait pour les barres de combustible.

– Je crois bien, dit le second félutin, très fier d'avoir retenu l'information qu'il s'apprêtait à livrer, que l'un des réacteurs est au repos et que donc le tube, il serait vide.

– Tout ça, c'est bien gentil, mon grand, à part le « il » serait vide, à la fin, répondit le nain qui s'appelait Kol Ozkopy. Mais je voudrais quand même savoir comment le fait de *refuser* de mettre quelqu'un dans un tube pourrait avoir des conséquences plus graves que de *mettre* cette personne dans un tube.

Il fallait plusieurs minutes à un félutin grand format pour digérer une phrase de cette longueur. Fort heureusement, l'embarras d'avoir à fournir une explication leur fut épargné lorsque le téléphone de Kol sonna.

– Un instant, dit-il en vérifiant l'identité de son correspondant. Oui, *hello*. Ingénieur Ozkopy à l'appareil.

Ozkopy écouta un long moment, émettant trois « ah bon » et deux « nom de nom » avant de remettre le téléphone dans sa poche.

– Wouao, dit-il.

Il enfonça le bout du pied dans la combinaison anti-radiations.

– Je crois que vous feriez bien de la mettre tout de suite dans le tube.

CENTRE DE POLICE, HAVEN-VILLE, MONDE SOUTERRAIN

Pip agita son téléphone en direction de la caméra.

– Vous entendez quelque chose, vous ? Parce que moi, rien du tout. Personne n'appelle ce numéro et pourtant j'ai

⊗⊕◊· ◔◗· ∪◭◊⫯⊹◔⊗⬦· ◔· ଃ◗ୃ◔⊗· ⊹◗⊗◔◊·

cinq barres. Avec ça, je couvre toute la planète à cent pour cent. Un jour, j'ai reçu un appel dans un vaisseau spatial.

Holly activa le micro.

– Nous faisons aussi vite que possible. En ce moment, Opale Koboï est sur l'aire de stationnement des navettes. Nous avons encore besoin de dix minutes.

Pip se mit à chanter :

C'est pas beau de mentir
Pour tenter de s'en sortir,
Trop d'imagination
Vous mènera en prison.

Foaly se surprit à fredonner en même temps que lui. C'était le thème de la série *Pip et Kip*. Holly lui lança un regard noir.

– Excusez-moi, marmonna-t-il.

Artemis commençait à s'agacer de ces finasseries inutiles.

– Tout cela est futile et franchement gênant. Ils n'ont aucune intention de relâcher Opale. Nous devrions procéder dès maintenant à l'évacuation, en tout cas vers les plateformes d'embarquement. Elles sont conçues pour résister aux poussées de magma.

Foaly n'était pas d'accord.

– Nous sommes en sécurité, ici. Le vrai danger se situe en Atlantide. C'est là que se trouve l'autre Opale. Vous avez dit, et j'abonde dans votre sens, que les explosions graves, explosions théoriques, n'ont lieu qu'avec des êtres vivants.

– Les explosions théoriques ne restent théoriques que jusqu'au moment où la théorie est prouvée, objecta Artemis. Et avec tous ces…

Il s'interrompit au milieu de sa phrase, ce qui ne lui ressemblait pas car il détestait à la fois les fautes de grammaire et les mauvaises manières. Son teint déjà pâle devint blanc comme de la porcelaine et il se frappa le front.

– Quel idiot ! Quel idiot ! Foaly, nous sommes tous les deux des imbéciles. Je ne m'attends pas à ce que les FAR réfléchissent, mais vous…

Holly connaissait ce ton. Elle l'avait entendu au cours d'aventures précédentes, en général avant que les choses tournent à la catastrophe.

– De quoi s'agit-il ? demanda-t-elle, craignant la réponse qui devait sûrement être épouvantable.

– Oui, ajouta Foaly, qui prenait toujours son temps quand il se sentait insulté. Dites-moi donc pourquoi je suis un imbécile.

Artemis pointa l'index vers le sud-ouest, c'est-à-dire dans la direction approximative de la clinique Argon qu'ils venaient de quitter.

– La cabine à oxygène m'a engourdi l'esprit, dit-il. Le clone. Tropale. C'est un être vivant. Si elle explose, il peut se produire une réaction nucléaire.

Foaly accéda au dossier du clone sur le site d'Argon, naviguant à une telle vitesse qu'on ne voyait plus ses doigts. Il consulta la fiche de la patiente.

– Non. Je pense qu'il n'y a pas de danger. Opale a fourni son ADN avant le dédoublement temporel.

Artemis n'en était pas moins furieux contre lui-même pour avoir oublié le clone.

– Il s'est passé plusieurs minutes avant que je ne réalise son importance, dit-il. Si Tropale avait été conçue plus tard, ma lenteur intellectuelle aurait pu coûter des vies.

– Il y a de toute façon beaucoup de vies en jeu, répondit Foaly. Nous devons en sauver autant qu'il sera possible.

Le centaure fit sauter un boîtier en plexiglas fixé au mur et appuya sur le bouton rouge qui se trouvait au-dessous. Aussitôt, une série de sirènes d'évacuation se mirent à hurler à travers la ville. Leur son sinistre se répandit en plaintes déchirantes, comme si des mères par dizaines venaient de recevoir l'annonce que leur pire cauchemar était devenu réalité.

Foaly se rongea un ongle.

– Nous n'avons pas le temps d'attendre l'approbation du Conseil, dit-il à Baroud Kelp. La plupart des habitants réussiront sans doute à atteindre les plate-formes d'embarquement. Mais nous devons préparer les équipes de réanimation.

Butler était loin d'être heureux à l'idée de perdre Artemis.

– Il n'y a aucune mort imminente.

Son principal ne manifestait pas d'inquiétude excessive.

– Techniquement parlant, la mort de *tout le monde* est imminente.

– Taisez-vous, Artemis, répliqua sèchement Butler,

ce qui constituait un manquement majeur à sa propre éthique professionnelle. J'ai promis à votre mère que je veillerais sur vous et, une fois de plus, vous m'avez mis dans une situation où mes muscles et mes compétences ne sont d'aucune utilité.

– Ce n'est pas très juste de dire cela, fit observer Artemis. On ne peut quand même pas m'accuser d'être responsable des derniers exploits d'Opale.

Le teint de Butler flamboya d'un rouge un peu plus vif. Artemis ne se souvenait pas d'avoir jamais vu son visage de cette couleur.

– Je pense qu'on peut vous accuser et je vous accuse. Nous venons tout juste d'en finir avec votre dernière mésaventure et nous voici plongés jusqu'au cou dans un nouveau désastre.

Artemis semblait plus ébranlé par cet accès de colère que par la menace d'une *mort imminente.*

– Butler, je ne me doutais pas que vous puissiez nourrir un tel mécontentement.

Butler caressa ses cheveux coupés ras.

– Moi non plus, avoua-t-il. Mais au cours de ces dernières années, tellement de choses se sont passées. Les gobelins, le voyage dans le temps, les démons. Et maintenant, cet endroit où tout est si… si… petit.

Il prit une profonde inspiration qui fit frémir tout son corps.

– Bon, je l'ai dit, c'est sorti. Je vais beaucoup mieux, maintenant. Alors, passons à la suite, d'accord ? Quel est le plan ?

– Continuez d'évacuer, répondit Artemis. Inutile

⊕◊⅃⬡◉⬡⬢ ⦁ ◊⬡⅃◊ ⦁ ⬡⅃ ⦁ ∪⬡⬩⬩∪⬢◉⬡⬩⬡ ⦁ ⬡ ⦁ ⅃⟩

de donner de l'importance à ces crétins de preneurs d'otage. De toute façon, ils ont leurs instructions. Fermez les portes étanches, elles devraient absorber une partie des ondes de choc.

– Notre système d'évacuation est déjà en place, l'humain, dit Baroud Kelp. En cinq minutes, toute la population peut se retrouver aux points de rassemblement.

Artemis réfléchissait en faisant les cent pas.

– Dites à vos troupes de jeter leurs armes dans les conduits de magma. Abandonnez tout ce qui peut comporter des éléments technologiques fabriqués par les usines Koboï. Téléphones, jeux vidéo, tout.

– Toutes les armes de chez Koboï ont été retirées de la circulation, dit Holly. Mais certains vieux Neutrino peuvent encore comporter une ou deux puces.

Baroud Kelp eut le bon goût de paraître coupable.

– *Certaines* armes de chez Koboï ont été retirées, avoua-t-il. Les réductions de budget, vous savez ce que c'est.

Pip interrompit leurs préparatifs en tapant littéralement sur l'objectif de la caméra.

– Hé, les gens des FAR. Je commence à prendre racine. J'aimerais bien que quelqu'un dise ou fasse quelque chose. Même si c'est pour nous raconter des mensonges, on s'en fiche.

Un sillon se creusa entre les sourcils d'Artemis qui se rejoignirent. Il n'appréciait pas cette attitude désinvolte alors que tant de vies étaient en jeu. Il montra le micro.

– Je peux ?

Baroud leva à peine les yeux, continuant à lancer ses

appels d'urgence, et fit un vague geste qui était ouvert à l'interprétation. Artemis décida de l'interpréter comme une réponse affirmative.

Il s'approcha de l'écran.

– Écoutez-moi, petits êtres lamentables. Je m'appelle Artemis Fowl. Vous avez peut-être entendu parler de moi.

Pip sourit et le masque qu'il portait reproduisit son expression.

– Oooh, Artemis Fowl. Le petit génie. Bien sûr qu'on a entendu parler de vous, n'est-ce pas, Kip?

Kip approuva d'un signe de tête et dansa une petite gigue.

– Artemis Fowl, le jeune Irlandais chasseur de farfadets. Par tous les dieux, qui n'a pas entendu parler de Monsieur Je-Sais-Tout?

« Ces deux-là sont idiots, pensa Artemis. Ils sont idiots et ils parlent trop. Je devrais pouvoir exploiter ces faiblesses. »

Il tenta une ruse.

– Je croyais vous avoir dit de lire vos exigences et de ne rien ajouter d'autre.

Le visage de Pip n'était plus, au sens propre, qu'un masque de confusion.

– Vous nous avez dit quoi?

La voix d'Artemis se durcit.

– Mes instructions étaient claires, bande d'idiots, vous deviez simplement lire les exigences, attendre que le délai soit écoulé et abattre la félutine. Je ne me souviens pas d'avoir dit qu'il fallait échanger des insultes.

⠀

𝕭𝕯⊖ · 𝕭𝕶⊙𝕽𝕽 · 𝕶𝕯𝕽𝕽⊖ · 𝕭𝕽 · ⊕𝕵𝕶⊙𝕽 · ⊚𝕶⊖

Le masque de Pip fronça les sourcils. Comment Artemis Fowl connaissait-il les instructions qui leur avaient été données?

– Vos instructions? Nous n'avons pas d'ordres à recevoir de vous.

– Vraiment? Dans ce cas, expliquez-moi comment il se fait que je connaisse à la lettre les consignes que vous deviez suivre.

Le logiciel qui équipait le masque de Pip n'était pas conçu pour s'adapter à un changement d'expression aussi rapide et il se figea momentanément.

– Je... euh... je ne...

– Et dites-moi aussi comment j'aurais pu savoir sur quelle fréquence exacte établir la communication.

– Vous n'êtes pas au centre de police?

– Bien sûr que non, espèce de crétin. Je suis au point de rendez-vous où je dois attendre Opale.

Artemis sentit le rythme de son cœur s'accélérer et il attendit une seconde que son esprit conscient rattrape son inconscient et lui confirme que ce qu'il voyait sur l'écran lui était connu.

Il y avait quelque chose en arrière-plan.

Quelque chose de familier.

Le mur derrière Pip et Kip était gris, sans aucun caractère particulier. Enduit d'une couche de plâtre grossièrement étalée. Un mur de ferme comme on en voyait dans le monde entier. Il y avait des murs semblables dans tout le domaine des Fowl.

Ba-boum.

Son cœur recommença à battre plus fort.

⊗⟩◊ᴚ·⚡·ᴚ|ᴀ◊⊗·⊗·⟩ᴚ·⚔⊹ᴀᵬᴇᵻᵬ⊗·⚔·ᴓ◔·

Artemis se concentra sur le mur. Il était d'un gris ardoise uniforme, à part les craquelures en lignes brisées qui fendaient par endroits la couche de plâtre.

Un souvenir remonta à la surface. Il revit un Artemis âgé de six ans qui se promenait dans le domaine en compagnie de son père. Alors qu'ils passaient devant le mur de la grange, sur le pré qui s'étalait au sommet de la colline, Artemis avait montré le mur en disant :

– Vous avez vu, père ? On dirait que ces craquelures représentent la carte de la Croatie qui appartint autrefois aux Empires romain et ottoman ainsi qu'à celui des Habsbourg. Saviez-vous que la Croatie s'est détachée de la Yougoslavie et a déclaré son indépendance en 1991 ?

Et voilà, elle était là. Sur le mur, derrière Pip et Kip. La carte de la Croatie, même si l'Artemis âgé de quinze ans constatait aujourd'hui que la côte dalmatienne avait été tronquée.

« Ils se trouvent dans le domaine des Fowl », comprit-il.

« Pourquoi ? »

Une chose que lui avait dite le docteur Argon lui revint en mémoire.

« Parce que le résidu magique qui émane de cet endroit est exceptionnel. Un jour, quelque chose s'est produit dans le manoir des Fowl. Quelque chose d'une énorme importance d'un point de vue magique. »

Artemis décida de s'en remettre à son intuition.

– Je suis dans le manoir des Fowl et j'attends Opale, dit-il.

꙰ • ଃ꙰ • ⋃◌꙰◌ß • ⅌ • ⋃꙰⊛⋃◌➔ • ꙰ • ꕤ꙰ß • ꙰ꕀ◉ •

– Vous aussi, vous êtes là ? lança Kip, ce qui incita Pip à faire volte-face et à abattre son camarade d'un tir en plein cœur.

Le gnome fut projeté en arrière, contre le mur, et sous le choc, un nuage de poussière de plâtre s'éleva au-dessus de lui. Un mince filet de sang coulait de sa poitrine, palpitant doucement sur son plastron, aussi peu impressionnant que des traînées rouges dégoulinant d'un pot de peinture. Son masque de chaton de dessin animé exprimait une surprise plutôt comique et lorsque la chaleur de son visage se dissipa, les pixels qui formaient l'image s'effacèrent, ne laissant plus qu'un point d'interrogation jaune vif.

Cette mort soudaine ébranla Artemis, mais la phrase prononcée par le gnome l'avait ébranlé encore davantage.

Il avait vu juste sur les deux points : non seulement c'était Opale qui se trouvait derrière tout cela mais le lieu de rendez-vous se situait dans le manoir des Fowl.

Pourquoi ? Que s'était-il passé là-bas ?

Pip cria en direction de l'écran :

– Vous avez vu ce que vous avez fait, l'humain ? Si vraiment vous *êtes* humain. Si vous *êtes* Artemis Fowl. Peu importe ce que vous savez, de toute façon, il est trop tard.

Pip pressa le canon encore fumant du pistolet contre la tête d'Opale et celle-ci, la peau brûlée par le métal, eut un mouvement de recul, sa voix suppliante étouffée par le ruban adhésif collé sur sa bouche. De toute évidence, Pip avait envie de presser la détente de son arme mais il ne le pouvait pas.

⌑⚭⚇⚇⚭⚭· ⚭⌑⚭⚭⊛· ⚇·⚇ ⌓·⚇⚭· ⊛⚭⚭⊛⚭⚭⊛·

« Il a des ordres, songea Artemis. Il doit attendre que le délai accordé soit écoulé. Sinon, il ne peut pas être certain qu'Opale soit en sécurité dans le réacteur nucléaire. »

Artemis désactiva le micro. Il se dirigeait vers la porte lorsque Holly le prit par le bras.

– Nous n'avons pas le temps, dit-elle, devinant avec raison qu'il voulait repartir chez lui.

– Je dois essayer de sauver ma famille avant qu'Opale ne mette en œuvre la deuxième partie de son plan, dit Artemis sobrement. Il reste cinq minutes. Si je peux atteindre le conduit de magma, nous arriverons peut-être à la surface avant les explosions.

Le commandant Kelp examina rapidement les options qui lui restaient. Il pouvait donner l'ordre à Artemis de demeurer sous terre mais ce serait certainement un avantage stratégique d'avoir quelqu'un qui puisse traquer Opale Koboï si elle parvenait à s'échapper de l'Atlantide.

– Allez-y, dit-il. Le capitaine Short vous amènera à la surface, vous et Butler. Restez en contact si…

Il ne termina pas sa phrase mais tout le monde devina ce qu'il s'était apprêté à dire : « Restez en contact… s'il y a encore quelqu'un à contacter. »

CHAPITRE 3

UN AVANT-GOÛT DE L'ENFER

LES PROFONDEURS, ATLANTIDE

Opale n'apprécia pas beaucoup qu'on l'enfonce tout au fond du tube à l'aide d'un refouloir à tête plate mais une fois qu'elle fut à l'intérieur de la croûte de neutrons, elle se sentit confortablement installée dans une couche de mousse anti-radiations qui formait comme un coussin moelleux.

« Nous sommes comme une chenille dans sa chrysalide, pensa-t-elle, un peu incommodée cependant par la matière rêche de sa combinaison protectrice. Je vais me transformer en divinité. Je suis sur le point d'accomplir ma destinée. Inclinez-vous, créatures, ou que ceux qui ne veulent pas voir demeurent dans leur cécité. »

Puis elle songea : « Que ceux qui ne veulent pas voir demeurent dans leur cécité ? Ne serait-ce pas un peu trop ? »

⊕⊖♗Ɛ• ꝑꝏꙶⵠ⏣ꙍ• ꝑ• ꝑⵤꙍ• ⊜⊖⚡♗Ƀⵤ‖⊷• ꝑ•

Dans un coin de sa tête, un vague sentiment de doute l'agaçait. Elle se demandait si elle n'avait pas fait une effroyable erreur en mettant ce plan à exécution. C'était l'action la plus radicale qu'elle ait jamais entreprise et des milliers de fées et d'humains allaient en mourir. Pire encore, elle-même cesserait peut-être d'exister ou se métamorphoserait en une sorte de mutante temporelle. Mais Opale échappait à ses inquiétudes en refusant tout simplement de les prendre en considération. C'était infantile, elle le savait, mais elle était convaincue à quatre-vingt-dix pour cent qu'un destin cosmique l'avait désignée pour devenir le premier être quantique.

L'autre choix était trop épouvantable pour qu'elle ait pu l'imaginer très longtemps : elle, Opale Koboï, serait obligée de mener jusqu'à la fin de ses jours une vie de simple prisonnière dans les geôles des Profondeurs, exposée au ridicule et à la moquerie. Elle deviendrait le sujet de contes moraux et d'exposés scolaires. Les fées de l'Atlantide viendraient l'observer avec des yeux ronds, comme si elle était un chimpanzé dans un zoo. Tuer tout le monde ou mourir elle-même serait infiniment préférable. D'ailleurs, elle ne mourrait pas. Son énergie serait maintenue à l'intérieur du tube et, avec suffisamment de concentration, elle deviendrait une version nucléaire d'elle-même.

« Nous sentons que la destinée approche. Elle peut se réaliser à tout instant, à présent. »

Artemis, Butler et Holly prirent l'ascenseur express qui menait à la propre plateforme d'embarquement du centre de police. Elle était reliée à un conduit de magma qui montait du cœur de la Terre et fournissait à la ville la plus grande partie de son énergie grâce à des sondes géothermiques. Artemis ne parlait pas aux deux autres. Il marmonnait simplement pour lui-même et tapotait la paroi d'acier de l'ascenseur avec ses phalanges repliées. Holly fut soulagée de constater qu'il n'y avait aucun rythme systématique dans ces battements, à moins que ce rythme ait été trop compliqué pour qu'elle en perçoive la structure. Ce n'aurait pas été la première fois que les pensées d'Artemis seraient restées hors de sa portée.

L'ascenseur était spacieux par rapport au standard habituel des FAR et offrait une hauteur suffisante pour que Butler puisse se tenir debout, même s'il se cognait le sommet du crâne contre le plafond de la cabine chaque fois qu'il y avait un à-coup.

Enfin, Artemis parla :

– Si nous pouvons monter à bord de la navette avant la limite, nous avons une bonne chance d'arriver dans le conduit de magma.

Artemis utilisait le mot « limite » mais ses compagnons savaient qu'il voulait dire « assassinat ». Pip tuerait Opale quand le temps serait écoulé. Plus personne n'en doutait, désormais. Les conséquences de ce meurtre, quelles qu'elles soient, se produiraient alors

𝕌◊·𝕌·𝕌◊𝛩𝟅·𝟙⩛𝛩ᴿ·𝟠𝟚𝟙 ◊·⊡⫐·⊙♌⫐ᴿ·𝟙♭ᴿ◊⟁·

et leur meilleure chance de survie serait de se réfugier dans le vaisseau de titane conçu pour résister à une totale immersion dans une poussée de magma.

L'ascenseur s'arrêta dans un sifflement de pistons pneumatiques et les portes s'ouvrirent, laissant pénétrer le vacarme dû à la totale confusion qui régnait au-dehors. La plateforme d'embarquement était bondée de fées surexcitées qui se frayaient un chemin à coups de coudes pour passer les points de contrôle, sans tenir compte des portiques de détection, sautant par-dessus les barrières et les tourniquets. Les lutins ailés qui volaient trop bas, en infraction au règlement, frôlaient les tubes d'éclairage. Les gnomes se regroupaient comme des équipes de croqueballe à l'attaque et tentaient de forcer les lignes des agents de sécurité des FAR, revêtus de tenues anti-émeute.

– Les gens oublient ce qu'ils ont appris dans les exercices d'évacuation, marmonna Holly. Cette panique ne va aider personne.

Artemis observa la mêlée d'un air consterné. Il avait vu quelque chose de semblable un jour, à l'aéroport Kennedy de New York, quand une star de télé-réalité avait débarqué d'un avion.

– Nous n'arriverons pas à passer sans blesser quelqu'un.

Butler souleva ses compagnons et en mit un sur chaque épaule.

– On va voir si on ne va pas passer, dit-il en s'avançant vers la foule d'un pas décidé.

L'attitude de Pip avait changé depuis qu'il avait tué son partenaire. Plus de bavardages, plus de fanfaronnades, il suivait à présent ses instructions à la lettre : attendre que l'alarme de son téléphone se déclenche et abattre la félutine.

« Ce petit Fowl, c'était du bluff, non ? Il ne peut rien faire dans l'immédiat. Sans doute n'était-ce même pas lui. »

Pip se promit de ne jamais révéler ce qui s'était passé ici. Sa sécurité dépendait de son silence. S'il parlait, les mots finiraient par s'enchevêtrer et former la corde qui le pendrait.

« Elle n'a pas besoin d'être au courant. »

Mais Pip savait qu'en lisant son regard, elle comprendrait tout. Pendant un instant, il songea à prendre ses jambes à son cou, à se dépêtrer de ce plan magistral trop compliqué et à redevenir un simple gnome.

« Non, c'est impossible. Elle me retrouverait et me ferait des choses abominables. D'ailleurs, je ne sais pas pourquoi, mais je n'ai pas envie de me libérer d'elle. »

Il n'y avait rien d'autre à faire que suivre les ordres auxquels il n'avait pas encore désobéi.

« Peut-être que si je la tue, elle me pardonnera. »

Pip releva le chien de son pistolet et colla le canon contre la tête d'Opale.

ATLANTIDE

Dans le réacteur, la tête d'Opale bourdonnait d'excitation. C'était pour bientôt. Très bientôt. Elle avait compté les secondes, mais le trajet dans l'ascenseur secoué de cahots l'avait désorientée.

«Je suis prête, songea-t-elle. Prête pour l'étape suivante.»

«Appuie!» lança-t-elle dans sa tête, sachant que son double plus jeune entendrait ses pensées et serait prise de panique. «Appuie sur la détente.»

CENTRE DE POLICE

Foaly sentit sa frange s'aplatir sous l'effet de la transpiration et il essaya de se rappeler ce qu'il avait dit à Caballine ce matin-là avant de partir.

«Je crois lui avoir dit que je l'aimais. C'est toujours ce que je fais. Mais le lui ai-je dit ce matin? Oui ou non?»

Cela semblait très important pour lui.

«Caballine est en banlieue. Elle sera à l'abri. Tant mieux.»

Le centaure ne croyait pas ses propres pensées. Si Opale était bien derrière tout cela, son plan comporterait de tortueuses ramifications qu'on ne connaissait pas encore.

«Opale Koboï ne fait pas de plans, elle écrit des opéras.»

᠎ ᠎ ᠎ ᠎ ᠎ ᠎ ᠎ ᠎ ᠎ ᠎ ᠎ ᠎ ᠎ ᠎ ᠎ ᠎

Pour la première fois de sa vie, Foaly fut horrifié en se prenant à songer que quelqu'un d'autre pourrait être un tout petit peu plus intelligent que lui.

CENTRE DE POLICE, PLATEFORME D'EMBARQUEMENT

Butler se faufilait dans la foule en posant ses pieds avec précaution. Son apparition dans le port des navettes ne fit qu'accroître la panique mais on n'y pouvait plus rien, à présent. Certaines fées qui avaient eu l'intention de prendre leur navette à l'heure prévue allaient subir quelques désagréments temporaires. Des elfes grouillaient autour de ses genoux comme des poissons nettoyeurs. Plusieurs d'entre eux lui donnèrent des coups d'électrotrique et deux ou trois vaporisèrent sur lui un nuage de phéromones répulsives, ce qui eut le très fâcheux effet de lui contracter instantanément les sinus.

Lorsqu'il atteignit le tourniquet de sécurité, l'immense garde du corps, chargé de ses deux compagnons, l'enjamba, abandonnant derrière lui la grande majorité de la foule apeurée qui fourmillait de l'autre côté de la barrière. Butler eut la présence d'esprit d'abaisser Holly au niveau du scanner d'iris, afin d'avoir l'autorisation d'accès sans déclencher les alarmes du terminal.

Holly appela un lutin volant qu'elle reconnut au bureau de contrôle.

– Chix, notre conduit est ouvert ?

Chix Verbil avait un jour fait équipe avec Holly à bord d'une capsule de surveillance et n'était encore vivant que parce qu'elle l'avait traîné à l'abri après qu'il eut été gravement blessé.

– Euh… Ouais. Le commandant Kelp nous a dit de prévoir un créneau. Ça va, capitaine ?

Holly descendit de l'épaule de Butler qui faisait office d'étagère. Des étincelles jaillirent du talon de ses bottes lorsqu'elle atterrit.

– Très bien.

– C'est un moyen de transport inhabituel, commenta Chix.

Un peu nerveux, il se maintenait en vol stationnaire à un mètre de hauteur et son reflet dans l'acier poli qui recouvrait le sol donnait l'impression de voir un deuxième lutin prisonnier d'une autre dimension.

– Ne vous inquiétez pas, Chix, dit Holly en tapotant la cuisse de Butler. Il est apprivoisé. Sauf quand il sent l'odeur de la peur.

Butler renifla autour de lui comme si une légère exhalaison de terreur flottait dans l'air.

Chix monta de quelques centimètres, ses ailes battant d'un mouvement flou, comme celles d'un colibri. Du bout de ses doigts moites, il tapota sur le clavier virtuel de son ordinateur-bracelet.

– OK, vous êtes prête à partir. Le personnel au sol a vérifié votre matériel de survie. Et nous avons installé un cube de plasma tout neuf pendant qu'on y était, vous avez donc pour quelques décennies d'autonomie. Les portes étanches vont se refermer dans deux minutes et, si j'étais vous, je partirais tout de suite avec ces deux Hommes de Boue... je veux dire humains...

Butler estima qu'ils perdraient moins de temps s'il gardait Artemis calé sur son épaule jusqu'à ce qu'ils soient montés dans la navette. Sinon, dans sa précipitation, il allait sûrement trébucher contre un nain. Il s'avança à grandes enjambées le long du tube de métal qui reliait le bureau de contrôle à l'aire de stationnement.

Foaly avait obtenu l'autorisation de transformer la plateforme d'embarquement pour que Butler puisse passer sous le linteau de la porte en baissant la tête. La navette elle-même était en fait un véhicule hors piste confisqué par le Bureau de contrôle des équipements illicites à un trafiquant de thon. Les sièges de la rangée centrale avaient été enlevés pour que le garde du corps, une fois assis à l'arrière, ait la place d'étendre ses jambes. Les voyages dans l'engin hors piste étaient les moments préférés de Butler quand il descendait dans le monde souterrain.

« Hors piste ! s'était exclamé Foaly avec dédain. Comme s'il y avait le moindre endroit à Haven-Ville qui soit dépourvu de piste. Ces tas de ferraille dévoreurs de plasma permettent simplement aux parvenus d'étaler les signes de leur réussite. »

Ce qui ne l'avait pas empêché d'ordonner avec le plus grand plaisir un réaménagement du véhicule pour qu'il ressemble à un Humvee américain et que deux êtres humains puissent s'asseoir à l'arrière. Et comme Artemis était l'un de ces humains, Foaly n'avait pu s'empêcher d'en rajouter un peu en bourrant l'espace confiné

ᘃᔕᒡᔜᔓᕼᘔ·ᒡ ᒡ·ᘊᕊ·ᘘᒡᒡ ᗝᕀᗝ·ᘃᔕᒡᒡ·ᕼ·ᘔᕀᕊᕼ·ᔕᕊ

de la cabine de gadgets qu'on n'aurait pas trouvés dans une sonde martienne modèle standard : sièges à gel, trente-deux enceintes audio, une télévision HD en 3D. Et pour Holly, un surpresseur d'oxygène et un découpeur à laser, intégré dans la figurine qui ornait le capot et représentait un diablotin soufflant dans une longue corne. C'était pour cela qu'on avait baptisé l'appareil *Cupidon d'Argent*. Le nom était un peu trop romantique au goût d'Artemis et Holly le prononçait donc aussi souvent que possible chaque fois qu'elle parlait de la navette.

Le hors-piste détecta la présence de Holly à proximité et envoya un message à son ordinateur-bracelet lui demandant s'il devait ouvrir ses portes et se mettre en état de marche. Holly confirma en respectant les étapes de la procédure et les portières papillons se relevèrent en douceur juste à temps pour que Butler puisse décharger Artemis sur le siège arrière, comme un sac de pommes de terre. Holly se glissa sur l'unique siège avant, dans le nez de l'appareil aux contours massifs, et se connecta au rail d'alimentation avant que les portières se soient refermées.

Artemis et Butler s'appuyèrent contre le dossier de leur siège et restèrent immobiles tandis que les sangles de sécurité tombaient sur leurs épaules en les maintenant confortablement installés grâce aux enrouleurs à limiteur de tension.

Les mains sur les genoux, Artemis triturait l'étoffe de son pantalon. Leur progression le long du rail d'alimentation lui semblait d'une lenteur à rendre fou. Au bout du tunnel aux parois rocheuses recouvertes de plaques métalliques, on voyait le conduit lui-même, tel un croissant lumineux, béant comme la porte de l'enfer.

– Holly, dit-il sans desserrer les dents. Vous pourriez accélérer un peu, s'il vous plaît ?

Holly lâcha les commandes et leva ses mains gantées.

– Nous sommes toujours sur le rail d'alimentation, Artemis. Tout est automatique.

Le visage de Foaly apparut dans le viseur tête haute du pare-brise.

– Je suis désolé, Artemis, dit-il, vraiment désolé. Le délai est écoulé.

– Non ! s'exclama Artemis en tendant ses sangles de sécurité. Nous avons encore quinze secondes. Douze, en tout cas.

Foaly baissa les yeux vers les instruments de contrôle qu'il avait devant lui.

– Nous devons fermer les portes étanches si nous voulons que tous ceux qui se trouvent dans les tunnels anti-explosion survivent. Je suis vraiment navré, Artemis.

Le hors-piste eut un à-coup et s'arrêta net lorsque l'électricité fut coupée dans le rail d'alimentation.

– On peut y arriver, dit Artemis d'une voix sifflante proche de la panique.

Devant eux, la bouche de l'enfer commença à se fermer, à mesure que les rouages géants façonnés par des nains forgerons déroulaient au-dessus du conduit de lourds volets formés de lames d'un mètre d'épaisseur.

Artemis saisit l'épaule de Holly.

– Holly ? S'il vous plaît.

8⟡⟡·8·8 ⟨⟩·8⟡·18⟡β⟡·⟡⟩β·∞⟡⟨⟩⟡⟡⟡⟩·⟨⟩β

Holly leva les yeux au ciel et, d'un geste, régla les commandes en mode manuel.

– Nom de nom, dit-elle et elle écrasa l'accélérateur.

Le hors-piste fit un bond en avant et se dégagea brusquement du rail d'alimentation en déclenchant ses gyrophares et ses sirènes.

Sur l'écran, Foaly frotta ses paupières de ses deux index.

– Et allez donc, c'est parti. Le capitaine Short redevient hors la loi. Que ceux qui sont surpris lèvent la main. Personne ?

Holly s'efforça de rester indifférente au centaure et se concentra sur le pilotage de la navette qu'il fallait faire passer par l'espace qui se réduisait sous la porte en mouvement.

« D'habitude, c'est le genre de cascade que j'exécute à la fin d'une aventure, songea-t-elle. La grande scène de l'acte III. Cette fois-ci, on commence plus tôt. »

La navette raclait le sol du tunnel, la friction projetant deux arcs symétriques d'étincelles qui rebondissaient sur les parois. Holly glissa des lunettes de contrôle devant ses yeux et adapta automatiquement sa vision à l'étrange double foyer nécessaire pour agir sur les commandes par de simples clignements des paupières tout en regardant ce qui se passait devant elle.

– Juste, dit-elle, ça va être très juste.

Puis, avant de perdre la communication, elle ajouta :

– Bonne chance, Foaly. Restez à l'abri.

Le centaure tapota son écran avec deux doigts.

– Bonne chance à nous tous.

Holly gagna quelques centimètres en décomprimant les amortisseurs du *Cupidon* et le hors-piste passa à une demi-seconde près sous la porte étanche qui continuait de se refermer, puis s'engouffra dans la cheminée naturelle. Au-dessous, le cœur de la Terre vomissait des colonnes de magma de dix kilomètres de diamètre, provoquant de brûlants courants d'air ascendants qui frappèrent de plein fouet le fond éraflé de la navette et la projetèrent vers la surface dans un violent tourbillon.

Holly activa les stabilisateurs et reposa confortablement son crâne et sa nuque contre l'appuie-tête du siège.

– Tenez bon, dit-elle. Le voyage va être mouvementé.

Lorsque l'alarme de son téléphone retentit, Pip sursauta comme s'il ne s'y attendait pas, comme s'il n'avait pas compté les secondes. Maintenant que le moment était enfin arrivé, il n'en paraissait pas moins surpris. Abattre Kip l'avait vidé de toute effronterie et le langage de son corps était manifestement celui d'un assassin qui répugnait à sa tâche.

Il essaya de retrouver un peu le comportement cavalier qu'il avait eu un peu plus tôt, brandissant son pistolet et lorgnant la caméra d'un air rusé, mais il est difficile d'atténuer l'horreur que représente le meurtre d'une félutine aux allures d'enfant.

– Je vous avais prévenus, dit-il à la caméra. C'est vous, les responsables, pas moi.

Au centre de police, le commandant Kelp activa le micro.

   𝒰𝒰·ℬ𝒻𝒪ℬ𝒰·𝒰𝒾𝓡⊕𝒪𝓡⟩𝒬·◌𝒜ℬ⊕·◌𝜃𝒻⟩◊·

– Je te retrouverai, gronda-t-il. Même si cela doit me prendre mille ans, je te retrouverai et je t'enverrai en prison pour le reste de tes jours.

Ces paroles semblèrent redonner un peu de bonne humeur à Pip.

– Vous ? Me retrouver ? Désolé si je n'ai pas l'air inquiet, monsieur le flic, mais je connais quelqu'un qui me fait beaucoup plus peur que vous.

Et sans ajouter un mot, il tira sur Opale, une seule fois, en pleine tête.

La félutine bascula en avant. On aurait dit qu'elle avait reçu un coup de pelle sur la nuque. L'impact du projectile la précipita violemment sur le sol mais il n'y eut que très peu de sang, en dehors d'un petit filet rouge qui coulait de son oreille, comme si la jeune Opale s'était fait mal en tombant de son vélo dans la cour de récréation.

Au centre de police, la salle des opérations, généralement très agitée, plongea dans un silence total tandis que tout le monde attendait les conséquences du meurtre auquel on venait d'assister. Quelle théorie quantique allait se révéler vraie ? Peut-être que rien ne se produirait, en dehors de la mort d'une félutine.

– OK, dit Baroud Kelp, après un long moment d'angoisse. Nous sommes toujours opérationnels. Combien de temps faudra-t-il attendre avant d'être sûrs que nous sommes sortis de la gueule du troll ?

Foaly s'apprêtait à faire quelques calculs sur son ordinateur lorsque l'écran géant se brisa spontanément, laissant échapper dans la salle un nuage de gaz verdâtre.

– Essayez de vous tenir à quelque chose, conseilla-t-il. Le chaos est en marche.

ATLANTIDE

Opale Koboï se sentit mourir elle-même et ce fut une curieuse sensation, comme une angoisse qui la grigno-tait de l'intérieur.

« Voilà donc ce qu'on éprouve quand on subit un trauma, pensa-t-elle. Je suis sûre que je vais le sur-monter. »

Le goût amer que lui laissait ce sentiment de malaise fit bientôt place à une excitation bouillonnante. L'idée de ce qu'elle allait devenir lui procurait une véritable délectation.

« Enfin, je me métamorphose. J'émerge de ma chry-salide en devenant la créature la plus puissante de la planète. Rien ne me fera obstacle. »

Tout cela était très grandiloquent mais Opale estima que, compte tenu des circonstances, son éventuel bio-graphe la comprendrait.

Il ne vint jamais à l'esprit de la félutine que sa théo-rie du paradoxe temporel puisse être complètement fausse et qu'elle soit condamnée à finir au fond d'un réacteur nucléaire en ayant tué sa seule véritable alliée.

« Je sens un fourmillement, pensa-t-elle. Ça com-mence. »

Le fourmillement se transforma, à la base de son crâne, en une désagréable sensation de brûlure qui grandit rapidement, lui serrant la tête comme dans un étau brûlant. Opale ne pouvait plus nourrir des pensées de conquêtes futures car son être tout entier n'était plus soudain qu'un mélange de terreur et de douleur.

« J'ai commis une erreur, pensa-t-elle avec désespoir. Aucune récompense ne vaut la peine de connaître cet état une seconde de plus. »

Opale se débattit dans sa combinaison anti-radiations, se démenant contre la mousse qui n'offrait pas beaucoup de résistance et atténuait simplement la force de ses mouvements. La douleur se répandit dans son système nerveux et augmenta d'intensité en passant de l'insupportable à l'inimaginable. Les quelques lambeaux de santé mentale qui demeuraient en elle craquèrent comme les amarres d'un voilier dans un ouragan.

Opale sentit sa magie revenir pour surmonter la douleur dans ce qu'il restait de ses terminaisons nerveuses. La félutine démente et assoiffée de vengeance luttait pour contenir en elle sa propre énergie et ne pas se laisser détruire purement et simplement par son propre pouvoir qui était à présent libéré tandis que les électrons changeaient d'orbite, la fission des noyaux se produisant spontanément. Son corps entra dans une autre phase et devint une pure énergie dorée, qui vaporisa la combinaison anti-radiations et creusa des trous de ver dans la mousse qui se dissolvait, ricochant contre les parois de la chambre à neutrons et retournant dans la conscience déchirée d'Opale.

« Maintenant, pensa-t-elle. Maintenant commence

l'extase, au moment où je reconstruis ma propre image. Je suis mon propre dieu. »

Et par la seule puissance de sa volonté, Opale se réassembla. Son apparence resta inchangée car elle était vaniteuse et se croyait parfaite. Mais elle ouvrit et élargit son esprit, permettant à de nouveaux pouvoirs d'imprégner les connexions entre ses cellules nerveuses. Elle se concentra sur les anciens mantras de la magie noire afin que sa propre magie nouvellement acquise puisse servir à ramener ses soldats de leur sépulture. Un tel pouvoir était trop intense pour un seul corps et elle devrait l'extirper d'elle, dès qu'elle se serait évadée, sinon ses atomes seraient déchiquetés et balayés comme des lucioles portées par le vent.

« Les ongles sont difficiles à réassembler, songea-t-elle. Peut-être faut-il que je les sacrifie, ceux de mes doigts comme ceux de mes orteils. »

Les effets de vague qu'entraîna le meurtre de la jeune Opale dans le coin d'un pré furent beaucoup plus étendus qu'Artemis lui-même n'aurait pu l'imaginer, bien que le verbe « imaginer » soit mal choisi car Artemis Fowl n'avait pas l'habitude d'imaginer quoi que ce soit. Même lorsqu'il était petit garçon, il n'avait jamais rêvé de monter sur un cheval pour aller combattre des dragons. Artemis préférait visualiser un objectif accessible et travailler pour l'atteindre.

Quand il avait huit ans, Angeline, sa mère, avait un jour regardé par-dessus son épaule pendant qu'il dessinait dans son journal intime.

⊕ ·ᎶᏒ·ᎸᏆᎧᏔᏔᎧᏗ⟶·ᎥᎭᏂᏗ·ᎶᏒ·⊕ᏗᎭᏗᎧᎧᏗ·ᎤᏗ·

– Oh, mon chéri, c'est merveilleux ! s'était-elle exclamée, ravie de constater que son fils manifestait enfin de l'intérêt pour une activité artistique, même si son dessin paraissait un peu violent. C'est un robot géant qui détruit une ville ?

– Non, mère, avait soupiré Artemis, jouant toujours le génie incompris. C'est un drone bâtisseur qui construit un habitat lunaire.

Angeline lui avait ébouriffé les cheveux pour se venger de son soupir et s'était demandé si le petit Arty n'aurait pas eu besoin de consulter un psychologue.

Artemis avait envisagé l'immense destruction que provoquerait l'énergie spontanée relâchée par l'explosion de tout le matériel lié aux usines Koboï, mais même lui ignorait quels niveaux de saturation les produits Koboï avaient atteints au cours des quelques années antérieures à l'incarcération de la félutine. Les établissements Koboï contrôlaient de nombreuses entreprises légales qui fabriquaient toutes sortes de produits, depuis des armes jusqu'à des composants d'équipements médicaux, mais ils possédaient aussi des filières clandestines qui étendaient illégalement l'influence d'Opale dans le monde des humains et même dans l'espace. L'explosion de ces dizaines de millions de tonnes d'éléments divers entraînait des effets qui pouvaient aller du simple désagrément à la catastrophe totale.

Dans la réserve des FAR, deux cents armes de toute sorte qui devaient être recyclées la semaine suivante

꧀꧀꧀꧀ ꧀꧀꧀꧀꧀꧀ ꧀꧀꧀ ꧀꧀꧀꧀꧀꧀꧀ ꧀꧀꧀ ꧀꧀

fondirent comme des tablettes de chocolat puis émirent une lumière dorée et brûlante qui carbonisa tous les systèmes de circuits fermés des alentours, avant d'exploser avec la puissance de cent barres de Semtex. Le stade de la fission ne fut pas atteint mais les dégâts n'en étaient pas moins considérables. Le hangar fut vaporisé dans sa plus grande partie et plusieurs piliers porteurs, dans les fondations de la ville, furent renversés comme les briques d'un jeu de construction.

Le centre de Haven-Ville s'effondra et la croûte terrestre, au-dessus de la capitale des fées, s'affaissa en déversant un million de tonnes de terre, détruisant les joints d'étanchéité et augmentant la pression atmosphérique de près de mille pour cent. Les rochers qui tombaient écrasèrent instantanément tout ce qui se trouvait au-dessous. Il y eut quatre-vingt-sept morts et des dégâts matériels incalculables.

Le sous-sol du centre de police s'effondra, entraînant la chute des trois premiers étages. Heureusement, les étages supérieurs étaient fixés au plafond de la caverne qui tint bon et nombre d'officiers qui avaient choisi de rester à leur poste eurent ainsi la vie sauve.

Soixante-trois pour cent des automobiles de fées comportaient des pistons Koboï dans leurs moteurs. Ceux-ci explosèrent simultanément, renversant les véhicules dans un mouvement incroyablement synchronisé, filmé par une caméra de parking qui avait inexplicablement survécu à la surpression. Dans les années suivantes, cette vidéo allait être la plus regardée sur l'Internet du monde souterrain.

◊⊖✳ • ⋆ • ⑧⋆ • ⌐⋌ſ • ✦⊃⊖ • ၅ • ∪⚙Ɛ∪◊Ɛ • ∪⑧⊖ſƀ◊ •

Les laboratoires Koboï clandestins avaient vendu pendant des années des technologies féeriques obsolètes à des entreprises humaines qui les présentaient à leurs actionnaires comme le dernier cri en la matière. Ces merveilleuses petites puces, ou leurs descendantes, avaient fait leur chemin à peu près dans tous les appareils électroniques construits ces dernières années. À l'intérieur des ordinateurs portables, des smartphones, des télévisions et des toasters qui les contenaient, elles se mettaient soudain à sauter et tintinnabuler comme des billes chargées d'énergie cinétique qu'on aurait enfermées dans des boîtes en métal. Quatre-vingts pour cent des communications numériques sur la planète Terre cessèrent immédiatement. En une demi-seconde, l'humanité fut renvoyée à l'âge du papier.

Dans les hôpitaux, les respirateurs artificiels s'éteignirent en projetant des éclairs d'énergie. Des manuscrits précieux furent perdus. Des banques disparurent après l'effacement total de toutes les archives financières des cinquante dernières années. Des avions tombèrent du ciel, la station spatiale Graum II dériva dans l'espace et les satellites de défense qui n'étaient pas censés exister cessèrent vraiment d'exister.

Les gens descendirent dans les rues, hurlant dans leurs défunts téléphones mobiles comme si le volume de leur voix avait pu les réactiver. Le pillage se répandit dans tous les pays comme un virus informatique tandis que les vrais virus informatiques mouraient en même temps que les ordinateurs, et que les cartes de crédit devenaient de simples rectangles en plastique.

Les parlements du monde entier furent pris d'assaut par des citoyens qui rejetaient sur leurs gouvernements la responsabilité de ces catastrophes inexplicables.

Des boules de feu et des bouffées de soufre nauséabond jaillissaient de fissures dans la terre. La plupart du temps, elles s'étaient échappées de tuyaux crevés, mais beaucoup y voyaient l'annonce de l'Apocalypse. Le chaos régnait et les survivalistes sortirent avidement leurs arbalètes de leurs étuis en chevreau.

La première étape du plan d'Opale était achevée.

CHAPITRE 4
L'INGÉNIEUR OZKOPY A LE DERNIER MOT

Heureusement pour le capitaine Short et les passagers du *Cupidon d'Argent*, Foaly était tellement paranoïaque quand il s'agissait d'Opale et si fier de ses propres inventions qu'il avait insisté pour que le réaménagement de la navette ne comporte que des pièces certifiées Foaly-tech, allant jusqu'à enlever tous les composants Koboï et même les éléments génériques dont il n'arrivait pas à retrouver l'origine dans une de ses filiales. Mais en dépit de toute la paranoïa dont il était capable, Foaly avait omis de remarquer, sur le pare-chocs arrière, un trou rebouché avec de l'enduit qui contenait un adhésif, le Magic Mastic, fabriqué par les laboratoires Koboï. Par chance, lorsque l'adhésif commença à bouillonner puis explosa, il prit le chemin de moindre résistance et tournoya loin du vaisseau, tel un essaim d'abeilles enflammées. Aucun système de commande ne fut affecté mais on voyait à présent sur le spoiler une vilaine tache à l'endroit où s'était trouvé l'enduit, ce qui

ᘘᘉ·ᑌᕋ·ᕊ·ᕚᕝᘜᑌᖰ·ᕚᕋᘉ·ᙖᕝᕜᕘᕋᘜ·ᕋᕜ·ᕚᘒᘥᘜᕋ·

valait mieux que d'être mort, les occupants de la navette auraient sûrement été d'accord sur ce point.

L'appareil fut soulevé par les courants thermiques, emporté comme une fleur de pissenlit dans le Grand Canyon – si on veut bien admettre qu'il y ait des pissenlits dans le Grand Canyon en dépit de son aridité. Holly cala l'engin sur une trajectoire centrale, dans la vaste cheminée, bien qu'il y eût peu de risques qu'ils soient projetés contre une paroi en l'absence d'une poussée de magma de forte puissance. Artemis l'appela du fond de la navette mais le rugissement du vent l'empêcha de l'entendre.

– Les cylindres, dit Holly en formant clairement le mot sur ses lèvres et en tapotant les écouteurs de son propre casque.

– Mettez vos écouteurs.

Artemis détacha une paire de gros cylindres attachés au plafond et les fixa sur ses oreilles.

– Foaly vous a-t-il communiqué un premier bilan des dégâts ? demanda-t-il.

Holly vérifia son système de communication.

– Rien. Tout est en panne. Je n'ai même pas de parasites.

– Bien, voilà comment je vois la situation. Les liaisons étant coupées, j'en conclus que le meurtre de la jeune Opale a plongé toute la planète dans le chaos. Nous allons connaître des destructions à une échelle inconnue depuis la Seconde Guerre mondiale. De toute évidence, notre Opale a pour objectif d'émerger des cendres de cet immense bûcher à la manière d'un phénix aux allures de

)ߢ·ℛ♆Ɗ)◊ᙰ·ℳℛℬℛ·ꝭℛ)ℤꝭℛ✦·)ߢ⊕ꝭℐℛ·ℴℰ

félutine. Comment a-t-elle l'intention d'y parvenir, je n'en sais rien, mais il y a un rapport avec le manoir des Fowl, ma maison, et c'est donc là que nous devons aller. Combien de temps nous prendra le voyage, Holly?

Holly considéra la puissance de l'engin.

– Je peux diminuer de quinze minutes le temps normal mais il nous faudra quand même deux heures.

«Deux heures, songea Artemis. Cent vingt minutes pour concocter une stratégie réalisable qui nous permettrait de contrecarrer à nous trois le plan d'Opale, quel qu'il soit.»

Butler ajusta le micro de ses écouteurs.

– Artemis, je sais que vous y avez pensé puisque j'y ai pensé moi-même.

– Mon vieil ami, répondit Artemis, je prévois ce que vous allez me faire remarquer : nous nous précipitons tête baissée à l'endroit précis où Opale est en position de force.

– Exactement, Artemis, confirma le garde du corps. Ou comme on disait dans l'unité Delta : on court les yeux fermés dans la boîte à tuer.

Les traits d'Artemis s'affaissèrent. «La boîte à tuer?»

Holly fusilla Butler du regard. «Joliment exprimé, mon grand. La famille d'Artemis habite dans cette boîte à tuer.»

Elle fléchit les doigts puis les serra étroitement autour des manettes de contrôle.

– Je peux peut-être diminuer de vingt minutes le temps normal, dit-elle.

Et elle actionna les capteurs de la navette pour qu'ils

recherchent les courants thermiques les plus puissants qui allaient les propulser vers les folies auxquelles Opale Koboï préparait le monde.

ATLANTIDE

Opale s'accorda quelques instants pour se féliciter d'avoir eu, une fois de plus, entièrement raison dans sa théorie et elle demeura parfaitement immobile pour voir si elle pouvait sentir la panique qui régnait là-haut s'insinuer jusqu'à elle.

«Nous sentons quelque chose, conclut-elle. Il y a nettement une vague de terreur, mêlée d'une pointe de désolation.»

Il aurait été très agréable de rester simplement là un moment, à produire du pouvoir mais, avec tout ce qu'elle avait à faire, cela aurait été une forme de complaisance.

«Travailler, travailler, travailler, pensa-t-elle en tournant la tête vers l'entrée du tunnel. Je dois sortir.»

Sans le moindre flottement de son esprit, Opale émit une couronne de lumière et de chaleur intenses, s'élevant à travers la mousse anti-radiations solidifiée qui l'enveloppait et lévita jusqu'à la trappe d'accès du tube qui n'offrit guère plus de résistance que la mousse. Après tout, elle avait à présent le pouvoir de modifier la structure moléculaire de toute matière sur laquelle elle se concentrait.

«Le pouvoir s'atténue déjà, réalisa-t-elle. De la magie

s'échappe de moi et mon corps va bientôt commencer à se désintégrer.»

Un nain se tenait dans la salle, de l'autre côté de la trappe désagrégée. Il semblait indifférent aux prodiges qui se déroulaient sous ses yeux.

– C'est la fête des Frondelfe, aujourd'hui, déclara-t-il, le menton en avant. J'aimerais bien qu'on m'épargne ce genre de facéties un jour de fête. D'abord, je ne reçois plus rien sur mon téléphone, je ne sais donc pas qui mène dans le match de croqueballe, et maintenant, voilà qu'une félutine dorée flotte devant moi, en plein milieu de ma salle. Alors, pourriez-vous m'expliquer ce qui se passe, chère madame félutine ? Et d'abord, qu'avez-vous fait de vos ongles ?

Opale fut la première étonnée de se sentir obligée de répondre.

– Les ongles sont difficiles à reconstituer, le nain. J'ai préféré y renoncer pour gagner du temps.

– Oui, ça se comprend, dit Ozkopy qui se montrait beaucoup trop peu impressionné au goût d'Opale. Vous savez ce qui est difficile ? Être obligé de rester là à se prendre votre aura en pleine figure, c'est ça le plus dur. Je devrais être couvert d'écran total avec un indice de protection d'au moins mille.

Pour rendre justice à Ozkopy, il faut préciser que son apparente indifférence n'était pas due à un déséquilibre psychique. En fait, il était en état de choc. Il savait très bien qui était Opale, il savait aussi qu'il allait sans doute mourir et il essayait simplement de jouer les fanfarons.

Opale fronça les sourcils et son front doré se plissa

⠀

comme une coulée de lave ondulant au flanc d'un volcan.

– Toi, le nain, tu devrais être très honoré que la dernière image qui s'imprimera sur ta méprisable rétine soit celle de ma glorieuse… gloire.

Opale n'était pas entièrement satisfaite de la façon dont elle avait terminé sa phrase, mais le nain serait bientôt mort et cette maladresse grammaticale oubliée. Ozkopy, lui, n'était pas entièrement satisfait qu'Opale ait insulté sa rétine.

– Ma méprisable rétine? balbutia-t-il. C'est mon père qui m'a donné cette rétine… bien sûr, je ne veux pas dire qu'il l'a arrachée de ses propres yeux, mais il me l'a léguée, vous comprenez?

Il faut porter à son crédit cosmique qu'Ozkopy répliquait avec un certain panache.

– Et puisqu'on en est à échanger des insultes, j'ai toujours cru que vous étiez plus grande. En plus, vous avez les hanches flasques.

Furieuse, Opale se hérissa, ce qui se traduisit par une augmentation de trois mètres du rayon de sa couronne radioactive qui atomisa totalement tout ce qui se trouvait dans cet espace, y compris Ozkopy lui-même. Mais, bien que le nain eût été anéanti, sa dernière réplique allait demeurer pour le reste de ses jours dans un coin de la tête d'Opale, là où elle rangeait les affaires qu'elle avait dû laisser en suspens. Si Opale avait un défaut qu'elle reconnaissait elle-même, c'était sa tendance à se débarrasser inconsidérément de ceux qui l'avaient offensée, les dispensant ainsi de représailles, si l'on peut dire.

«Je ne dois pas laisser ce nain me démolir le moral, se dit-elle en s'élevant vers la surface à une vitesse aveuglante. Mes hanches n'ont absolument rien de flasque.»

Dans son apparence, l'ascension d'Opale fut en effet aveuglante et même divine, telle une supernova qui aurait filé vers la surface des eaux. La chaleur féroce de sa magie noire repoussa les murailles de l'Atlantide et la masse écrasante de l'océan avec une égale facilité, réorganisant la structure atomique de tout ce qui se trouvait sur son passage.

Sa couronne de magie fonça droit devant, s'éleva vers le ciel et mit le cap sur le manoir des Fowl. Elle n'avait pas besoin de penser à sa destination, car la serrure suprême l'appelait. La serrure dont elle était la clé.

CHAPITRE 5

L'APOCALYPSE

Ensevelis en une spirale descendante autour de la serrure suprême, les Berserkers commençaient à s'agiter tandis que la magie se déchaînait dans le monde, au-dessus d'eux.

« Quelque chose vient, comprit Oro, capitaine des Berserkers. Bientôt, nous serons libres et nos épées connaîtront à nouveau le sang de l'homme. Nous consumerons leurs cœurs dans des jarres d'argile et nous appellerons les anciennes forces des ténèbres. Nous prendrons toutes les formes nécessaires pour repousser les humains. Ils ne peuvent nous tuer car nous sommes déjà morts, liés par un écheveau magique. »

« Notre temps sera bref, pas plus d'une seule nuit après toute cette attente, mais nous nous couvrirons de gloire et de sang avant de rejoindre dans l'au-delà la déesse Danu. »

« Sentez-vous comme tout a changé ? demanda Oro

ᛒᛃᚷ·⧉·ᛒᚱᛝᛚᚱᚢ⧉·ᚲᛝᚢᛞᛒ·ᚙᚱᛞᛝ·ᚼᚙᚱᛒ⧉·

à l'esprit de ses guerriers. Préparez-vous à vous élancer lorsque la porte sera ouverte.»

«Nous sommes prêts, répondirent ses guerriers. Quand la lumière tombera sur nous, nous nous emparerons du corps des chiens, des blaireaux et des humains et nous les soumettrons à notre volonté.»

Oro ne put s'empêcher de penser : «Je préférerais occuper le corps d'un humain plutôt que celui d'un blaireau.»

Car il était fier et sa fierté lui avait coûté la vie dix mille ans plus tôt.

Gobtou, qui reposait à sa gauche, émit une pensée qui vibra presque comme un rire. «Oui, disait-il, mais mieux vaut un blaireau qu'un rat.»

Si le cœur d'Oro avait été de chair et de sang, il se serait à nouveau gonflé de fierté, mais cette fois, pour ses guerriers.

«Mes soldats sont prêts à la guerre. Ils combattront jusqu'à ce que le corps qu'ils auront volé tombe mort, et ils seront libres alors d'étreindre la lumière.»

«Notre temps est venu.»

Juliet Butler avait pris son tour de garde et même sa tour de garde. Elle ne se contentait pas de s'occuper des affaires courantes pendant que les parents d'Artemis étaient à Londres pour assister à un colloque sur l'écologie. Elle défendait aussi une tour fortifiée.

Il s'agissait d'une tour Martello – un de ces ouvrages de défense construits au début du XIXe siècle – qui se tenait en sentinelle sur une petite colline dominant la baie de Dublin. Usée par les éléments, elle n'était plus qu'une ruine et un étrange lierre noir avait étendu ses rameaux le long des murs comme s'il essayait de ramener les pierres dans les profondeurs de la terre. Les conquérants en herbe étaient les frères d'Artemis : les deux jumeaux de quatre ans, Myles et Beckett. Armés d'épées de bois, les deux garçons avaient lancé plusieurs attaques contre la tour mais chaque fois, Juliet les avait repoussés en les envoyant rouler en douceur dans les hautes herbes. Beckett riait d'une petite voix aiguë mais Juliet voyait que Myles se montrait de plus en plus contrarié par l'échec de ses assauts.

« Exactement comme Artemis, celui-là, songea Juliet. Un nouveau cerveau du crime. »

Pendant les dix dernières minutes, les deux garçons, dans un bruissement de feuilles, s'étaient cachés derrière un buisson pour préparer leur prochaine attaque. Juliet entendait des rires étouffés et des ordres brefs donnés sans aucun doute par Myles qui communiquait à Beckett des instructions tactiques compliquées.

Juliet sourit. Elle imaginait le scénario. Myles devait dire quelque chose du genre : « Tu vas d'un côté, Beck, et moi de l'autre. Ça s'appelle une attaque sur les deux flancs. »

Ce à quoi Beckett répondrait quelque chose comme : « J'aime bien les chenilles. »

En vérité, les deux frères s'aimaient l'un l'autre plus qu'ils ne s'aimaient eux-mêmes, mais Myles vivait dans un état de constante frustration car Beckett ne pouvait, ou ne voulait, suivre la moindre instruction.

◊◙𝕏𝔻𝕔✦·8·𝕔𝔸𝔻𝕔𝕔◊𝔽 ·𝕏◊⊕◊𝕔·◉♌8·

« D'un moment à l'autre, Beckett va en avoir assez de ces préparatifs tactiques, pensa la jeune sœur de Butler, et il va sortir du buisson en brandissant son épée de bois. »

Un instant plus tard, Beckett sortit en effet du buisson d'un pas mal assuré, mais ce n'était pas une épée qu'il brandissait.

Juliet passa une jambe par-dessus le petit parapet et demanda d'un air soupçonneux :

– Beck, qu'est-ce que tu as là ?

Beckett agita l'objet devant lui.

– Un slip, dit-il sans détour.

Juliet regarda mieux pour avoir la confirmation que le triangle crasseux était bien un sous-vêtement. Comme Beckett avait porté pendant les derniers quarante-huit jours un T-shirt – à l'effigie du *Journal d'un dégonflé* – qui lui tombait jusqu'aux genoux, il était impossible de savoir si le sous-vêtement était ou non le sien, bien que cela parût vraisemblable, étant donné qu'il avait les jambes nues.

Beckett était d'un tempérament peu discipliné et au cours des quelques mois où elle avait assuré la fonction de nounou/garde du corps, Juliet avait vu bien pire qu'un simple sous-vêtement – par exemple, l'élevage de vers de terre qu'il avait installé dans les toilettes du rez-de-chaussée et qu'il avait fertilisé *personnellement*.

– Très bien, Beck, lança-t-elle du haut de la tour. Pose le slip par terre. Je vais t'en donner un propre.

Beckett s'avança d'un pas décidé.

– Nan, dit-il, Beckett en a assez de ces slips stupides. Celui-ci est pour toi. C'est un cadeau.

꘍꘍⨳◊ ꙭ·ꙭⵊꝍꟿ·ⵕꙮꟷ◊⨳·⨳·ⵅꙭꙭ◌·ꙭⵊꝍꟿ·

Le visage de l'enfant rayonnait d'un enthousiasme innocent. Beckett était convaincu que son slip kangourou était le plus beau cadeau qu'il puisse faire à une fille – en plus, un slip dans lequel était nichée une poignée de scarabées.

– Mais ce n'est pas mon anniversaire, répliqua Juliet.

Beckett était arrivé au pied de la tour en ruine, agitant son sous-vêtement comme un drapeau.

– Je t'aime, Juliet, accepte mon cadeau.

« Il m'aime, songea Juliet. Les enfants connaissent toujours le point faible. »

En désespoir de cause, elle tenta une dernière ruse :

– Tu ne vas pas avoir froid aux fesses ?

Beckett avait une réponse toute prête :

– Nan. Je ne sens jamais le froid.

Juliet eut un sourire affectueux. Elle n'avait aucun mal à le croire. Beckett le maigrichon produisait suffisamment de chaleur pour faire bouillir un lac. Le prendre dans ses bras, c'était comme étreindre un radiateur turbulent.

Arrivée à ce point, la seule manière pour Juliet d'éviter de toucher le sous-vêtement était de recourir à un léger mensonge :

– Les lapins adorent les vieux slips, Beck. Tu devrais l'enterrer pour l'offrir à papa lapin.

– Les lapins n'ont pas besoin de slips, dit une petite voix sinistre derrière elle. Ce sont des mammifères à sang chaud et leur fourrure suffit à maintenir une bonne température sous nos climats.

Juliet sentit la pointe de l'épée de bois de Myles

contre sa cuisse et comprit que le garçon avait envoyé Beckett faire diversion tandis qu'il la prenait à revers en montant les marches de derrière.

« Je n'ai rien entendu, songea Juliet. Myles a appris à s'approcher en silence. »

– Bravo, Myles, dit-elle. Comment as-tu fait pour que Beckett veuille bien suivre tes instructions ?

Myles eut un sourire satisfait et sa ressemblance avec Artemis avait quelque chose de troublant.

– Je ne lui ai pas donné d'ordre. Je lui ai simplement demandé si son derrière ne le grattait pas.

« Ce garçon n'a pas encore cinq ans, pensa Juliet. On va voir ce qui se passera quand le monde entendra parler de Myles Fowl. »

Du coin de l'œil, elle vit quelque chose de triangulaire voler vers elle et, instinctivement, elle l'attrapa. À peine ses doigts s'étaient-ils refermés sur l'objet qu'elle réalisa ce que c'était.

« Génial, pensa-t-elle. Piégée par deux garçons de quatre ans. »

– Bon, ça va, les gars, dit-elle. C'est l'heure de rentrer déjeuner. Qu'est-ce qu'il y a au menu, aujourd'hui ?

Myles remit son épée au fourreau.

– Je voudrais un croque-madame avec un jus de raisin bien frais.

– Moi, je veux des insectes, dit Beckett en s'éloignant à cloche-pied. Des insectes au ketchup.

Juliet hissa Myles sur son épaule et sauta du petit muret de la tour.

– Alors, même chose qu'hier, les garçons.

« Ne pas oublier de me laver les mains », pensa-t-elle.

Les deux enfants marchaient dans l'herbe qui leur arrivait à la taille lorsque commença le lointain chaos. Beckett ne prêta pas beaucoup d'attention à la soudaine cacophonie qui parvenait jusqu'à eux car il avait généralement en tête une bande sonore déjà riche en cris et explosions diverses. Myles, en revanche, comprit tout de suite qu'il se passait quelque chose d'anormal.

Il retourna vers la tour Martello et monta les quelques marches de pierre avec une maladresse dans les mouvements qui faisait penser à Artemis. Beckett trouvait cela très amusant car lui-même était aussi agile que ses deux frères étaient pataud.

– L'Apocalypse, annonça Myles lorsqu'il eut atteint la dernière marche. La fin du monde.

Beckett était effaré.

– Pas Disneyland, quand même !

Juliet ébouriffa ses cheveux décolorés par le soleil.

– Bien sûr que non, pas Disneyland.

Elle sentit au creux de son estomac un grondement accompagné d'une impression de malaise. D'où venaient ces bruits ? On aurait dit qu'il y avait une zone de guerre un peu plus loin.

Juliet suivit Myles sur le sol de boue séchée au sommet de la tour. De là, ils voyaient clairement ce qui se passait dans la grande ville, située à plusieurs kilomètres vers le nord. D'habitude, les seuls bruits que le vent apportait de si loin se limitaient à des coups de klaxon échappés des voitures coincées dans les embouteillages du boulevard périphérique. Mais aujourd'hui, l'autoroute qui menait à Dublin ressemblait plutôt au chemin de l'enfer. Même à cette distance, on voyait que les six files de voitures étaient complètement arrêtées. Plusieurs moteurs explosèrent sous leurs yeux et un pick-up capota sans raison apparente, basculant en avant. Plus loin en ville, on entendait le grondement d'explosions plus fortes, derrière les immeubles, et des panaches de fumée flottaient dans le ciel de l'après-midi – un ciel qui n'était pas lui-même à l'abri des ennuis car un petit avion fut contraint d'atterrir d'urgence au milieu d'un terrain de football et un satellite de communication tout à fait officiel tomba de l'espace comme un robot mort sur le toit de l'hôtel U2.

Beckett monta les marches à son tour et prit la main de Juliet.

– C'est l'Apo-calyspe, dit-il à voix basse. Le monde fait boum.

Juliet serra les deux garçons contre elle. Ce qui se passait semblait trop énorme pour que la famille Fowl en soit la cible spécifique, mais, d'un autre côté, il y avait une longue liste de gens qui auraient été ravis de détruire tout le comté de Dublin pour se débarrasser d'Artemis.

– Ne vous inquiétez pas, les enfants, dit Juliet. Je vous protégerai.

Elle plongea la main dans sa poche. Dans des situations comme celle-ci, lorsque les choses prenaient une tournure violente et bizarre, la première réaction était toujours la même : appeler Artemis.

Elle fit défiler la liste des réseaux sur l'écran de son

téléphone et ne fut pas surprise outre mesure de voir que le seul encore disponible était le système FOX qu'Artemis avait mis au point pour les appels d'urgence sécurisés.

« J'imagine qu'Artemis est le seul adolescent au monde à avoir construit et lancé son propre satellite. »

Elle était sur le point de sélectionner le nom d'Artemis parmi ses contacts lorsqu'un bras massif apparut dans les airs, à trois mètres d'elle. Au bout du bras, il y avait une main serrée sur la crosse d'un Neutrino de fée.

– Bonne nuit, Fillette de Boue, dit une voix sortie de nulle part.

Dans un crépitement d'énergie, un éclair bleu jaillit alors du canon de l'arme.

Juliet connaissait suffisamment bien les armes de fée pour savoir qu'elle survivrait à un éclair bleu, mais qu'elle souffrirait sans doute d'une brûlure superficielle et se réveillerait dans un cocon de douleur.

« Désolée, mes enfants, pensa-t-elle. Je n'ai pas été à la hauteur. »

L'éclair du pistolet de Pip la frappa en pleine poitrine, fit un trou en brûlant son blouson et précipita la jeune femme au bas de la tour.

Oro, chef des Berserkers, eut un moment de doute.

« Peut-être que l'attente de la liberté n'est qu'un désir profond », pensa-t-il.

Non. C'était plus qu'une simple envie. La clé arrivait. Il sentait monter un flux de puissance à mesure qu'elle approchait de leur sépulture.

𝄞⟊⟒⟒⟒·⟒⟊⟒⟒⟒·⟒⟊·⟒⟒⟒·⟒⟊⟊⟒⟒⟊⟊⟒⟊⟒⟒⟒·

«Préparez-vous, lança-t-il en pensée à ses guerriers. Lorsque la porte sera ouverte, prenez la forme que vous voudrez. Nous pourrons nous emparer de tout ce qui vit ou a vécu.»

Oro sentit la terre trembler sous le rugissement de ses guerriers.

Ou peut-être n'était-ce qu'un simple désir.

CHAPITRE 6

LEVEZ-VOUS,
MES BEAUX GUERRIERS

PORT DES NAVETTES, TARA, IRLANDE

Lorsque le capitaine Holly Short essaya de s'amarrer à la plateforme qui lui avait été réservée, elle s'aperçut que les crampons électromagnétiques ne fonctionnaient plus et fut obligée d'improviser un atterrissage dans le tunnel d'accès. C'était plus ou moins ce que le directeur du port des navettes allait écrire dans son rapport sur cet incident extraordinaire quand il serait sorti de son séjour en hôpital psychiatrique, mais cette description ne parvenait pas à exprimer le véritable traumatisme engendré par l'épisode.

Pendant la durée de leur approche, les instruments de bord de Holly l'avaient assurée que tout était nickel puis, au moment où elle tournait la queue du *Cupidon d'Argent* pour s'amarrer aux crampons électromagnétiques, l'ordinateur de contrôle du port de Tara avait émis un bruit semblable à celui d'une tranche de viande crue s'écrasant à grande vitesse contre un mur et s'était éteint complètement, ne laissant d'autre choix à Holly que de revenir en arrière dans le tunnel d'accès et prier pour qu'il ne s'y trouve aucun personnel non autorisé.

Il y avait eu des froissements de métal, du plexiglas brisé et des câbles en fibre optique étirés comme du caramel mou, qui finirent par céder. La coque renforcée du *Cupidon d'Argent* résista à la punition, mais l'ornement du capot s'envola, à la manière du personnage qu'il représentait, et serait retrouvé trois mois plus tard dans le ventre d'un distributeur de soda, réduit par la corrosion à une figure stylisée à peine reconnaissable.

Holly écrasa les freins tandis que des gerbes d'étincelles et des débris métalliques pleuvaient sur la navette, criblant le pare-brise. Le harnais gyroscopique de Holly avait absorbé la plus grande partie du choc qu'aurait dû encaisser son corps mais Artemis et Butler furent secoués comme des billes dans un hochet.

– Tout le monde est vivant ? cria-t-elle par-dessus son épaule.

Les divers grognements et gémissements qui lui répondirent confirmèrent que ses passagers avaient survécu, mais peut-être pas *intacts*.

Artemis se glissa hors de l'étreinte protectrice de Butler et consulta les indications affichées sur l'écran de la navette. Du sang s'échappait d'une coupure à son front mais il ne semblait pas l'avoir remarqué.

– Il faut trouver un moyen de sortir d'ici, Holly, dit-il.

Holly faillit pouffer de rire. Sortir la navette de cet endroit aurait signifié détruire sciemment toute une installation des FAR. Ce ne serait pas seulement enfreindre le règlement mais en déchirer les pages une à une, les mélanger à de la bouse de troll, cuire la mixture au four pour en faire un pâté et le jeter dans les flammes d'un feu de camp.

– Pâté de bouse, marmonna-t-elle, ce qui n'avait aucun sens si l'on n'avait pas suivi l'enchaînement de ses pensées.

– Vous ferez peut-être un pâté de bouse avec le règlement, dit Artemis, qui semblait capable de suivre les enchaînements de pensées, mais il faut absolument arrêter Opale pour notre propre salut.

Holly hésita.

Artemis tira bénéfice de cette hésitation.

– Holly, nous sommes dans des circonstances exceptionnelles, dit-il d'un ton pressant. Vous vous souvenez de l'expression de Butler ? « La boîte à tuer » ? C'est là que se trouvent mes frères en ce moment. Dans la boîte à tuer. Et vous savez jusqu'à quel point Juliet poussera l'esprit de sacrifice pour les sauver ?

Butler se pencha en avant, attrapa une poignée de sécurité en forme de boucle qui pendait du plafond et l'arracha en même temps.

– Analysons la situation d'un point de vue tactique, dit-il, sachant d'instinct comment galvaniser le capitaine des FAR. Nous devons partir du principe que nous sommes la seule force, très réduite, qui puisse s'interposer entre Opale et les projets de domination mondiale que son esprit tordu a pu élaborer dans la solitude de sa prison. Souvenez-vous, elle était prête à sacrifier sa propre vie. Ça faisait partie de son *plan*. Il faut y aller. *Tout de suite, soldat !*

Butler avait raison et Holly le savait.

– D'accord, dit-elle en entrant des paramètres dans le planificateur d'itinéraire du *Cupidon*. Vous l'aurez voulu.

Un lutin vêtu d'un gilet fluorescent volait dans le tunnel d'accès, ses ailes se cognant dans sa hâte contre la paroi arrondie. Les ailes de lutin volant étaient des capteurs à biosonar très sensibles qui mettaient des années à guérir en cas de blessure. Le lutin devait donc se trouver dans un considérable désarroi pour prendre d'aussi grands risques.

Holly se mit à gémir.

– C'est Nander Thall. Le maniaque du règlement.

Thall avait des tendances paranoïaques et craignait avant tout que les humains contaminent Haven-Ville en y entrant ou y dérobent quelque chose en sortant. Il insistait donc pour que le *Cupidon* soit soumis à un scan intégral chaque fois qu'il s'amarrait.

– Allons-y, pressa Butler. Nous n'avons pas le temps de nous soumettre aux procédures de Thall.

Nander Thall s'adressa à eux en criant dans un mégaphone.

– Coupez les moteurs, capitaine Short. Nom d'un Frondelfe, qu'est-ce que vous essayez de faire ? Je savais que vous étiez du genre incontrôlable, Short. Je le savais. Une instable.

– Pas le temps, dit Artemis. Pas le temps.

Thall se tenait en vol stationnaire à un mètre du pare-brise.

ᎭᏒᎱᏇ Ꮧ· ᏇᏫᏋᏔᏗ· Ꮗ· ᎤᏫ· ᏂᏫᏖᏎᏇᏋᏫ

– Quand je vous regarde au fond des yeux, Short, je vois le chaos. Nous avons appliqué les mesures de confinement. Le bouclier est hors service, vous comprenez ça ? Il suffirait d'un humain armé d'une pelle pour déterrer entièrement le port des navettes. Tout le monde doit être sur le pont, Short. Coupez les moteurs, c'est un ordre que je vous donne.

Les yeux de Nander Thall sortaient de leurs orbites comme des œufs d'oie et ses ailes battaient d'une manière désordonnée. Ce lutin était au bord de la crise de nerfs.

– Pensez-vous que si nous lui demandons la permission, il nous laissera partir à temps ? interrogea Artemis.

Holly en doutait. Le tunnel d'accès s'étendait derrière Thall, des passagers nerveux se pressant les uns contre les autres dans les flaques de lumière diffusées par les projecteurs de secours. La situation serait déjà suffisamment difficile à contrôler sans qu'elle fasse monter le niveau de panique.

L'ordinateur de bord émit un bip, affichant sur son écran la meilleure voie pour s'échapper d'ici et ce fut ce bip qui décida Holly.

– Désolée, dit-elle en formant bien le mot sur ses lèvres pour que Nander Thall comprenne. Nous devons y aller.

Les ailes de Thall se mirent à battre de plus en plus vite, d'un mouvement nerveux.

– N'essayez pas de me dire que vous êtes désolée. Et vous n'irez nulle part.

⊕⊖♌ß♐⋃♃⋌◗⊖⊕⋋⊕⊖෨⋫✦·⟨◌♌ß⚡⋫⟨⊕⋐⟩⅄⅄·

Mais Holly était bel et bien désolée et il fallait qu'elle y aille. Donc, elle y alla. En fonçant droit vers le carrousel à bagages qui, généralement, tournait bruyamment au-dessus des voyageurs, les bagages flottant le long d'un canal transparent à réseau d'eau intelligent qui affichait à travers le plexiglas l'identité du propriétaire de chaque valise. À présent, l'eau avait cessé de circuler dans le canal et les bagages se cognaient les uns contre les autres comme des esquifs abandonnés.

Holly donna un petit coup de pouce au manche à balai, dirigeant le *Cupidon* dans le canal dont l'ordinateur de bord lui assura que la largeur était suffisante pour recevoir le véhicule. C'était vrai, mais de chaque côté, il n'y avait que deux centimètres entre les garde-boue et la paroi transparente.

Étonnamment, Nander Thall s'était lancé à leur poursuite. Il voletait le long du canal, la longue mèche qui dissimulait d'ordinaire sa calvitie flottant derrière lui comme une manche à air, et il ne cessait de hurler dans son petit mégaphone.

Holly eut un haussement d'épaules théâtral.

– Je n'entends rien, dit-elle en formant les mots sur ses lèvres. Désolée.

Et elle s'éloigna tandis que le lutin injuriait le tunnel à bagages qui coulait dans une spirale en pente douce jusqu'à la salle des arrivées.

Aux commandes du *Cupidon*, Holly suivit les courbes du tunnel, guidée par ses deux phares qui éclairaient des parois de plexiglas le long desquelles couraient des kilomètres de circuits morts. On voyait des silhouettes indécises s'affairer sur des boîtiers électriques, ôtant des condensateurs et des fusibles fumants.

– Des nains, dit Holly. Ce sont les meilleurs électriciens. Ils n'ont pas besoin d'éclairage et les espaces sombres et exigus sont un avantage pour eux. En plus, ils mangent les composants usagés.

– C'est vrai ? s'émerveilla Butler.

– Absolument. Mulch m'a assuré que le cuivre était très bon pour nettoyer les entrailles.

Artemis ne participait pas à la conversation. Elle était triviale et il s'était plongé dans son mode de visualisation, se représentant tous les scénarios concevables qu'ils auraient à affronter quand ils arriveraient au manoir des Fowl et inventant des stratagèmes pour sortir vainqueur de chacun de ces scénarios.

De ce point de vue, la méthodologie d'Artemis était semblable à celle du maître américain des échecs, Bobby Fischer, qui était capable de calculer tous les mouvements possibles d'un adversaire pour pouvoir contrer chacun d'eux. Le seul problème avec cette technique, c'était qu'il existait des scénarios qu'Artemis ne pouvait envisager et qu'il devait reléguer à la fin de son processus intellectuel, ce qui rendait celui-ci défaillant.

Il essayait donc de prévoir, conscient que c'était sans doute futile car il ne connaissait pas la plupart des constantes de cette équation, sans parler des variables.

Une sombre promesse se dessinait sous la surface de ses raisonnements logiques.

« S'il est fait du mal à ceux que j'aime, alors Opale Koboï devra payer. »

✍ ⊕◊⌾◐ℬ⅊⊕⊖ℬℬ·⅋ℒ◊ℛℋ➤·⅊·⊜◐⅃⅌·⅋ ⅌·⅀⌾⅃ℛ

Artemis essaya de bannir cette pensée car elle ne lui était d'aucune utilité, mais l'idée de vengeance refusa de s'effacer.

Holly n'avait que quelques centaines d'heures de vol aux commandes du *Cupidon*, beaucoup trop peu pour ce qu'elle allait tenter, mais de toute façon, il ne pouvait y avoir suffisamment d'heures de vol dans toute une vie pour assurer ce genre de pilotage.

Le *Cupidon* filait dans le canal, ses gros pneus trouvant appui sur le conduit de plexiglas. À l'arrière, la minuscule fusée déguisée en tuyau d'échappement formait dans l'eau du réseau intelligent une brève traînée bouillonnante. Des valises étaient écrasées sur le passage de l'engin ou explosaient comme des obus de mortier le long du carrousel, projetant sur ceux qui se trouvaient au-dessous des vêtements qui voletaient dans les airs, divers cosmétiques et des souvenirs de contrebande d'origine humaine. Les agents de sécurité en service avaient eu la présence d'esprit de confisquer la plupart de ces artefacts, mais personne ne put jamais savoir qui avait réussi à fourrer dans une valise une silhouette en carton grandeur nature de Gandalf.

Holly se concentrait sur son pilotage, les yeux plissés, les dents serrées. Le canal à bagages les mena hors du terminal jusqu'à la couche rocheuse. Ils suivirent alors une spirale ascendante à travers des strates archéologiques, passant devant des os de dinosaure et des sépultures celtiques, des campements vikings et des murs normands. Enfin, le *Cupidon* émergea dans un vaste hall à bagages dont le plafond transparent donnait directement sur l'extérieur. On aurait dit le repaire d'un super ennemi de James Bond, avec un enchevêtrement de poutrelles métalliques en forme de toile d'araignée et un système de rails pour navettes.

Généralement, la Fenêtre Céleste était camouflée par des projecteurs et des boucliers d'invisibilité, mais ces mesures de sécurité seraient hors service tant que les pièces détachées en provenance des usines Koboï n'auraient pas été remplacées par du matériel qui n'avait pas subi d'explosion. Cet après-midi-là, des nuages marbrés dérivaient dans le ciel d'Irlande, au-dessus des panneaux biseautés qui formaient la Fenêtre Céleste, et le hall à bagages devait être entièrement visible de là-haut si quelqu'un avait eu envie de photographier les manutentionnaires féeriques ou les chariots élévateurs criblés de trous fumants, comme si des tireurs embusqués les avaient pris pour cible.

Holly demanda à l'ordinateur de bord s'il était possible de sortir par une voie différente de celle qu'il suggérait. L'avatar informatique lui indiqua avec un parfait détachement qu'il y en avait une en effet, mais qu'elle se trouvait à trois cents kilomètres de là.

– Nom de nom, marmonna Holly.

Elle décida de ne plus du tout se soucier du règlement ni des dégâts matériels. Il y avait des intérêts supérieurs à prendre en compte et personne n'aime les pleurnichards.

«Personne n'aime les pleurnichards.» C'était ce que son père lui avait toujours dit.

𝄞⊛β⟩·⚡·βꙅ·⚘⚕⟨☞·⚐⟩·𝄽·⊛⚕⟩ꝑ𝄞ꙩ⚘·ꝑ⟩☉·

Elle le revoyait à présent, passant chaque minute libre dans son précieux jardin, nourrissant d'algues ses tubercules qui poussaient sous la simili-lumière du jour.

– Tu dois faire ta part des tâches ménagères, Poppy. Ta mère et moi, nous passons nos journées à travailler pour que cette famille puisse vivre. (Il s'interrompait alors et lui caressait le menton.) Il y a très longtemps, les Berserkers ont accompli l'ultime sacrifice pour le bien du Peuple. Personne ne te demande d'aller aussi loin mais tu pourrais au moins faire ta part de corvées avec un sourire sur ton joli visage. (Puis il se raidissait et jouait les sergents-majors.) Donc, au travail, soldat Poppy. Personne n'aime les pleurnichards.

Holly aperçut son reflet dans le pare-brise. Ses yeux étaient baignés de mélancolie. Dans sa famille, les filles avaient toujours reçu le surnom de Poppy. Personne ne se rappelait pourquoi.

– Holly ! aboya Artemis. La sécurité se rapproche.

Holly sursauta, l'air coupable, et vérifia le périmètre. Plusieurs agents s'avançaient peu à peu vers le *Cupidon*, essayant de l'impressionner avec des Neutrino devenus inutiles, se mettant à couvert derrière la carcasse fumante d'une navette renversée.

L'un des agents tira deux coups de feu qui atteignirent l'aile avant.

« Une arme artisanale, se dit Holly. Il a dû la fabriquer lui-même. »

Les tirs n'eurent pas beaucoup d'effet sur les plaques qui recouvraient le *Cupidon*, mais si cet agent s'était donné la peine de bricoler son propre pistolet d'appoint, peut-être avait-il pensé à l'équiper d'un canon capable de percer un blindage.

Comme s'il lisait dans ses pensées, l'agent tâtonna dans sa ceinture, à la recherche d'un chargeur.

« C'est la différence entre toi et moi, pensa Holly. Moi, je ne tâtonne pas. »

Elle lança les réacteurs à pleine puissance et envoya filer la navette en direction de la Fenêtre Céleste, pendant que les agents de sécurité faisaient semblant de tirer sur elle avec des armes inutiles, deux d'entre eux allant même jusqu'à crier des Bang ! Bang ! pour imiter des bruits de détonation, même s'il y avait des siècles que les armes des fées ne produisaient plus aucun Bang ! Bang !

« La Fenêtre Céleste est en plexiglas renforcé, songea Holly. Ou bien c'est elle qui se casse ou bien c'est le *Cupidon*. Sans doute un peu des deux. »

Elle ne le saurait jamais, mais Holly n'aurait pas gagné son pari. La Fenêtre Céleste avait été conçue pour résister à l'impact direct de tout projectile, à part les missiles nucléaires, une information qui était fièrement annoncée dans les haut-parleurs du terminal une centaine de fois par jour et que Holly s'était toujours arrangée pour ne jamais entendre.

Heureusement pour le capitaine Short et ses passagers, et pour le sort du monde en général, son ignorance, qui aurait pu être fatale, ne serait jamais révélée car Foaly avait anticipé une situation dans laquelle la Fenêtre Céleste aurait refusé de s'ouvrir devant un vaisseau féerique fonçant vers elle à pleine vitesse. Le centaure avait également deviné qu'en vertu de la loi universelle sur la chute des tuiles – selon laquelle quand une tuile tombe, elle vous choisit pour cible et vous vous retrouvez alors dans le pétrin, pour ne pas dire pire, face à votre hiérarchie –, la Fenêtre Céleste refuserait sans doute de s'ouvrir à un moment crucial. Aussi avait-il introduit un petit organisme de proximité fonctionnant en autonomie grâce à son cœur/batterie et développé à partir de cellules souches d'ailes de lutin qu'il s'était *appropriées*.

Le processus dans son intégralité était, au mieux, un peu douteux et, au pire, illégal. Foaly ne s'était donc pas donné la peine d'enregistrer le projet et avait simplement installé ses capteurs de sa propre autorité. Le résultat, c'était qu'une colonie de scarabées de proximité sillonnait le bord des panneaux de plexiglas qui composaient la Fenêtre Céleste et si leurs petites antennes sentaient qu'un véhicule s'approchait trop près de l'un des panneaux, ils excrétaient un jet d'acide sur le plexiglas et le dévoraient rapidement. L'énergie nécessaire pour accomplir leur tâche à temps était considérable et lorsqu'ils avaient fini, les scarabées se recroquevillaient et mouraient. C'était impressionnant mais, un peu comme l'homme à la tête explosive, ce tour ne pouvait être réalisé qu'une seule fois.

Lorsque les scarabées perçurent l'ascension du *Cupidon*, ils se précipitèrent comme une compagnie de cavalerie sur le qui-vive et dévorèrent un panneau en moins de quatre secondes. Leur vie s'acheva en même temps que leur travail et ils tombèrent comme des billes sur le capot de la navette.

– C'était facile, dit Holly dans son micro tandis que le *Cupidon* passait par le trou découpé selon ses contours. La Fenêtre Céleste de Foaly n'est pas si infranchissable.

L'ignorance, dit-on, est parfois fatale, mais à l'occasion, elle peut être aussi une forme de bonheur.

Holly actionna le bouclier d'invisibilité du *Cupidon*, même si cela n'était pas vraiment nécessaire étant donné que tous les satellites de fabrication humaine étaient hors-service, et elle mit le cap sur le manoir des Fowl.

« Ce qui nous donne environ cinq minutes avant d'arriver à l'endroit exact où Opale veut que nous soyons. »

Une réflexion qui n'avait rien de rassurant et qu'elle préféra garder pour elle, mais il lui suffit d'un coup d'œil dans le rétroviseur pour voir que Butler, d'après l'expression de son visage, pensait plus ou moins la même chose.

– Je sais, dit-il en croisant son regard. Mais quel autre choix avons-nous ?

ESPACE AÉRIEN IRLANDAIS

Il aurait été impossible à Opale de se détourner de la serrure, même si elle avait mobilisé à cet effet tout son nouveau pouvoir de félutine. Elle était la clé et toutes deux étaient faites l'une pour l'autre. Leur rencontre, telle une collision, était aussi inévitable que le passage du temps. Opale sentit la peau de son visage se tendre vers la serrure et ses bras subirent une telle attraction que ses articulations craquèrent.

« L'elfe sorcier était vraiment puissant, songea-t-elle. Même après tout ce temps, sa magie subsiste. »

Sa trajectoire la transporta en un arc régulier jusqu'à la surface de l'océan puis dans le ciel irlandais. Elle descendit vers le domaine des Fowl comme une boule de feu lancée par une fronde, sans avoir le temps de réfléchir ou de s'inquiéter, ni même de se réjouir, au sujet de ses théories qui étaient sur le point de se vérifier.

« Je relèverai les morts, avait-elle souvent pensé dans sa cellule. Même Foaly ne peut prétendre à cela. »

Opale tomba sur le domaine des Fowl comme une comète frappant la Terre, directement sur les ruines de la tour Martello enveloppée de son lierre d'un autre monde. Tel un chien qui aurait reniflé un os, sa couronne de magie détruisit la tour, se creusa un chemin, tournoyant jusqu'à six mètres de profondeur, à travers des siècles de strates, et révéla au-dessous une autre tour plus ancienne. Le halo magique détecta la serrure à son sommet et s'immobilisa juste au-dessus, tel un navire de guerre aux contours scintillants.

Opale était allongée sur le ventre, elle flottait en regardant se dérouler les événements comme dans un rêve. Elle vit ses doigts s'écarter, secoués de spasmes, et des flots d'étincelles jaillir de leurs extrémités. Elle vit soudain disparaître un sortilège de camouflage, et ce qui lui avait semblé un simple rocher métamorphique se transforma en une tour de pierre brute dont la surface était gravée d'un enchevêtrement de runes complexes. L'ectoplasme magique s'enfonça dans les runes et les électrifia, faisant courir dans les sillons de petits ruisseaux enflammés.

⬜) 🜂 ✦ 🜔 ᚷ ⋅ 𐤓 𐤊 𐤊 🜔 🜚 ᚷ 𐤓 🜔 ◊ ⋅ 🪲) 𐤓 𐤊 🜍 ⋅ 🜔 ᚷ ⋅ 𐤓 ◊ 𐤓 ⋅

« Ouvre-toi à moi », pensa Opale. Il faut cependant noter qu'il s'agit là d'une libre interprétation de ses ondes cérébrales. Une autre interprétation pourrait simplement se traduire par : « Aaaaaaargghhhhhh. »

Les runes de la serrure bouillonnaient de magie, s'animaient, ondulaient comme des serpents sur du sable brûlant, elles se mordaient les unes les autres, les plus grosses avalant les traits des moins puissantes jusqu'à ce qu'il ne reste plus qu'un simple distique en langue gnomique :

$$\theta\theta\cdot\lozenge\lozenge\cdot\lozenge\cdot\oslash\lozenge\mathcal{Q}\cdot\lozenge\lozenge\lozenge\lozenge\lozenge\cdot\oplus\cdot\otimes\cdot\oplus\lozenge\lozenge\lozenge\cdot\lozenge\lozenge\cdot\lozenge\lozenge\lozenge\lozenge\lozenge\lozenge \lozenge$$
$$\lozenge\lozenge\cdot\cdot\otimes\lozenge\cdot\lozenge\lozenge\cdot\oplus\lozenge\lozenge\lozenge\cdot\lozenge\lozenge\lozenge\lozenge\lozenge\lozenge\lozenge\lozenge\cdot\oplus\lozenge\cdot\lozenge\lozenge\lozenge\cdot\lozenge\lozenge \lozenge$$

IL Y A DEUX SERRURES ET VOICI LA PREMIÈRE
SI TU LA VOIS S'OUVRIR, TA VIE SERA AMÈRE

Opale était suffisamment consciente pour ricaner dans son cocon. La poésie féerique médiévale. Typiquement simpliste. Grammaire douteuse, rimes évidentes et une grandiloquence telle qu'on l'entend résonner dans sa tête.

« Je vais la voir s'ouvrir, pensa-t-elle, et la vie d'Artemis Fowl sera amère. Mais courte. »

Opale se concentra et posa sa main droite à plat sur la pierre, doigts écartés, un nuage de magie entourant leurs extrémités. La main s'enfonça comme la lumière du soleil dans l'obscurité et des craquelures rayonnèrent à son contact.

« Levez-vous, pensa-t-elle. Levez-vous, mes beaux guerriers. »

$$\lozenge\cdot\lozenge\lozenge\lozenge\cdot$$

ÉRIÚ, ÉGALEMENT CONNU SOUS LE NOM DE DOMAINE DES FOWL

Les Berserkers étaient arrachés de la terre sacrée et projetés dans les airs comme par un canon. Les secousses de l'au-delà diminuèrent d'intensité et les guerriers sentirent qu'ils avaient désormais la liberté d'accomplir leur mission. Leur prochaine mort, ils le savaient, serait la dernière et enfin les portes du Nimh s'ouvriraient devant eux. C'est ce qui leur avait été promis. Ils avaient hâte que cela se réalise. Car c'est une vérité éternelle : bien que les morts aspirent à la vie, les âmes sont faites pour le ciel et ne seront jamais en repos tant qu'elles ne l'auront pas atteint. L'elfe sorcier ne le savait pas lorsqu'il avait forgé la serrure et la clé. Il ne savait pas que, dix mille ans plus tôt, il avait condamné ses guerriers en détournant leur visage de la lumière. Et être détourné de la lumière trop longtemps pouvait coûter son âme à qui subissait un tel sort.

Mais à présent, toutes les promesses qui avaient été murmurées dans leurs oreilles mourantes, alors que le prêtre traînait vers leur sépulture leurs corps lourds et flasques, étaient sur le point de se réaliser. Il ne leur restait plus qu'à voler des corps pour avoir la force de défendre la porte et ainsi, leur deuxième mort leur ouvrirait le paradis. Les Berserkers pourraient rentrer chez eux.

Mais pas avant que n'ait coulé le sang des hommes.

La terre entra en effervescence et sa surface se mit à danser tandis que l'ectoplasme de cent guerriers féeriques la traversait. Ils montaient, impatients de retrouver la lumière, inexorablement attirés vers la clé, au-dessus de la serrure de pierre, et ils traversèrent un à un l'ouverture magique.

Oro fut le premier.

« C'est un félutin, constata-t-il, non sans surprise car les félutins étaient connus pour leur manque de pouvoir magique. Et de sexe féminin, en plus ! Mais en tout cas, celle-ci a une magie puissante. »

Chaque fois qu'un guerrier traversait l'être d'Opale, elle sentait sa douleur, son désespoir et intériorisait ses épreuves avant de le projeter dans le monde en lui donnant un seul ordre :

« Obéis-moi, tu es mon soldat, à présent. »

Et ainsi, Oro et sa troupe de Berserkers furent placés sous *geasa*, ou lien magique, et obligés de suivre Opale où elle leur commanderait d'aller. Précipités vers le ciel, ils cherchaient à l'intérieur du cercle magique un corps à habiter.

En tant que chef, Oro pouvait choisir le premier son enveloppe physique et, comme nombre de ses guerriers, il avait passé des milliers et des milliers d'heures à réfléchir au genre de créature qui pourrait le mieux mettre ses talents en valeur. Dans l'idéal, il aurait voulu un elfe avec pas mal de muscles et un long bras pour manier l'épée mais il était peu probable qu'un spécimen de cette qualité soit immédiatement disponible et même si cela était, il aurait été honteux de prendre un elfe pour le remplacer par un autre. Ces derniers temps, Oro avait plutôt décidé de s'incarner dans un troll si par hasard il en passait un à proximité.

«Imaginons un peu. Un troll avec une intelligence d'elfe. Quel formidable guerrier cela ferait.»

Mais il n'y avait pas de troll et la seule fée disponible était un faible gnome avec des runes de protection qui se croisaient sur sa poitrine. Pas question de posséder celui-là.

En revanche, il y avait des humains, trois de ces créatures haïes. Deux mâles et une femelle. Il laisserait la femelle à Bellico, l'une des deux fées de sexe féminin qu'ils comptaient dans leurs rangs. Il lui restait donc les garçons.

L'âme d'Oro tournoya au-dessus des mâles. Deux curieux petits humains, des homminets si l'on pouvait dire, qui ne se montraient pas aussi impressionnés que la situation l'aurait exigé. Enfin, quoi, par la déesse Danu ! Leur monde avait été balayé par un maelström de magie. N'auraient-ils pas dû trembler dans leurs bottes, le nez ruisselant, et implorer une pitié qui ne viendrait jamais ?

Mais non, leur réaction était de simple surprise. Le garçon aux cheveux bruns s'était précipité vers la fille inanimée et lui tâtait le pouls d'une main experte. L'autre, un blond, avait déraciné une poignée de roseaux avec une force surprenante pour sa taille et s'en prenait maintenant au stupide gnome, le forçant à reculer vers un fossé.

«Celui-ci m'intéresse, songea Oro. Il est jeune et de petite taille mais son corps bouillonne de puissance. Je vais le prendre.»

Et ce fut aussi simple que cela. Il suffit à Oro d'avoir cette pensée pour qu'elle devienne réalité. Un instant plus tôt, il volait simplement au-dessus de Beckett Fowl, à présent, il était Beckett lui-même et fouettait le gnome avec une poignée de roseaux cinglants.

Oro éclata d'un rire sonore en éprouvant les sensations qui assaillaient ses terminaisons nerveuses. Il sentit la sueur dans les plis de ses doigts, la surface lisse et brillante des roseaux. Il sentit l'odeur du garçon, la jeunesse et l'énergie qui émanaient de lui, comme un parfum de foin et d'été. Il sentit dans sa poitrine un cœur qui battait comme un tambour.

– Ha ! s'exclama-t-il, exultant, et il continua de fouetter le gnome pour son simple plaisir, en pensant : « Le soleil est tiède, gloire à Belenos. Je vis à nouveau mais en ce jour, je mourrai avec joie pour voir des hommes ensevelis dans la terre, à côté de moi. »

Car il est vrai que les guerriers féeriques ressuscités font preuve d'une grande noblesse dans leurs pensées, sans manifester toutefois un grand sens de l'humour.

– Fini de s'amuser, dit-il en gnomique, mais sa langue humaine mutilait les mots et on aurait cru entendre un grognement d'animal. Nous devons nous assembler.

Oro regarda les cieux où ses guerriers constitués de plasma grouillaient autour de lui comme un banc de créatures translucides venues des profondeurs de la mer.

– Ce que nous avons tant attendu arrive enfin, lança-t-il. Que chacun trouve un corps à l'intérieur du cercle.

Et ils se dispersèrent en un éclair d'ozone, scrutant

⚭𝄐)☉⊖·𝄐·☃☍𝄐)⊕𝄑·𝄐𝄐𝄐·𝄐𝄐·⊖𝄑𝄑𝄐𝄐𝄐𝄐𝄐·

le domaine des Fowl à la recherche d'un être d'accueil dans lequel s'incarner.

Les premiers corps possédés furent ceux des humains qui se trouvaient à proximité.

Ce n'était pas un bon jour pour chercher une enveloppe charnelle sur les terres des Fowl. Un jour de semaine normal, le manoir aurait réuni une foule virtuelle d'humanité. Et, dominant l'ensemble, il y aurait eu Artemis senior et Angeline Fowl, maître et maîtresse du manoir. Mais en cette journée fatale, le domaine était pratiquement fermé à l'approche des vacances de Noël. Les parents d'Artemis étaient partis à Londres pour assister à un colloque sur l'écologie en emmenant avec eux un assistant et deux bonnes. Le reste du personnel avait eu droit à un congé anticipé et seuls quelques employés revenaient occasionnellement pendant les vacances pour faire marcher le domaine. Les parents Fowl avaient prévu de récupérer leur progéniture sur le tarmac de l'aéroport de Dublin, une fois qu'Artemis aurait achevé sa thérapie, puis de pointer le nez en matériaux composites de leur Green Jet en direction de Cap-Ferrat pour passer Noël sur la Côte d'Azur.

Aujourd'hui, il n'y avait personne à la maison en dehors de Juliet et de ses protégés. Pas la moindre pépite d'humanité à se mettre sous la dent, au grand dépit des âmes tournoyantes qui rêvaient de ce moment depuis si longtemps. Le choix se limitait donc à des animaux sauvages – parmi lesquels huit corneilles, deux cerfs, un blaireau –, à deux chiens de chasse anglais qu'Artemis senior gardait dans ses écuries et à des cadavres possédant encore en eux une étincelle de vie, ce qui est plus fréquent qu'on ne pourrait le croire. Les cadavres étaient loin d'être des hôtes idéaux, car le dessèchement et la décomposition rendaient difficiles la vivacité d'esprit et la souplesse des mouvements. Il fallait aussi s'attendre à voir des morceaux du corps tomber au moment où on en avait le plus besoin.

Les deux premiers cadavres à se relever d'entre les morts étaient assez bien préservés pour leur âge. Artemis senior, au temps où il était gangster, avait volé une collection de guerriers chinois momifiés et, en attendant de trouver un moyen sûr de les rapatrier, les avait entreposés dans une cave secrète à cloison sèche. Les guerriers furent plus que surpris de s'apercevoir qu'on les réhydratait, que leur matière cérébrale était réactivée et leur conscience prise en charge par des guerriers encore plus âgés qu'eux. Dans le bruit de métal de leurs armures rouillées, ils fracassèrent les verres des vitrines où ils étaient exposés et reprirent leurs épées et leurs armes d'hast, des lances à la pointe d'acier que leur conservateur passionné avait polies en leur donnant un éclat meurtrier. La porte de la cave se brisa très vite sous leurs assauts et les momies se pressèrent dans le grand hall du manoir, vers la lumière du soleil, s'arrêtant un instant pour sentir sa caresse tiède sur leurs fronts levés, avant de se mettre en marche vers le pré et vers leur chef. Ils se forçaient à accélérer l'allure en dépit de leurs sens qui s'éveillaient et les incitaient à s'arrêter pour respirer chaque plante sur leur passage. Et même le tas de fumier.

Les autres cadavres qui revinrent ensuite à la vie étaient ceux d'une bande de forbans tapageurs, ensevelis au XVIIIe siècle par l'éboulement d'une caverne alors qu'ils enterraient un trésor volé sur un galion. À travers une brèche dans la coque du HMS *Octagon*, ils avaient fait main basse sur le précieux butin et l'avaient transféré à bord de leur propre brigantin, *Le Coutelas*. Eusebius Fowl, le redoutable capitaine des pirates, et dix de ses membres d'équipage, à peine moins effrayants, n'avaient pas été écrasés par la chute des rochers mais enfermés dans une bulle étanche où ils n'avaient même pas eu l'équivalent d'un souffle de moineau pour emplir leurs poumons.

Les corps des pirates furent secoués de spasmes comme si on les avait électrocutés, ils se débarrassèrent d'un coup d'épaules du varech qui les recouvrait et se faufilèrent dans une ouverture récente que l'érosion avait pratiquée dans une paroi de leur tombe, indifférents aux articulations luxées et aux côtes fêlées que leur coûta ce périlleux trajet.

En dehors de ces deux groupes, divers autres cadavres se trouvèrent arrachés de leur dernière demeure pour devenir complices d'Opale Koboï dans son ultime tentative de conquête du pouvoir. L'esprit s'était déjà détaché de certains d'entre eux mais, pour ceux qui étaient morts de mort violente ou en laissant une tâche inachevée, il subsistait de leur essence profonde un fantôme qui ne pouvait que se lamenter en voyant le rude traitement infligé à leurs dépouilles par les Berserkers.

Opale Koboï se laissa tomber sur l'antique roche et les runes qui avaient ondulé comme des serpents enflammés redevinrent immobiles, se rassemblant autour de l'empreinte de sa main, au centre de la clé magique.

« La première serrure a été ouverte, pensa-t-elle tandis que ses sens lui revenaient en vagues nauséeuses. Je suis seule à pouvoir la fermer, désormais. »

Le gnome nommé Pip jusqu'à présent, mais dont le véritable nom, plus difficile à porter, était Gotter Dammerung, s'avança dans le cratère d'un pas clopinant, monta les marches de la tour et enveloppa les épaules d'Opale d'un châle scintillant.

– Une cape de star, Miss Opale, dit-il. Comme vous l'aviez demandé.

Opale caressa l'étoffe et fut très satisfaite. Elle s'aperçut qu'elle avait encore suffisamment de magie au bout des doigts pour compter les fils du tissu.

– Bien travaillé, Gunter.

– C'est Gotter, Miss Koboï, corrigea le gnome dans un moment d'absence.

Les doigts d'Opale qui caressaient la cape s'immobilisèrent puis serrèrent l'étoffe de soie avec tant de force qu'elle se mit à fumer.

– Oui, Gotter. C'est toi qui as tué mon double ?

Gotter se redressa.

– Oui, Miss, comme j'en avais reçu l'ordre. Je lui ai fait un bel enterrement, comme vous me l'aviez dit dans le code.

Opale songea que ce gnome lui rappellerait toujours

⊚⟨⟩⟨⟩·⟨⟩·⟨⟩⟨⟩⟨⟩⟨⟩⟨⟩·⟨⟩⟨⟩⟨⟩·⟨⟩⟨⟩⟨⟩⟨⟩·⟨⟩·⟨⟩·⟨⟩⟨⟩⟨⟩·⟨⟩·

qu'elle avait sacrifié son être plus jeune en échange du pouvoir.

— Il est vrai que je t'ai donné l'ordre de tuer la jeune Opale mais elle était terrifiée, *Gotter*. Je l'ai senti.

Gotter était perplexe. Cette journée ne se passait pas du tout comme il l'avait prévu. Il avait imaginé des elfes guerriers au corps peint, avec des tresses ornées de pointes d'os qui volaient au vent et, au lieu de cela, il était entouré d'enfants humains et d'animaux sauvages surexcités.

— Je n'aime pas ces lapins, dit-il, sans doute la plus monumentale faute de jugement et de logique qu'il eût jamais commise. Ils ont l'air bizarres. Regardez, leurs oreilles vibrent.

Pour Opale, il n'était pas acceptable que quelqu'un de son importance ait à subir des commentaires de cette nature et elle vaporisa le malheureux Gotter d'un puissant éclair de plasma, ne laissant du fidèle gnome qu'une tache noirâtre de matière carbonisée sur la marche qu'il occupait un instant auparavant. Faire usage de plasma en cet instant se révéla très vite comme un mauvais calcul car Opale aurait eu besoin d'un peu de temps pour charger à pleine puissance un deuxième éclair à destination de la navette blindée qui venait d'apparaître au-dessus du mur d'enceinte. Elle était protégée par un bouclier d'invisibilité, certes, mais Opale avait en elle des réserves suffisantes de magie noire pour voir ce qui se cachait au cœur de ce scintillement. Elle réagit avec un peu trop de hâte et envoya un faible éclair qui dévia vers la gauche, ne parvenant qu'à frapper le capot du réacteur sans engloutir l'appareil tout entier. L'énergie libérée vola sans contrôle, abattant une tourelle sur le mur de la propriété avant de se disperser en une gerbe de petits pétards qui montèrent vers le ciel dans un sifflement aigu.

Bien que le *Cupidon* n'ait subi qu'un faible impact, le choc avait été suffisant pour faire fondre son réacteur, désactiver ses armes et le faire descendre en un piqué que même le plus habile des pilotes n'aurait pu redresser.

« De nouvelles incarnations pour mes soldats », pensa Opale qui serra étroitement autour d'elle la cape scintillante en descendant d'un pas souple les marches de la tour. Elle escalada la paroi du cratère et suivit le sillon creusé à travers la prairie par la navette mortellement blessée. Ses guerriers étaient derrière, encore à moitié ivres de sensations nouvelles, titubant dans leurs corps d'adoption, essayant de former des mots dans des gorges inconnues.

Opale leva les yeux et vit trois âmes filer vers l'appareil fumant qui avait fini sa course dans une position difficile, coincé au pied d'un mur d'enceinte.

– Prenez-les ! cria-t-elle aux Berserkers. Je vous en fais cadeau.

En cet instant, presque tous les guerriers avaient trouvé une enveloppe charnelle. Ils étiraient leurs tendons avec volupté ou grattaient la terre avec leurs pattes ou flairaient l'odeur musquée de l'automne. Tous avaient réussi à s'incarner, à part trois âmes un peu lambines qui s'étaient résignées à passer le temps de leur résurrection dans les corps exigus et inconfortables de canetons croisés par hasard. Mais soudain, de nouveaux hôtes étaient arrivés dans le cercle magique.

Deux humains et une fée. Le moral des trois Berserkers remonta aussitôt. Et même, il s'envola. Littéralement.

À bord du *Cupidon*, c'était Holly qui s'en était le mieux sortie, bien qu'elle eût été la plus proche de l'impact. «Le mieux sortie», cependant, était une expression relative et sans doute pas celle que Holly elle-même aurait choisie pour décrire sa situation.

«C'est moi qui m'en suis le mieux sortie» n'était sans doute pas ce qu'elle dirait lorsqu'elle aurait l'occasion de parler de l'accident. «Je n'ai eu qu'un poumon perforé et une clavicule cassée. Vous auriez dû voir les autres.»

Heureusement pour Holly, des amis absents avaient contribué une fois de plus à lui épargner la mort. De même que les biocapteurs de la Fenêtre Céleste de Foaly lui avaient évité une catastrophique collision dans le port des navettes, de même son proche ami, le sorcier N° 1, l'avait sauvée grâce à son talent particulier de démon magique.

Comment y était-il parvenu? Cela s'était passé deux jours auparavant alors qu'ils prenaient leur simili-café hebdomadaire au *Sterbox*, le salon de café à la mode du quartier jazzy. N° 1 s'était montré encore plus hyperactif qu'à l'ordinaire en raison des deux expressos doubles que son corps gris et trapu venait d'absorber. Les runes gravées sur ses écailles protectrices brillaient d'une énergie débordante.

– Je ne suis pas censé boire de café, avoua-t-il. Qwan dit que ça perturbe mon *ki*.

Le petit démon cligna de l'œil, ce qui cacha momentanément un iris orange.

– J'aurais pu lui répondre que les démons n'ont pas de *ki*, nous avons un *qwa*, mais je ne suis pas sûr qu'il soit prêt à entendre ce genre de chose

Qwan était le maître de magie de N° 1 et le petit démon aimait son professeur au point de faire mine d'ignorer qu'il l'avait surpassé depuis bien des années.

– Et le café est excellent pour le *qwa*. Il le vivifie. Je pourrais sans doute changer une girafe en crapaud si j'en avais envie. Mais il y aurait beaucoup de peau en trop. Surtout la peau du cou.

– C'est une drôle d'idée, dit Holly. Si vous voulez accomplir un acte de magie utile avec des amphibiens pourquoi ne pas vous intéresser aux crapauds jureurs ?

Les crapauds jureurs étaient le résultat d'une farce d'étudiants de troisième cycle qui avaient réussi à donner à des crapauds le don de la parole. Mais uniquement de la parole grossière. Pendant environ cinq minutes, on avait beaucoup ri jusqu'à ce que les crapauds se multiplient à un rythme effarant en lançant des épithètes ordurières à tout ce qui bougeait, y compris les fées du jardin d'enfants et les grand-mères.

N° 1 eut un petit rire.

– J'aime bien les crapauds jureurs, dit-il. J'en ai deux chez moi que j'ai appelés Censuré et Nom de Nom. Ils

꙰II◊ ꙮ⊖ꙮ⊹ꙮ⊖ · ⊗⊃⊖⊖ · ꙮ⊃◊ · ꙮ⊃ · ꙮ◊⊚⊖ꙮ · ꙮ ·

sont très malpolis avec moi, mais je sais que ce n'est pas méchant.

Le petit démon but une nouvelle gorgée de café.

– Alors, parlons de votre problème magique, Holly.

– Quel problème magique ? demanda Holly, sincèrement déconcertée.

– Je vois la magie comme si c'était une couleur du spectre et vous laissez échapper de la magie de la même façon qu'un morceau de fromarécage laisse échapper sa puanteur.

Holly regarda ses propres mains comme pour avoir une preuve visible.

– Le squelette est la batterie qui emmagasine la magie, mais le vôtre a été un peu trop malmené. Combien de guérisons avez-vous subies ? Combien de traumatismes ?

– Un ou deux, admit Holly, ce qui voulait dire neuf ou dix.

– Un ou deux dans ce cycle-là, répliqua N° 1 d'un ton railleur. Ne me mentez pas, Holly Short. Votre activité électrodermale a augmenté de manière significative. Cela signifie que l'extrémité de vos doigts transpire. Je vois cela également.

Le petit démon gris frissonna.

– En vérité, je vois parfois des choses que je ne voudrais pas voir. L'autre jour, un lutin volant est entré dans mon bureau avec tout un nid de larves de vermicerceaux microscopiques qui grouillaient autour de son aisselle. Qu'est-ce qu'ils ont donc, tous ces gens ?

Holly ne répondit pas. Il valait mieux laisser N° 1 se défouler.

– Et je vois aussi que chaque semaine, dans la clinique d'Argon, vous avez donné une ou deux étincelles de votre magie au clone d'Opale pour essayer de lui rendre la vie un peu plus confortable. Vous perdez votre temps, Holly. Cette créature n'a pas d'esprit. La magie ne lui est d'aucune utilité.

– Vous avez tort, N° 1, répondit Holly à voix basse. Tropale est une personne.

N° 1 tendit ses mains aux paumes rêches.

– Donnez-moi vos mains, dit-il.

Holly posa ses doigts sur les siens.

– Vous voulez qu'on chante une chanson de marins?

– Non, dit N° 1. Mais ça va peut-être faire un peu mal.

« Ça va peut-être faire un peu mal » est un code universel qui signifie « ça va vraiment faire très mal », mais avant que le cerveau de Holly ait eu le temps de traduire, la rune sur le front de N° 1 se mit à tournoyer – un phénomène qui ne se produisait que quand il préparait un important transfert de magie. Holly parvint à lancer un « Attendez... » avant d'avoir la sensation que deux anguilles électriques s'enroulaient autour de ses poignets puis se tortillaient le long de ses bras pour venir s'enfoncer dans sa poitrine. L'expérience était très désagréable.

Holly perdit le contrôle de ses membres, elle était agitée de spasmes, tel un pantin dont les fils auraient été actionnés par un marionnettiste pris de fou rire. Tout se passa en moins de cinq secondes, mais cinq secondes d'un malaise intense peuvent sembler très longues.

Holly cracha de la fumée et se remit à parler lorsque ses dents cessèrent de claquer.

– J'imagine que vous aviez vraiment besoin de faire ça dans un salon de café ?

– Je pensais que nous n'allions pas nous voir pendant un certain temps et je m'inquiète pour vous. Vous prenez tellement de risques, Holly. Vous avez un tel besoin d'aider tout le monde et jamais vous-même.

Holly fléchit les doigts et elle eut l'impression que ses articulations avaient été huilées.

– Je me sens merveilleusement bien maintenant que l'horrible douleur est passée.

Tout à coup, elle enregistra les autres paroles que N° 1 avait prononcées.

– Et pourquoi n'allons-nous pas nous voir pendant un certain temps ?

N° 1 parut soudain très sérieux.

– J'ai accepté une invitation dans la station lunaire. Ils veulent que j'examine certains micro-organismes pour voir si je peux extraire de leurs cellules une mémoire génético-culturelle.

– Ah oui, dit Holly qui avait tout compris de la première phrase mais rien de la seconde, en dehors des mots pris un par un. Vous serez parti combien de temps ?

– Deux années terrestres.

– Deux ans, balbutia Holly. Allons, N° 1. Vous êtes mon dernier ami célibataire parmi les fées. Foaly s'est fait mettre le grappin dessus. Baroud Kelp s'accroche à Lili Frond, bien que je ne voie pas ce qu'il lui trouve.

꾸⊛ᘰ· ⊛)⊙8· �btᘰᑞ· ⑅)⊙ᘰ· ⫯⅄· ᘰ⧼⊙ᘰ

– Elle est jolie et elle l'aime, mais en dehors de ça, je n'en ai aucune idée, dit N° 1 d'un ton malicieux.

– Il verra la vraie nature de Frond quand elle le laissera tomber pour quelqu'un de plus haut placé.

N° 1 estima plus diplomatique de ne pas faire allusion aux trois soirées catastrophiques que Holly avait passées avec le commandant Kelp, la dernière s'étant conclue par leur expulsion d'un match de croqueballe.

– Il y a toujours Artemis.

Holly acquiesça d'un signe de tête.

– Oui, Artemis est sûrement un gentil garçon, mais chaque fois que nous sommes ensemble, ça se termine par des coups de feu, des voyages dans le temps ou des cellules cérébrales qui meurent. Je voudrais un compagnon plus tranquille, N° 1. Comme vous.

N° 1 lui prit à nouveau la main.

– Deux ans, ça passe vite. Vous pourrez peut-être obtenir un visa lunaire pour venir me voir.

– Peut-être. Maintenant, cessons de détourner la conversation. Qu'est-ce que vous m'avez fait ?

N° 1 s'éclaircit la voix.

– Je vous ai fait une révision générale. Vos os seront moins friables, vos articulations ont été lubrifiées. J'ai fortifié votre système immunitaire et nettoyé vos synapses qui étaient un peu encrassées par des résidus de vieille magie. J'ai rempli vos réserves d'un mélange personnel de puissance magique dont j'ai le secret, j'ai rendu vos cheveux un peu plus brillants qu'ils ne le sont déjà et j'ai renforcé votre rune de protection pour qu'on ne puisse plus jamais vous posséder. Je veux que vous soyez en sécurité et en bonne santé jusqu'à mon retour.

Holly serra les doigts de son ami.

– Ne vous inquiétez pas pour moi. Je ne ferai que des opérations de routine.

« Que des opérations de routine », pensait Holly à présent, étourdie par l'impact et la magie qui la parcourait de la tête aux pieds, réparant sa clavicule cassée et suturant les diverses plaies et coupures qui parsemaient son corps.

Le processus magique aurait exigé qu'elle s'endorme, comme si elle était fermée pour réparation, mais Holly ne pouvait pas se le permettre. Elle chercha la trousse de premiers secours, l'arracha de sa ceinture, et appliqua sur son poignet un patch d'adrénaline, des centaines de minuscules aiguilles injectant dans son sang leur substance chimique. Les piqûres d'adrénaline la maintiendraient éveillée tout en permettant à la magie de faire son œuvre. La cabine de pilotage était détruite et seul l'exosquelette renforcé de l'appareil avait empêché son total écrasement qui aurait broyé ses passagers. Il était évident que la navette ne connaîtrait plus jamais d'autre poussée de magma. À l'arrière, Butler se secouait pour combattre les effets du choc qui menaçaient de lui faire perdre conscience et Artemis était étendu sur le plancher, coincé entre les sièges comme une figurine articulée qu'on aurait jetée là.

« Je t'aime beaucoup, Artemis, pensa Holly. Mais j'ai besoin de Butler. »

Butler reçut donc la première dose de guérison magique, un éclair qui ébranla le garde du corps comme un défibrillateur à pleine charge et le propulsa à travers le hublot arrière vers la prairie qui s'étendait de l'autre côté.

«Wouaoh, songea Holly. Joli mélange, N° 1.»

Elle fut plus prudente avec Artemis, expédiant du bout du doigt une petite décharge de magie au milieu de son front. Le contact fut néanmoins suffisant pour envoyer des ondes à la surface de sa peau, comme dans l'eau d'un bassin.

Quelque chose approchait. Holly voyait des images doublement distordues à travers les hublots fracassés et sa visière craquelée. En fait, beaucoup de choses approchaient. Des formes qui paraissaient de petite taille mais s'avançaient d'un pas sûr.

«Je ne vois pas bien ce que c'est. Je ne vois pas encore.»

La magie de N° 1 acheva son œuvre de guérison d'un bout à l'autre de son corps et lorsque le sang disparut de son œil gauche, Holly put voir nettement ce qui venait vers elle.

«Une ménagerie, pensa-t-elle. Butler peut s'en occuper.»

Mais la magie de N° 1 lui permit également d'avoir une vague vision d'âmes qui flottaient dans l'air comme des cerfs-volants en lambeaux et elle se rappela les histoires que son père lui avait racontées tant de fois.

Les braves parmi les braves. Laissés derrière pour protéger la porte.

꧁ꕥ•ꕔ•ꭅꔷ꧆ꕤ ꭍ •ꕯꭅ•ꕥ꧀ ꕯꭅ•ꕔꔞꭋ•ꕄ ꔞꕔꕤ

« Les Berserkers, comprit Holly. La légende est vraie. S'ils parviennent à posséder Butler, nous sommes finis. »

Elle rampa par-dessus Artemis, sortit par le hublot arrière et roula dans la tranchée creusée par le *Cupidon,* des mottes d'argile fraîchement arrachées s'abattant sur sa tête. Pendant un moment, Holly eut une peur irrationnelle d'être ensevelie vivante mais les morceaux de terre tombèrent autour d'elle, le long de ses membres, et elle se retrouva libre de ses mouvements.

Holly sentait dans son épaule les élancements douloureux consécutifs à la guérison magique d'une fracture, mais par ailleurs, elle était en pleine forme physique.

« Ma vue est toujours brouillée, constata-t-elle. Pourquoi ? »

Mais sa vue n'y était pour rien, c'était la visière de son casque qui était craquelée. Holly la releva et eut la vision parfaitement nette d'une troupe d'attaquants qui était menée par les petits frères d'Artemis et semblait inclure dans ses rangs une phalange d'anciens guerriers en armure ainsi que divers animaux des forêts.

Butler était à quatre pattes à côté d'elle et se secouait pour chasser les effets de son incursion dans la magie comme un ours qui s'ébroue en sortant de l'eau d'une rivière. Holly trouva un autre patch d'adrénaline dans sa trousse et le plaqua contre le cou nu de Butler.

« Désolée, mon cher ami. J'ai besoin que tu redeviennes opérationnel. »

Butler se releva d'un bond, comme s'il avait reçu

une décharge électrique, mais il vacilla sur ses jambes, désorienté pendant quelques instants.

La bande hétéroclite de créatures possédées s'immobilisa soudain, se disposa en demi-cercle, manifestement pressée d'attaquer, et pourtant tenue à distance pour on ne savait quelle raison.

Le petit Beckett Fowl était en première ligne de cette troupe disparate, mais il avait moins l'air d'un enfant à présent, avec ses allures de guerrier fanfaron, brandissant une poignée de roseaux. Les vestiges de la force magique de N° 1 permirent à Holly d'apercevoir l'esprit d'Oro, tapi dans le corps de l'enfant.

– Je suis une fée, cria-t-elle en gnomique. Ces humains sont mes prisonniers, nous ne sommes pas ennemis.

La voix d'Opale Koboï résonna au-dessus des têtes :

– Prisonniers ? Le grand, là-bas, n'a pas l'air prisonnier du tout.

– Koboï, dit Butler, qui avait retrouvé ses esprits.

Puis l'immense garde du corps remarqua la présence de sa sœur dans le groupe.

– Juliet ! Tu es vivante.

Juliet fit un pas en avant, mais avec maladresse, comme si elle ne savait plus très bien comment fonctionnait son propre corps.

– Vrérot, dit-elle, la voix éraillée et avec un étrange accent. Embrashe-moi.

– Non, Butler, avertit Holly en apercevant l'image floue du guerrier qui s'était emparé de la sœur de Butler. Juliet est possédée.

Butler comprit immédiatement. Ils avaient déjà connu

des phénomènes de possession lorsque Artemis était plongé dans son complexe d'Atlantis.

Les traits du garde du corps s'affaissèrent et en cet instant, la fatigue des décennies passées à exercer son métier de soldat s'inscrivit sur son visage.

– Jules, tu es là ?

Bellico, la reine guerrière, utilisa les souvenirs de Juliet pour répondre, mais elle n'avait pas le contrôle total de ses cordes vocales. Les mots qu'elle prononçait n'étaient pas très clairs, comme si on les entendait à travers de minuscules haut-parleurs, et son accent était un mélange de sonorités scandinaves et d'intonations traînantes du sud profond des États-Unis, une combinaison très inhabituelle.

– Youi, vrérot. C'est pien Zuuuuliet.

Butler comprit la vérité. Le corps était celui de sa sœur, mais certainement pas son esprit.

Artemis les rejoignit et mit une main sur l'épaule de Holly. Il y avait une tache de sang sur sa chemise, à l'endroit où il avait toussé. Comme d'habitude, il posa la question la plus pertinente :

– Pourquoi ne nous attaquent-ils pas ?

Holly sursauta.

« Pourquoi ? Bien sûr, pourquoi ? »

Butler répéta :

– Pourquoi ne nous attaquent-ils pas ? Ils ont l'avantage du nombre et, dans nos têtes, nous sommes en pleine confusion. Enfin, rendez-vous compte, cette chose est ma sœur.

Holly se rappela alors pourquoi on les épargnait.

⊕⊙⚷⊙⚸⊛ · ⊙⚶⚸⊙ · ⚳⚸ · ⚸⚷⚸⚸⚸⚸⊛⊙⚸⊛ · ⚷ · ⚹⊙

«Nous sommes des enveloppes charnelles, à l'intérieur du cercle. Ils ont besoin de nous.»

Des âmes voletèrent au-dessus de leur tête, s'élevant pour fondre sur eux.

«Je peux expliquer ce que je vais faire, pensa Holly. Ou simplement le faire.»

Il était plus facile de passer tout de suite à l'action en espérant qu'elle aurait l'occasion de s'excuser plus tard.

D'une main experte, elle régla la molette du canon de son Neutrino puis, dans un mouvement si rapide qu'il en fut presque imperceptible, elle tira sur le cou nu de Butler et sur la main d'Artemis.

«Comme ça, nous échapperons à la possession, pensa-t-elle. L'ennui, c'est que ces Berserkers vont sans doute nous tuer.»

Les âmes se laissèrent tomber comme des feuilles humides de polythène sur les corps dont elles voulaient prendre possession. Holly sentit un ectoplasme s'enfoncer dans sa bouche mais l'esprit ne put s'emparer d'elle à cause de la rune imprimée sur son cou.

«Tiens bon, se dit-elle. Tiens bon.»

Holly avait sur la langue un goût d'argile et de bile. Elle entendait les échos de cris poussés dix mille ans plus tôt et eut l'impression de participer à la bataille de Taillte, comme si elle avait été présente sur la plaine où le sang coulait dans les fosses hérissées de pieux, et où des vagues humaines déferlaient sur la prairie, en noircissant l'herbe sur leur passage.

«Tout s'est passé comme me l'avait dit mon père», comprit Holly.

L'âme qui avait tenté de la posséder laissa échapper un cri de rage quand elle perdit prise et fut rejetée dans les airs.

Deux autres âmes de Berserkers s'efforcèrent de pénétrer les corps d'Artemis et de Butler, mais elles furent repoussées. Lorsque Holly avait tiré sur lui, Butler était tombé comme un séquoia abattu. Artemis, lui, avait pris sa main blessée dans celle qui était indemne, stupéfié de voir que leur amie Holly leur brûlait la peau avec les rayons de son Neutrino. Sa conclusion, hâtive et fausse, était que Holly avait été possédée par l'un des fidèles de Danu. Il savait tout cela à présent grâce à l'esprit qui avait tenté de s'emparer de lui.

Il se laissa tomber à genoux et, à travers ses paupières plissées par la douleur, il vit les Berserkers s'avancer vers eux. Holly était-elle amie ou ennemie, désormais? Il ne pouvait être sûr de rien. Elle semblait être restée elle-même et brandissait son arme en direction de la horde.

La voix d'Opale leur parvint, par-delà la foule des attaquants qui masquait la félutine à leurs yeux.

– Ils se sont protégés. Tuez-les, maintenant, mes soldats. Apportez-moi leurs têtes.

Artemis toussa. «Apportez-moi leurs têtes? D'habitude, Opale était un peu plus subtile. C'est vrai, ce qu'on dit : la prison ne réadapte personne. En tout cas, pas les félutines.»

Ses propres petits frères s'avançaient vers lui avec une lueur meurtrière dans les yeux. Deux enfants de quatre ans qui se déplaçaient de plus en plus vite, avec de plus en plus de grâce.

⟨⟩⊙ · ⟨⟩⊙⟳⟲ · ⟲⟩⟳⟲⊙ · ⟨⟳⟲ · ⊕⟩⟂⊙⟳⟲ · ⟲⟂⊙

« Sont-ils plus forts, maintenant ? Myles et Beckett parviendraient-ils réellement à nous tuer ? »

Si ce n'était pas le cas, ces pirates y arriveraient peut-être, avec leurs coutelas rouillés.

– Butler, dit Artemis d'une voix rauque. Replions-nous et analysons la situation.

C'était la seule possibilité.

« Nous ne pouvons pas aller de l'avant. »

Cette prise de conscience irrita Artemis, bien qu'il fût en danger de mort.

– Replions-nous en essayant de ne blesser personne, à part ces pirates. Les momies chinoises et moi-même ne serons pas bouleversés outre mesure si quelques animaux sont touchés. Après tout, c'est eux ou nous.

Mais Butler n'écoutait pas la harangue étrangement fébrile d'Artemis car le tir de Holly avait atteint le nerf vague et l'avait assommé pour de bon. Il y avait une chance sur un million de réussir un tel coup.

Il appartenait à Holly, à présent, de défendre leur petit groupe. Les choses devraient bien se passer. Tout ce que le capitaine Short avait à faire, c'était régler son Neutrino personnalisé sur un tir large pour leur gagner du temps. À ce moment, le gourdin d'un pirate jaillit de sa main squelettique, tournoya dans les airs et s'abattit sur le nez de Holly, la précipitant en arrière, en travers du corps étendu de Butler.

Artemis regarda les créatures possédées franchir les derniers pas qui les séparaient de lui et fut effaré de voir qu'en définitive, tout allait se réduire à un affrontement physique.

⊕⟩◊⩁·⚡·⟑◖⅏◊⊕·⊕·⟩ß·⩘✧⅏ßƐ⅊ß⊕·⩘·⊚◖·

« J'ai toujours cru que mon intellect me permettrait de rester en vie et voilà que mon propre petit frère va me tuer à coups de pierre. La rivalité fraternelle poussée à son paroxysme. »

Le sol s'ouvrit alors sous ses pieds et les engloutit tous les trois.

À coups de coude, Opale Koboï se fraya un chemin parmi ses acolytes et s'avança au bord du trou qui était soudain apparu et avait avalé ses ennemis mortels, les dérobant au sort qu'elle leur réservait.

– Non ! s'écria-t-elle d'une voix couinante, ses poings frappant le vide. Je voulais leurs têtes. Au bout d'une pique. Vous faites toujours ça, vous, non ?

– En effet, admit Oro par la bouche de Beckett. Et aussi avec les membres, quelquefois.

Opale aurait juré que, sous ses pieds qui trépignaient, la terre avait lâché un rot.

CHAPITRE 7
BAVE D'ÉCLAIRAGE

Artemis tomba, tomba, dans une chute interminable, se cognant les coudes et les genoux contre des racines noueuses et des roches calcaires aux coins pointus qui dépassaient comme des livres à moitié enterrés. Des mottes de terre humide pleuvaient autour de lui, des pierres roulaient sur sa chemise et des cailloux remontaient dans ses jambes de pantalon. Sa vue était obscurcie par ce tourbillon de débris et de couches de terre qui se mélangeaient, mais il y avait une lueur au-dessus de lui. Et au-dessous également. Était-ce possible ?

Artemis ne savait plus où il en était, il entendait derrière lui un bruit sourd de bois entrechoqué et voyait briller une lumière au-dessous. C'était bien au-dessous, n'est-ce pas ?

« J'ai l'impression d'être Alice tombant au pays des merveilles. »

Une phrase lui revint en mémoire (il ne savait plus si c'était dans le livre ou dans le film) : « Ce serait tellement bien si quelque chose avait un sens, pour changer. »

Aucune chute ne peut durer indéfiniment lorsque les lois de la gravitation sont en cause et la descente fut heureusement progressive car les parois du cratère descendaient jusqu'à un goulet d'étranglement que Butler et Holly avaient eu le bon goût d'obstruer de leurs corps et de leurs membres enchevêtrés avant de passer à travers le trou. Des mains rugueuses se saisirent d'Artemis et le tirèrent vers un tunnel situé au-dessous.

Artemis atterrit sur les deux corps mêlés et cligna des paupières pour se débarrasser de la boue qui l'empêchait de voir distinctement. Quelqu'un, ou quelque chose, se tenait nu devant lui, une silhouette éthérée scintillant de la tête aux pieds d'une lueur divine. La silhouette tendit une main lumineuse et parla avec la voix profonde d'un présentateur de bande-annonce.

– Tirez mon doigt.

Artemis détendit des muscles de son cou dont il ne s'était pas rendu compte qu'ils étaient aussi contractés.

– Mulch.

– Le seul et unique. Qui vient une fois de plus de sauver votre peau d'intello. Au fait, qui est censé être un génie, ici ?

– Mulch, dit une nouvelle fois Artemis.

Mulch tendit l'index comme le canon d'un pistolet.

– Ha, ha ! Vous vous répétez. Vous m'avez dit un jour que se répéter, c'est se complaire dans la redondance. Alors, qui est redondant, maintenant, Bonhomme de

Boue ? À quoi vous a servi votre génie face à tous ces cinglés, là-haut ?

– À rien, admit Artemis. Mais pourrait-on remettre cette discussion à plus tard ?

– Parce que vous êtes à court d'arguments, répliqua Mulch d'un ton goguenard.

– Non, parce que *ces cinglés* sont à nos trousses. Nous devons nous replier et nous regrouper.

– Ne vous inquiétez pas pour ça, dit Mulch qui enfonça le bras dans un trou de la paroi et tira une épaisse racine. Personne ne nous suivra nulle part quand j'aurai provoqué un éboulement à l'entrée du tunnel, mais vous auriez peut-être intérêt à vous avancer très vite d'un mètre ou deux.

La terre, au-dessus d'eux, se mit à gronder comme des nuages noirs au sommet d'une montagne et Artemis eut soudain la certitude qu'ils allaient tous être écrasés. Il se précipita en avant et s'aplatit contre la paroi de boue sombre et humide comme si cela pouvait changer quoi que ce soit.

Mais le tunnel creusé par Mulch resta intact et seul l'endroit où s'était tenu Artemis un instant plus tôt était complètement obstrué.

Mulch entoura de ses doigts la cheville de Butler et, avec difficulté, traîna sur le sol le garde du corps inconscient.

– Vous, vous portez Holly. Doucement. À en juger par votre main, elle a éloigné de vous ces esprits et vous a sauvé la vie. Avant que je ne la sauve moi-même. Sans doute après que Butler l'a sauvée, lui aussi. Vous remar-

⊕⊖⚭⬠ ⬝ ⬠⚭⬡⮿⬠⬡⬞⬠ ⬝ ⬟ ⬝ ⬠⬠⬡⬝ ⬡⊖⬡⬠⬞⬢⬠⬢⬢ ➤ ⬝ ⬟ ⬝

quez l'émergence d'un schéma répétitif ? Vous commencez à comprendre qui pose des problèmes ?

Artemis regarda sa main. Une rune en spirale y était gravée à l'endroit où le tir de Holly l'avait atteint. Il frémit en sentant, collés sur ses cheveux, les derniers filaments que les ectoplasmes des Berserkers y avaient laissés.

Une rune protectrice. Holly en avait gravé une sur chacun d'eux pour les sauver. Et penser qu'il avait pu douter d'elle.

Artemis prit Holly dans ses bras et suivit le nain luisant, tâtonnant du bout du pied pour trouver son chemin.

– Moins vite, s'écria-t-il. Il fait sombre, ici.

La voix de Mulch lui répondit, résonnant en écho dans le tunnel.

– Suivez les globes, Arty. Je les ai recouverts d'une nouvelle couche de bave de nain, la substance magique qui peut tout faire, depuis éclairer dans le noir jusqu'à repousser les fantômes qui essayent de vous posséder. Je devrais vendre ce produit en bouteille. Suivez les globes.

Les yeux plissés, Artemis regarda la lueur qui s'éloignait et distingua en effet deux globes tremblotants qui brillaient un peu plus que le reste. Lorsqu'il comprit ce que ces globes étaient vraiment, il décida de ne pas les suivre de trop près. Il avait déjà vu ces rondeurs en action et en faisait encore des cauchemars.

Le tunnel ondula et tourna jusqu'à ce que la boussole interne d'Artemis renonce au peu de sens de l'orientation dont elle disposait. D'un pas traînant, il suivit l'arrière-train lumineux de Mulch, jetant un regard à son amie inconsciente qu'il tenait dans ses bras. Elle paraissait si petite et si fragile, bien qu'Artemis l'ait vue un jour affronter une horde de trolls pour le défendre.

– Les chances de réussite ne sont pas en notre faveur, comme cela a souvent été le cas, ma malheureuse amie, murmura-t-il autant pour lui-même que pour Holly.

Il fit un rapide calcul, prenant en compte les situations désespérées qu'ils avaient connues ces dernières années, le QI relatif d'Opale Koboï et le nombre approximatif d'ennemis qu'ils avaient aperçus en surface.

– J'estime nos possibilités de survie à un peu moins de quinze pour cent. Mais le côté positif, c'est que dans le passé, il nous est arrivé de survivre, et même de vaincre, avec encore moins de chances au départ. Autrefois.

De toute évidence, les murmures d'Artemis se propageaient dans le tunnel car la voix de Mulch lui revint aux oreilles :

– Arrêtez de réfléchir avec votre tête, Bonhomme de Boue, et commencez à penser avec votre cœur.

Artemis soupira. Le cœur était un organe qui envoyait aux cellules un sang riche en oxygène. Il ne pouvait pas plus *penser* qu'une pomme ne pouvait faire des claquettes. Il s'apprêtait à l'expliquer au nain lorsque le tunnel s'ouvrit sur une vaste salle. Artemis en eut le souffle coupé.

La salle avait la taille d'une petite grange avec des parois inclinées qui montaient jusqu'à une pointe, tout en haut. Des tunnels d'accès étaient creusés à différentes hauteurs et des boulettes d'une matière gélatineuse et luisante, collées à des rochers, servaient de système d'éclairage. Artemis avait déjà assisté à ce phénomène.

– Mucosités de nain, dit-il.

Il hocha la tête en regardant un amas de boules de la taille d'une balle de tennis.

– Elles durcissent après excrétion et brillent en émettant une luminescence qui n'a pas d'autre exemple dans la nature.

– Ce ne sont pas que des mucosités, dit le nain d'un air mystérieux et pour une fois, Artemis n'éprouva pas le besoin d'aller au fond des mystères de Mulch, car ce fond se trouvait généralement dans les environs d'un autre fond dont il valait mieux laisser le secret à son propriétaire.

Artemis déposa délicatement Holly sur un lit de manteaux en fausse fourrure et reconnut la marque d'un grand couturier.

– Ce sont les manteaux de ma mère, dit-il.

Mulch lâcha la jambe de Butler.

– Ouais, selon la loi, possession vaut titre, alors si vous avez vous-même un titre de propriété à faire valoir, remontez-le à la surface et portez plainte pour vol auprès de cette chose qu'est devenue Opale Koboï.

L'argument était de taille. Artemis n'avait aucune envie d'être expulsé de ce sanctuaire.

– Nous sommes en sécurité, ici ? Ils ne vont pas nous suivre ?

– Ils peuvent toujours essayer, répondit Mulch.

⚜·⚜⚜⚜·⚜⚜⚜⚜·⚜·⚜⚜·⚜⚜⚜·⚜⚜·⚜⚜⚜⚜⚜⚜·⚜⚜⚜⚜·

Il cracha un jet de salive sur une boulette dont la lumière faiblissait.

– Mais ça leur prendrait deux jours en utilisant des engins de chantier et des sonars. Et même dans ce cas, je pourrais provoquer un éboulement total avec un jet de gaz de nain bien placé.

Artemis avait du mal à y croire.

– Vraiment ? Un seul jet et toute cette structure s'effondre ?

Mulch prit une pose conquérante, un pied sur un rocher, les mains sur les hanches.

– Dans mon métier, il faut toujours se préparer au changement. S'en aller tout simplement.

Artemis n'apprécia pas la pose conquérante.

– S'il vous plaît, Mulch, je vous en supplie, mettez un pantalon.

Mulch accepta à contrecœur, enfilant sur ses cuisses massives un pantalon usé par les travaux de terrassement. Il n'était pas décidé à en faire plus. Sa poitrine velue et sa prodigieuse bedaine restèrent nues et luisantes.

– Le pantalon, c'est pour épargner Holly, mais ici, c'est chez moi, Artemis. Dans sa caverne, Diggums n'a pas à faire d'efforts d'élégance.

De l'eau gouttait d'une stalactite, tombant dans un bassin aux reflets scintillants. Artemis y trempa la main et la posa sur le front de Holly. Elle était toujours inconsciente après son deuxième traumatisme physique en deux minutes et une unique étincelle de magie dansa sur la blessure qu'elle avait à la tête, bourdonnant comme une abeille d'or affairée. L'abeille sembla voir

la main d'Artemis et vint se poser sur la marque imprimée dans sa peau, apaisant la brûlure mais laissant une
cicatrice qui ressortait à la surface. Lorsqu'elle eut terminé son travail, l'étincelle magique retourna sur la tête
de Holly et s'étala comme un baume sur son front. Sa
respiration était profonde et régulière et elle semblait
plus endormie qu'assommée.

– Depuis combien de temps êtes-vous là, Mulch?

– Pourquoi? Vous songez à me demander des arriérés
de loyer?

– Non, pour l'instant, je rassemble des informations.
Plus j'en saurai, plus mon plan sera détaillé.

Mulch souleva le couvercle d'une glacière portable
qu'Artemis reconnut. Elle faisait partie d'un vieux service à pique-nique qui appartenait à sa famille. Mulch
en retira un salami rouge sang.

– Vous n'arrêtez pas de parler de vos plans détaillés et
de tout ce qui va avec, et nous, on finit toujours enfon-
cés jusqu'aux yeux dans le trou du troll, sans bottes de
sept lieues pour en sortir.

Artemis avait renoncé depuis bien longtemps à
demander à Mulch de lui expliquer ses métaphores.
Pour l'instant, il était avide d'informations qui puissent
lui donner un avantage et l'aider à exercer un contrôle
sur cette situation désespérée.

«Concentre-toi, se dit-il. Il y a tellement d'enjeux.
Plus que jamais.»

Artemis se sentait exténué. Sa respiration était hale-
tante après les guérisons qu'il avait subies et les efforts
qu'il avait dû produire. Contrairement à son habitude,

il ne savait plus quoi faire, à part attendre que ses amis se réveillent. Le pas traînant, il s'approcha de Butler, examinant ses pupilles pour voir si son cerveau n'avait pas été touché. Holly lui avait tiré dans le cou et en plus, leur chute avait été brutale. Il fut soulagé de voir que les deux pupilles avaient la même taille.

Mulch était accroupi à côté de lui, luisant comme un demi-dieu trapu, ce qui avait quelque chose de troublant quand on connaissait la véritable nature du nain. Il y avait à peu près autant de différence entre Mulch Diggums et le divin qu'entre un hérisson et un coussin.

– Qu'est-ce que vous pensez de ma maison ? demanda le nain.

– Elle est…

Artemis fit un geste circulaire.

– Extraordinaire. Quand on pense que vous l'avez creusée vous-même. Depuis combien de temps habitez-vous ici ?

Le nain haussa les épaules.

– Deux ans, à peu près. J'y viens de temps en temps. J'ai environ une douzaine de ces petits refuges un peu partout. Je me suis lassé d'être un bon citoyen respectueux des lois. Alors, je détourne un peu de courant de vos sondes géothermiques et je pirate votre câble.

– Et pourquoi vivre ici ?

– Je ne *vis* pas vraiment ici. J'y fais de petits séjours, à l'occasion. Lorsque ça sent un peu le roussi pour moi. Je viens de réaliser un assez gros coup et j'avais besoin de me cacher pendant un moment.

Artemis regarda autour de lui.

– Un assez gros coup, vous dites ? Où est le butin ?

Mulch agita un index qui brillait comme un bâton lumineux.

– C'est là, comme dirait mon cousin Nord, que mon mensonge improvisé s'effondre.

Artemis fit le rapport entre les deux et arriva à une conclusion très déplaisante.

– Vous êtes venu ici pour me voler !

– Bien sûr que non. Comment osez-vous imaginer une chose pareille ?

– Vous vous êtes tapi dans cette caverne pour creuser un tunnel jusqu'à la maison des Fowl. Une fois de plus.

– «Tapi» n'est pas un mot très aimable. Ça me fait ressembler à un serpent de mer. Je dirais plutôt que je me cachais dans l'ombre. Tranquille, comme un chat à l'affût.

– Les chats, vous les mangez, Mulch.

Mulch joignit les mains.

– D'accord, je l'admets. J'ai peut-être eu l'intention d'aller faire un tour dans votre réserve d'œuvres d'art. Mais regardez plutôt les choses du côté comique. J'aurais volé un cerveau du crime. C'est l'ironie de la situation. Vous autres, les intellos, vous aimez bien l'ironie, non ?

Artemis était effaré.

– Vous ne pouvez pas entreposer des œuvres d'art ici. C'est humide et plein de boue.

– Ça n'a fait aucun mal aux pharaons, objecta le nain.

Holly, allongée par terre à côté d'eux, ouvrit les yeux,

toussa et exécuta un mouvement beaucoup plus difficile à réaliser qu'il n'y paraissait, bondissant verticalement pour atterrir sur ses pieds. Mulch en fut émerveillé jusqu'à ce que Holly essaye de l'étrangler avec sa propre barbe. Il était alors trop occupé à s'étouffer pour continuer à s'émerveiller.

C'est un problème qui se pose quand on émerge d'une guérison magique. Souvent, le cerveau est intact, mais l'esprit confus. On éprouve ainsi l'étrange sentiment d'être intelligent et sot à la fois. Si l'on ajoute à ce mélange un certain décalage de temps, le patient aura souvent du mal à passer de l'état de rêve au monde éveillé, et c'est pourquoi il est recommandé de le placer dans un environnement calme, en disposant peut-être autour de son oreiller quelques jouets de son enfance. Malheureusement pour Holly, elle avait perdu conscience à un moment où elle luttait pour sa vie et s'était réveillée devant un monstre luisant dressé au-dessus d'elle. On peut donc comprendre le caractère excessif de sa réaction.

Il lui fallut environ cinq secondes avant de reconnaître Mulch.

– Ah, c'est toi, marmonna-t-elle d'un air penaud. Oui, dit Mulch, avant de cracher quelque chose qui couina et s'enfuit en rampant. Si vous vouliez bien me lâcher la barbe, ça m'arrangerait, je lui ai fait faire un brushing dans un salon de coiffure.

– Vraiment?

– Non, bien sûr, pas vraiment. J'habite une caverne, je mange de la terre. Qu'est-ce que vous croyez?

ᘮᕽᘓᘉ·ᘓᘓ·ᐅᕟ·ᐊᓰᓰ ⊕⊖⊕·ᘮᕽᓰᓰ·ᘓ·ᘌᕦᕟ·ᕟᕟ

Holly lui passa les doigts dans la barbe pour la remettre en place puis elle descendit des épaules du nain.

– J'étais allongée dans de la bave, n'est-ce pas ? dit-elle avec une grimace.

– Ce n'est pas *seulement* de la bave, précisa Artemis.

– Alors, Artemis, reprit-elle en frottant la légère marque rouge qu'elle avait au front. Quel est le plan ?

– Et bonjour à vous aussi ! lança Mulch. Ne me remerciez pas, surtout. C'était un plaisir pour moi de vous sauver la vie une fois de plus. Un des nombreux services offerts par Diggums Airlines.

Holly le regarda en fronçant les sourcils.

– J'ai un mandat d'arrêt contre toi.

– Eh bien, arrêtez-moi.

– Les installations carcérales ne sont pas opération-nelles pour le moment.

Mulch mit un certain temps à assimiler l'informa-tion et l'expression bravache qu'affichaient ordinaire-ment ses traits burinés s'effaça, ride par ride. Il semblait presque que sa luminescence avait diminué d'un ton.

– Oh, par le seigneur du saint Vortex, s'exclama-t-il en faisant sur son ventre le signe sacré de l'intes-tin ballonné pour conjurer le mal. Qu'est-ce qu'Opale a encore fabriqué ?

Holly s'assit sur un monticule, tapotant son ordina-teur-bracelet pour voir si quelque chose fonctionnait.

– Elle a trouvé et ouvert la porte des Berserkers.

– Et ce n'est pas le pire, ajouta Artemis. Elle a tué son double plus jeune, ce qui a détruit tout ce qu'Opale a inventé ou fabriqué depuis cette époque. Haven est une ville morte et les humains sont revenus à l'âge de pierre.

Le visage de Holly était sombre à la lueur de la bave lumineuse.

– En fait, Artemis, le pire, c'est d'avoir trouvé la porte des Berserkers car il y a deux serrures. La première libère les Berserkers eux-mêmes...

Elle marqua une pause que Mulch s'empressa d'interrompre :

– Et la deuxième ? Allons, Holly, ce n'est pas le moment de faire du théâtre.

Holly serra ses genoux repliés contre elle, tel un enfant perdu.

– La deuxième libère l'Apocalypse. Si Opale parvient à l'ouvrir, tous les humains à la surface de la terre seront exterminés jusqu'au dernier.

Artemis sentit la tête lui tourner quand il mesura toute l'horreur du projet d'Opale.

Butler choisit ce moment pour reprendre conscience.

– Juliet se trouve là-haut avec les jeunes Beckett et Myles, par conséquent, je ne pense pas que nous puissions laisser faire ça.

Ils étaient assis les uns contre les autres autour d'un feu de bave lumineuse et Holly leur racontait ce qui avait été considéré jusque-là comme une légende mais devenait maintenant un fait historique bien réel.

– Vous savez déjà l'essentiel de ce que je vais vous dire à travers les esprits qui ont tenté de s'emparer de vous.

᚛ᚐᚋᚐ᚜ ᚛ᚌᚐᚅ᚜ ᚛ᚐᚋᚐᚅᚉᚐ᚜

Butler caressa son cou marqué par le tir de Holly.

– Pas moi. J'étais dans les pommes. Je ne me souviens que d'images partielles. Des choses assez répugnantes, même pour moi. Des membres sectionnés, des gens qu'on enterre vivants. Des nains qui chevauchent des trolls sur un champ de bataille. Ça s'est vraiment passé ?

– Oui, tout est vrai, confirma Holly. Il y avait une troupe de nains qui chevauchaient des trolls.

– Ouais, dit Mulch. Ils s'étaient baptisés les Chevaliers du Troll. Pas mal comme nom, hein ? Il y avait aussi un groupe qui ne sortait que la nuit et qui s'appelait les Chevaliers du Troll de Nuit.

Artemis ne put s'empêcher de poser la question :

– Comment appelait-on ceux qui chevauchaient les trolls en plein jour ?

– Ces gauchos avaient pour nom les Chevaliers du Troll de Jour. Habillés de cuir de la tête aux pieds. Ils sentaient à peu près comme l'intérieur d'une vessie de ver gluant, mais ils faisaient bien leur travail.

Holly en aurait pleuré d'exaspération, mais elle avait appris, à l'époque où Mulch était son associé dans sa brève carrière de détective privé, qu'on ne pouvait pas faire taire le nain quand il avait décidé de parler. Artemis aurait dû le savoir, lui aussi.

– Artemis, dit-elle sèchement, ne l'encouragez pas. Le temps nous est compté.

Dans la lueur qui les enveloppait, le visage d'Artemis avait presque une expression d'impuissance.

– Oui, oui, bien sûr, je ne ferai plus de commentaires. Je me sens un peu dépassé, pour dire la vérité. Continuez, Holly, s'il vous plaît.

Holly se lança donc dans son récit, les traits découpés par l'étrange lumière qui émanait du sol. Butler ne pouvait s'empêcher de repenser aux histoires d'horreur qui lui avaient été racontées à lui et à ses camarades scouts par maître Prunes, lors de week-ends passés dans les grottes de Dan-yr-Ogof, au pays de Galles. L'exposé de Holly se limitait à l'essentiel, mais dans les circonstances présentes, Butler sentait un frisson lui remonter le long de l'échine.

« Et mon échine ne frissonne pas facilement », pensa le colosse, en changeant de position sur l'inconfortable racine boueuse qui lui tenait lieu de siège.

– Quand j'étais petite, mon père me racontait l'histoire de Taillte presque chaque soir pour que je n'oublie pas le sacrifice de nos ancêtres. Certains ont donné leur vie mais quelques-uns sont allés plus loin encore en remettant à plus tard leur passage dans l'au-delà.

Holly ferma les yeux et s'efforça de répéter les paroles qu'elle avait si souvent entendues.

– Il y a dix mille ans, les humains ont fait la guerre pour éradiquer les communautés de fées de la surface de la planète. Ils n'avaient aucune raison pour cela. Dans leur très grande majorité, les fées forment un peuple attaché à la paix et leurs facultés de guérison, leur rapport particulier à la terre, bénéficiaient à tout le monde. Mais il y a toujours parmi les humains des individus qui veulent contrôler tout ce qu'ils voient et se sentent menacés par ce qu'ils ne comprennent pas.

Artemis s'abstint de souligner que, pour l'instant, c'était de toute évidence une fée qui tentait plus ou moins de détruire le monde, mais il rangea cette pensée dans un coin de sa tête pour la ressortir plus tard.

– Et donc le Peuple se réfugia dans les brumes de l'île d'Ériú, la terre de la magie, où il était le plus puissant. Là, les fées creusèrent des fosses pour soigner les blessés et massèrent leur armée dans les plaines de Taillte pour un ultime affrontement.

Les autres étaient silencieux, à présent, tandis que Holly parlait, car ils voyaient la scène dans leur propre mémoire.

– La bataille fut brève, dit Holly d'un ton amer. Les humains ne montraient aucune pitié et, dès le premier soir, il fut clair que le Peuple était condamné à l'extermination. Aussi le Conseil décida-t-il la retraite dans les cavernes, au sein de la terre de sous laquelle les fées étaient venues avant l'avènement des hommes. Tous obéirent, sauf les démons qui usèrent de leur magie pour expédier leur île hors du temps.

– Et voilà, dit Mulch, je suivais attentivement votre récit et là-dessus vous avez dit « de sous laquelle », résultat, il faut que j'aille faire un tour dans le frigo.

Holly fronça brièvement les sourcils et poursuivit. Tout le monde savait que manger était la façon dont Mulch réagissait quand on lui annonçait de mauvaises nouvelles, ou de bonnes nouvelles, ou des nouvelles sans importance. En fait, toutes les nouvelles possibles.

– Mais le Conseil songea que même leur refuge souterrain serait exposé au danger humain et il décida d'ériger une porte dotée d'une serrure magique. Si cette serrure était un jour ouverte, alors les âmes des Berserkers, les Guerriers Indomptables, enterrés tout autour de la porte, se lèveraient et posséderaient tous les êtres qu'ils trouveraient pour empêcher les humains d'avoir accès au monde des fées.

Artemis se rappelait encore l'odeur nauséabonde qu'il avait sentie quand un Berserker avait essayé de s'emparer de son esprit.

– Et si la porte des Berserkers était ouverte par une main de fée, les guerriers seraient esclaves de cette fée et obéiraient à ses ordres pour aller au combat. En l'occurrence, la fée, c'est Opale Koboï. Le sortilège était prévu pour durer au moins un siècle, jusqu'à ce que le Peuple soit en sécurité et que l'endroit où se trouvait la porte soit oublié.

En prononçant ces mots, Holly eut une moue amère et Artemis fit une déduction.

– Mais il y eut une trahison?

Holly cilla, visiblement surprise.

– Comment avez-vous…? Oui, bien sûr, vous ne pouviez que deviner, Artemis. Nous avons été trahis par Seb Hyenfay, un gnome sorcier de sinistre mémoire, qu'on appelait à une époque Seb le Hardi mais qu'on appelle depuis Seb la Honte de Taillte. Il y a une statue retournée de Seb dans la chapelle des moines Hey-Hey, ce qui ne constitue pas un compliment, vous pouvez me croire.

– Que s'est-il passé, Holly? demanda Artemis, la pressant de poursuivre.

– Seb Hyenfay s'est caché dans un nuage de brume qu'il avait lui-même créé jusqu'à ce que les Berserkers aient été enterrés autour de la porte et que le Peuple soit descendu dans le monde souterrain, puis il a essayé de forcer la serrure pour que les humains puissent passer, mais aussi pour soumettre les Berserkers à sa volonté et les envoyer combattre leur propre peuple.

– Ce type était charmant, commenta Mulch, la tête éclairée par la lumière du réfrigérateur. Selon la légende, un jour, il a vendu sa mère. Et ce n'est pas une métaphore. Il a emmené sa mère sur un bateau et l'a vendue comme esclave dans le village le plus proche. Ça aurait dû servir de signal d'alarme.

– Mais le plan de Seb a échoué, n'est-ce pas? interrogea Artemis.

– Oui, parce que le Conseil avait prévu un dispositif secret. Quelqu'un devait rester derrière et ensevelir la porte sous l'éboulement de la vallée. Il fallait un grand sorcier qui puisse maintenir un nuage de brume jusqu'à ce que la porte soit enterrée et s'en servir pour couvrir sa fuite. Comme les démons étaient déjà partis, seul l'elfe sorcier Bruin Fadda, dont la haine des hommes était légendaire, pouvait accomplir cette mission. Il devait grimper tout en haut de la vallée et provoquer l'éboulement qui avait été préparé par une équipe de nains ingénieurs.

D'une certaine manière, Artemis, Butler et Holly avaient l'impression d'avoir vécu ce qui s'était passé, peut-être à cause des derniers résidus de plasma qui demeuraient dans leur tête. En tout cas, ils entendaient le halètement dans la gorge de Bruin Fadda alors qu'il dévalait le flanc de la vallée, criant à Seb de s'écarter de la serrure.

– Ils se sont férocement battus, chacun des puissants guerriers blessant mortellement l'autre. Et à la fin, Bruin, mourant et rendu fou par la douleur, la haine et le désespoir, a créé une deuxième serrure à l'aide de son propre sang et d'un sortilège de magie noire interdit. Si on ouvrait cette serrure, Danu, la Terre mère, abandonnerait sa magie à l'air, et il s'ensuivrait une explosion d'une telle puissance qu'elle annihilerait tous les humains à la surface du globe et garantirait à jamais la sécurité du Peuple des fées.

– Seulement les humains ?

Holly s'éveilla de sa rêverie.

– Les humains seulement. L'oppresseur haï. Bruin avait perdu tous les membres de sa famille à la suite d'un raid. Il n'était plus en mesure de raisonner.

Butler se caressa le menton.

– Toutes les armes ont une date limite de vente, Holly. Dix mille ans se sont écoulés. Ce sortilège n'a peut-être plus qu'une puissance très réduite ?

– C'est possible. Mais la première serrure a très bien fonctionné et les Berserkers ont été libérés.

– Pourquoi Opale tiendrait-elle à ouvrir la deuxième serrure ?

Artemis connaissait la réponse.

– Question de politique. Il y a à Haven un puissant lobby qui préconise depuis des années une guerre totale. Opale ferait figure d'héroïne à leurs yeux.

Holly approuva d'un signe de tête.

– En effet. En plus, Opale est si folle à présent qu'elle se prend sérieusement pour une sorte de messie. Vous avez vu jusqu'où elle est allée pour s'évader ?

– Racontez-moi ça, dit Mulch.

– Elle a fait kidnapper son double plus jeune et en guise de rançon, elle a exigé qu'on libère son être actuel. Elle savait que nous allions la mettre dans un réacteur nucléaire naturel afin d'amortir le choc, ce qui l'aiderait, si elle survivait, à produire assez de magie noire pour ouvrir la première serrure.

Mulch claqua la porte du réfrigérateur.

– Je regrette sincèrement d'avoir posé la question. C'est typique du genre de désastre dans lequel vous avez l'habitude de nous précipiter, Artemis.

– Hé, répliqua Holly d'un ton sec, ce n'est pas le moment de faire des reproches à Artemis.

– Merci, répondit celui-ci. Enfin.

– Nous aurons largement le temps de lui faire des reproches plus tard, quand tout sera arrangé.

Artemis croisa les bras avec une lenteur exagérée.

– Voilà qui est très déplacé, Holly. Dans cette histoire, je suis autant une victime que n'importe qui d'autre. Ces Berserkers eux-mêmes sont utilisés pour mener une guerre qui s'est terminée il y a dix mille ans. On ne pourrait pas leur dire, tout simplement, que la guerre est finie ? Ils sont les gardiens d'une porte qui ne mène plus nulle part, je présume.

– C'est vrai. Il y a des millénaires que nous n'empruntons plus les anciens passages.

– Vous ne pourriez pas trouver un moyen de faire circuler cette information ?

– Non. Ils sont soumis à un lien magique. Rien de ce que nous dirions ne pourrait avoir la moindre influence sur eux.

– Combien de temps reste-t-il ? demanda Artemis.

– Je l'ignore, avoua Holly. Mon père me racontait la légende le soir pour m'endormir. Lui-même la tenait de son propre père. Tout cela venait de l'esprit d'un sorcier empathique qui était entré en harmonie mentale avec Bruin Fadda dans ses derniers moments. Ce que nous savons, c'est que la deuxième serrure est constituée d'un mécanisme magique très complexe. Opale use de magie noire, à présent, mais le prix à payer est très élevé et son pouvoir s'épuise vite. Elle voudra ouvrir la serrure avant l'aube pendant que la lune des fées est encore haute dans le ciel. Après tout ce temps, les Berserkers ne seront plus que de simples lambeaux de ce qu'ils ont été jadis et ils ne pourront pas durer beaucoup plus. Certains d'entre eux auront répondu bien avant à l'appel de l'au-delà.

Artemis se tourna vers Butler pour lui poser une question à caractère tactique. C'était le domaine de compétence du garde du corps.

– Comment Opale devrait-elle déployer ses forces ?

– Elle va poster la plupart de ces Berserkers autour

d'elle pour assurer sa sécurité pendant qu'elle essaye d'ouvrir la serrure magique. Les autres garderont le mur d'enceinte et organiseront des patrouilles dans tout le domaine en étant certainement armés jusqu'aux dents. Sans doute avec mes propres armes.

– Et nous, avons-nous des armes ? demanda Artemis.

– J'ai perdu mon Neutrino après l'écrasement de la navette, dit Holly.

– J'ai dû remettre mon pistolet aux services de l'immigration de Haven, dit Butler. Je n'ai pas eu l'occasion de le récupérer.

Mulch revint près du feu de camp.

– Vous avez expliqué que tous les humains à la surface du globe seraient tués. Je voudrais simplement faire remarquer que nous sommes sous terre. Après tout, vous pourriez rester ici.

Holly lui décocha un regard venimeux.

– Hé, calmez-vous. Il n'est pas inutile d'examiner toutes les options.

– Si Opale parvient à ouvrir la deuxième serrure, non seulement des milliards d'humains seront exterminés mais cela déclenchera une guerre civile sans précédent au sein du Peuple. À l'issue de laquelle Opale Koboï se déclarerait sans doute impératrice suprême.

– Vous affirmez donc que nous devrions l'arrêter ?

– J'affirme que nous *devons* l'arrêter, mais je ne sais pas comment.

Artemis regarda en direction du ciel, comme si une inspiration divine allait en descendre, mais il ne vit rien d'autre que les parois luisantes du refuge souterrain de

Mulch et les entrées noires des tunnels qui parsemaient leur surface comme des taches d'encre.

– Mulch, dit-il en les montrant du doigt. Où mènent tous ces tunnels?

⊙⚬♌⚕♓⚌ᵚ · ᚱ⚇⊕ · 18⟩ᚱ · ⊖⊧⊛♓♓⊖⟆⊧⊛ · 🕮⟩ · ⇡⚬⊖➤·

CHAPITRE 8

UNE BANDE PITTORESQUE

ÎLE DE DALKEY, COMTÉ DE DUBLIN SUD

Selon une idée fausse, les trolls seraient stupides. En réalité, les trolls ne sont que *relativement* stupides.

Comparés aux astrophysiciens et aux suprêmes grands moines Hey-Hey, les trolls pourraient être considérés comme légèrement insuffisants côté QI mais même un troll inférieur à la moyenne est capable de résoudre un problème plus vite que n'importe quel chimpanzé ou dauphin. On sait que les trolls parviennent à fabriquer des outils rudimentaires, à apprendre le langage des signes et même à grogner quelques syllabes intelligibles. Au début du Moyen Âge, lorsque les montreurs de trolls étaient autorisés, le maître nain du comte Amos Raidelune, le célèbre troll, faisait boire à sa créature du punch au miel jusqu'à ce qu'elle éructe une version approximative de *La Ballade des petites chatouilles.*

ᘓᏫ·ᑌᛉᖰ·ᗷ·ᛏᛉᎧᑌᒣ·ᛁᛉᘓ·ᗷᛉᗢᎧᛉᏫ·ᛉᗢ·ᛏᛤᏫᗷᘓ·

Alors, stupides, les trolls ?

Certainement pas.

En revanche, les trolls sont entêtés. D'une manière pathologique. Si un troll soupçonne quelqu'un de vouloir le faire sortir par la porte A, il choisira résolument la porte B, peut-être même après s'être soulagé au passage en arrosant toute la surface de la porte A.

Ce trait de caractère rend difficile l'intégration des trolls dans le monde souterrain. Les FAR disposent même d'une brigade spéciale anti-trolls constituée de dompteurs entraînés qui cumulent le plus grand nombre d'heures supplémentaires par habitant, simplement en traquant les trolls délinquants qui refusent d'être enfermés dans les tunnels de la banlieue de Haven-Ville. On compte à tout moment plus d'une centaine de trolls qui arrachent à coups de dents leurs puces de localisation et se faufilent dans des fissures de la croûte terrestre pour se diriger inexorablement vers les points chauds de la surface où se manifeste une activité magique.

Les trolls sont attirés par les résidus magiques comme les nains par les objets qui ne leur appartiennent pas. Des résidus qui nourrissent les trolls et augmentent leur espérance de vie. Et plus un troll prend de l'âge, plus il devient rusé.

Le plus vieux troll du monde a été connu sous des noms divers au cours de son existence : on ne sait si sa mère l'avait délibérément appelé Mumf ou si elle avait essayé de lui dire : « Mon fils. » Aux yeux de la brigade des FARtroll, en tout cas, il était simplement le Suspect Zéro, et pour les humains l'abominable homme des

⏁⏃·⌰⏃⏁⏃⏃⏃·⏃⏃⏃⏃·⏃⏃⏃⏃⏃⏃·⏃⏃⏃⏃⏃·⏃⏃

neiges, le Sasquatch ou El Chupacabra, selon la région où on l'apercevait.

Mumf avait prolongé sa vie de plusieurs siècles en réussissant à parcourir le globe à la recherche de résidus magiques. Il n'y avait pas un continent où il ne fût allé à la faveur de l'obscurité et sa peau grise était sillonnée de cicatrices et de brûlures dues à une centaine d'affrontements avec les FAR ou divers chasseurs humains. Si Mumf avait été capable de prononcer une phrase, il aurait sans doute dit : « Je ne suis peut-être pas en très bon état, mais vous devriez voir les autres. »

Ces temps derniers, Mumf résidait dans une grotte de l'île de Dalkey, face à la côte du comté de Dublin sud, et nageait régulièrement jusqu'à une petite rampe de mise à l'eau pour bateaux. De là, il pouvait pénétrer à l'intérieur des terres et aller se servir en bétail dans les fermes avoisinantes. Il avait été repéré à plusieurs reprises par le propriétaire de la rampe, un Irlandais excentrique qui, à présent, lui chantait des chansons la nuit, depuis la côte. Mumf savait qu'il lui faudrait déménager ou manger l'humain dans les prochaines quarante-huit heures, mais ce soir-là, il fut très content de poser sa tête sur une carcasse de mouton qui, pour le moment, lui servait d'oreiller et lui offrirait, un peu plus tard, un excellent petit déjeuner.

Son sommeil fut interrompu par l'éveil d'un sixième sens qui occupait l'espace de son cerveau situé quelque part entre le goût et l'odorat. Il sentait à proximité une activité magique qui lui chatouilla l'intérieur de la tête, comme si un essaim de lucioles venait d'y éclore. Et là où il y avait de la magie, il y aurait très certainement un résidu magique. Suffisant pour guérir son mal de dos et cicatriser la plaie purulente consécutive à une mauvaise rencontre avec un morse qui lui avait enfoncé une de ses défenses dans l'arrière-train.

Mumf arracha des entrailles du mouton un tas de tripes qu'il avala en entier afin de prendre des forces pour le voyage. Et tandis qu'il s'enfonçait dans la mer pour parcourir à la nage la courte distance qui le séparait de la côte, l'appel de la magie grandit en lui et son humeur s'améliora.

Mumf avait hâte de se délecter du doux nectar des résidus magiques qui allaient guérir tous ses maux. Et quand un troll s'est fixé un but à atteindre, il n'y a pas grand-chose sur cette Terre qui puisse se mettre en travers de son chemin.

CHAPITRE 9

NOUS CRACHERONS
LE POISON AMER

MANOIR DES FOWL

Opale se tenait au bord du tunnel effondré, se sentant
légèrement contrariée mais pas démoralisée le moins
du monde. Après tout, elle était pour l'instant une véritable dynamo de magie noire et Artemis Fowl se trouvait enterré sous des tonnes de débris. S'il n'était pas
mort, au moins ses vêtements seraient-ils chiffonnés
et ses cheveux en bataille, ce qui affligerait presque
autant le Bonhomme de Boue.

Mort ou pas, le plan restait le même.

Oro s'agenouilla et dégagea l'arme de Holly, plantée
dans des mottes d'argile.

– Quel est cet objet, maîtresse ? demanda-t-il.

Opale prit le pistolet au creux de ses mains minuscules et se connecta à l'énergie qui en émanait jusqu'à
ce que celle-ci se transfère à sa propre personne. Ce ne

fut pas très spectaculaire à voir. L'arme exhala simplement sa force et se ratatina.

– Je dois ouvrir la deuxième serrure, dit-elle à Oro, revigorée par cette démonstration de son pouvoir. Il me reste jusqu'au matin. Ma magie s'évaporera alors avec la rosée de l'aube et je resterai sans défense.

– La deuxième serrure? dit Oro, les cordes vocales de Beckett malmenant le gnomique. En êtes-vous sûre, maîtresse?

– *Reine*, corrigea Opale. Il faudra désormais m'appeler la reine Opale. En ouvrant la première serrure de la porte des Berserkers, je t'ai soumis à ma volonté. Mais j'aimerais mieux que tu t'adresses à moi le moins possible car ta stupide petite voix humaine m'agace. Et arrête de faire la tête. Cette expression devient ridicule sur ton visage de petit garçon. Maman a envie de te donner la fessée.

– Mais la deuxième serrure? insista Oro. Elle va libérer le pouvoir de Danu.

– D'abord, qu'est-ce que je viens de te dire, quand tu t'adresses à moi? Ensuite, va voir un peu ce qu'il y a dans le cerveau de ton humain. Crois-moi, une petite vague de Danu est la meilleure chose qui puisse arriver à cette planète.

Oro sembla perplexe mais le lien de soumission lui interdisait d'élever la moindre objection. En plus, Opale savait que si le Berserker avait eu l'autorisation de discuter, il l'aurait fait dans une prose moyenâgeuse et ampoulée, avec une logique simpliste.

– Laisse-moi parler au petit humain, dit-elle, supposant qu'un enfant Fowl, si jeune soit-il, serait capable d'apprécier ce qu'elle avait accompli.

Et puis ce serait drôle de voir un humain humilié.

Oro soupira, regrettant que son ami Bruin Fadda n'ait pas ménagé une certaine marge de liberté dans les liens de soumission magique. Il fut parcouru d'un frisson tandis qu'il laissait sa propre conscience s'éclipser temporairement derrière celle de Beckett Fowl.

Les siècles s'effacèrent du visage d'Oro et Beckett émergea, souriant et le teint éclatant.

– J'ai fait un rêve, dit-il. Dans mon rêve, j'étais comme d'habitude mais avec plus de doigts.

Opale écarta largement les bras et la magie noire apparut sous la forme de lignes orange qui palpitaient le long de ses membres.

– Tu n'es pas terrorisé, mon garçon ?

Avec l'agilité d'un singe, Beckett se mit en position de combat, imitant d'une manière très personnelle un ninja à l'attaque.

– Nan. C'est *toi* qui devrais être terrorifiée.

– Moi ? répondit Opale en éclatant de rire. Tu ne peux me faire aucun mal. Le lien magique t'en empêcherait.

Beckett donna un coup de poing dans le ventre d'Opale, avec toute la force de son épaule, comme le lui avait appris Butler.

– Eh oui, je suis très rapide, dit-il. Beaucoup plus rapide que tes stupides liens magiques. Butler dit que c'est in-e-né, chez moi.

Opale en eut le souffle coupé et trébucha en arrière,

⚡·⚡⚡⚡ ⚡⚡⚡⚡⚡⚡⚡·⚡⚡⚡⚡⚡⚡⚡·⚡⚡⚡⚡·

se cognant le coude contre le socle qui soutenait la porte des Berserkers. Heureusement pour elle, le lien de soumission magique reprit le dessus et Oro retrouva le contrôle physique de son hôte, sinon, le petit Beckett Fowl, du haut de ses quatre ans, aurait pu mettre un terme en cet instant aux projets d'Opale pour dominer le monde.

Oro se précipita afin d'aider la félutine à se relever.

– Ma reine, êtes-vous blessée?

Opale agita la main, incapable de parler, et fut obligée de subir pendant quelques secondes les efforts d'Oro qui appuya sur son thorax et le relâcha alternativement, comme un soufflet, jusqu'à ce qu'elle ait enfin retrouvé sa respiration.

– Laisse-moi tranquille, stupide petit elfe. Tu veux me casser la colonne vertébrale?

Oro obéit.

– Ce garçon est très vif. Il a été plus rapide que le lien de soumission. Rares sont ceux qui y parviendraient.

Opale se frotta le ventre d'une main magique, au cas où elle aurait eu un hématome.

– Tu es sûr que tu ne l'as pas aidé un peu? demanda-t-elle d'un ton soupçonneux.

– Bien sûr que non, ma reine, répondit Oro. Les Berserkers n'aident jamais les humains. Voulez-vous à nouveau parler à ce garçon?

– Non! couina Opale.

Puis elle reprit contenance.

– Je veux dire… non. Cet enfant a rempli son rôle. Nous devons continuer à suivre le plan.

ᛒᛁᚷᛁ·ᚻ·ᛒᚱᛇᛁᛇᚱᚢᚻ·ᚱᛇᚢᛁᚻ·ᚳᚱᛇᛇᛁ·ᛉᚳᚱᛒᚻ·

Oro s'agenouilla, creusant un trou dans la terre meuble.

– Il faudrait au moins poursuivre nos attaquants. L'elfe est habile au combat. Le grand humain est également un guerrier redoutable. Ils vont très certainement tenter des actions de sabotage.

Opale était disposée à lui donner raison sur ce point.

– Très bien, petit elfe ennuyeux. Envoie ton meilleur lieutenant avec quelques soldats. Et n'oublie pas d'emmener l'autre garçon dans ce groupe. Fowl répugnera peut-être à tuer son propre frère.

Opale souffla entre ses lèvres, un petit signe de dérision qui manifestait clairement qu'elle-même, si elle s'était trouvée dans la situation d'Artemis Fowl, n'aurait pas hésité à supprimer n'importe quel membre de sa famille. En fait, toute réticence à réduire un frère en charpie lui apparaîtrait comme un manque de foi en son propre plan.

«Après tout, pensa-t-elle, ne me suis-je pas tuée moi-même pour m'évader de prison?»

Mais les fées étaient faibles et les humains plus faibles encore. Peut-être Fowl se retiendrait-il d'agir pendant la seconde nécessaire à son petit frère pour lui planter un poignard dans le flanc.

– Ne perds pas trop de temps ni de ressources pour ça. Je veux un cercle infranchissable de Berserkers derrière moi pendant que je travaille sur la deuxième serrure. Il y a des enchantements complexes à neutraliser.

Oro se releva, fermant les yeux pendant un instant pour savourer la caresse de la brise sur son visage. Il entendait, au-delà des murs d'enceinte, le crépitement d'énormes flammes et, quand il rouvrit les yeux, il vit une épaisse fumée s'élever de ruines lointaines et lécher dans le ciel les nuages de la nuit tombante.

– Nous sommes ardents, mais peu nombreux, ma reine. Y aura-t-il d'autres ennemis sur notre chemin ?

Opale émit un son qui ressemblait presque à un caquètement.

– Pas avant que le jour se lève. Mes ennemis rencontrent certaines difficultés. Maman y a veillé.

La partie de l'esprit d'Oro qui lui appartenait encore et n'était pas soumise à la volonté d'une félutine baignée d'un halo orange pensa : «Il n'est pas convenable qu'elle se présente comme notre mère. Elle se moque de nous.»

Mais la force du *geasa*, le lien magique, est telle que cette simple pensée contestataire causa au capitaine des Berserkers une douleur physique.

Opale remarqua sa grimace.

– À quoi pensais-tu, capitaine ? Rien de séditieux, j'espère ?

– Non, ma reine, répondit Oro. Ce petit corps gracile ne parvient pas à contenir ma soif de sang.

Ce mensonge lui coûta un autre élancement douloureux mais il s'y était préparé et le subit sans réaction visible.

Opale fronça les sourcils. Celui-là avait des idées personnelles, mais peu importait. L'énergie d'Oro faiblissait déjà. Les Berserkers dureraient à peine jusqu'à la fin de la nuit. À ce moment, la deuxième serrure serait ouverte et l'ère Koboï commencerait vraiment.

◊⊖⊞⊃੮✦·§·੮♌⊃੮੮⊖⅌ ·⅄◊⊕⁇⊖੮·◔♌⊗§·

– Alors, vas-y, lança-t-elle sèchement. Envoie des combattants à leurs trousses, mais *ton* devoir, c'est de protéger la porte. J'ai fait en sorte que les humains soient occupés pour le moment mais lorsque le soleil se lèvera, ils viendront, dans une vague destructrice, anéantir notre espèce jusqu'au dernier d'entre nous.

Opale décida de se lancer à fond dans le style gothique pour qu'Oro comprenne bien.

– Sans aucune merci dans leur cœur glacé et implacable, ils s'avanceront sur nous, avides de meurtre.

Ce genre de discours semblait pénétrer l'esprit d'Oro et il s'éloigna d'un pas martial afin de lancer un groupe de guerriers à la poursuite de l'ennemi.

Opale devait admettre, pour elle-même en tout cas, que la situation sous tous ses aspects était absolument parfaite. Les Berserkers garderaient le périmètre, pitoyables dans leur conviction illusoire que leur grande porte sinistre menait véritablement quelque part. Ensuite, ils se volatiliseraient simplement dans l'au-delà, inconscients des massacres inutiles qu'ils auraient aidé à commettre.

«Les fantômes ne valent pas grand-chose comme témoins devant un tribunal», songea Opale avec un petit sourire narquois.

Mais, quelque satisfaction que puisse apporter un sourire narquois, elle n'en avait pas moins un travail à accomplir qui exigeait la pleine concentration de son intellect. La deuxième serrure restait verrouillée et elle ne pouvait compter sur la magie noire que pendant une période limitée, avant qu'elle ne consume son corps physique. Déjà, elle sentait des cloques se former entre ses omoplates. La magie la quitterait bientôt mais auparavant, elle allait dévaster son organisme. Son pouvoir guérissait les cloques à mesure qu'elles apparaissaient, mais c'était au prix d'une perte de ses réserves magiques et de toute façon, les cloques revenaient.

« Pourquoi ne puis-je résoudre ce problème en tuant quelqu'un ? » pensa-t-elle avec mauvaise humeur. Puis elle se consola en se récitant le mantra qui lui avait permis de supporter la prison.

– Bientôt, tous les humains seront morts, dit-elle à haute voix, de ce ton lancinant qui a fait ses preuves depuis toujours chez les gourous du monde entier. Et Opale sera adorée.

« Et même si je ne suis pas adorée, songea-t-elle, au moins tous les humains seront morts. »

Oro descendit sur ses petites jambes les très anciennes marches qui contournaient la porte des Berserkers. Pendant un instant, il se rappela clairement le jour où il avait aidé à construire cette tour basse. La magie avait été toutefois beaucoup plus sollicitée que la simple force des bras. Le vieux Bruin Fadda avait demandé à tous ses compagnons de déverser dans la serrure jusqu'à la moindre étincelle de pouvoir dont ils disposaient. Les sorciers réunis en un grand cercle projetaient des éclairs sur la pierre.

« Quiconque ouvrira cette porte recevra plus qu'il n'était venu chercher », avait promis Bruin quelques jours plus tard, alors même qu'Oro et ses guerriers gisaient morts autour de lui. Bruin s'était trompé. La reine Opale obtenait exactement ce qu'elle avait attendu.

« Comment le savait-elle ? se demanda Oro. J'étais presque sûr que le monde nous avait oubliés. »

Les Berserkers frémissaient de violence contenue, avides de répandre la destruction dans le genre humain. Ils essayaient de se tenir tranquilles pendant qu'Oro s'adressait à eux, mais c'était au prix d'une lutte intérieure, surtout pour les pirates, incapables d'empêcher leurs os à nu de craquer.

Oro était monté sur une souche d'arbre afin que le petit corps qu'il occupait puisse être vu de tous. Il leva le poing pour imposer le silence.

– Mes guerriers ! cria-t-il au-dessus de leur tête. Notre jour est enfin venu !

Ces paroles furent accueillies par un chœur de hurlements, de hululements, d'aboiements et de sifflements qui exprimaient l'approbation des diverses créatures dont les Berserkers s'étaient emparés. Oro ne put dissimuler une grimace. Ce n'étaient pas les guerriers dont il se souvenait, ceux qui avaient combattu et reçu des blessures mortelles dans les plaines de Taillte, mais ils étaient ce qu'ils étaient et leur volonté de combattre, à défaut de leurs capacités, était bien présente. Par la déesse Danu ! Il y avait des renards dans leurs rangs. Comment un renard pouvait-il brandir une épée ? Mais il valait quand même mieux échauffer le sang de ses guerriers avec un peu de rhétorique. Oro avait toujours été très fier de ses qualités d'orateur.

– Nous boirons le poison amer de la défaite et nous le cracherons sur nos ennemis ! s'écria-t-il, sa voix résonnant à travers la prairie.

Ses guerriers l'acclamèrent, rugirent, hurlèrent leur approbation, sauf l'un d'eux.

– Pardonne-moi, dit Gobtou, son lieutenant.

– Quoi ? demanda Oro.

Le lieutenant, tapi à l'intérieur du corps du deuxième petit Garçon de Boue, affichait une expression perplexe sur son visage blême. En fait, la perplexité, de quelque nature qu'elle soit, était une nouveauté pour Gobtou. D'habitude, il était du genre à ne jamais poser de questions et à s'exprimer plutôt à coups de hache. En général, Gobtou aimait bien un bon petit discours.

– Eh bien, Oro, poursuivit-il, visiblement surpris par les paroles qui sortaient de sa bouche, que voulais-tu dire exactement par « cracher le poison amer de la défaite sur nos ennemis » ?

La question prit Oro par surprise.

– Je voulais simplement…

– Parce que, si tu me le permets, utiliser le mot « défaite » dans un discours de motivation risque d'envoyer un message un peu brouillé.

Ce fut au tour d'Oro de se montrer perplexe.

– De motivation ? Un message brouillé ? Que signifient ces mots ?

Gobtou semblait sur le point de fondre en larmes.

ᚢᛒⵁⵒ · ⵁⵁᚼⵁⵁ⅄ᛒⵒ · ⵣ · ⵣ⅄ⵁⵁⵡⵒⵀⵒ · ᛒ · ⵯ⅄ᛒⵒ ·

– Je ne sais pas, capitaine. C'est mon humain qui parle. Il a une grande force, celui-là.

– Reprends-toi, Gobtou. Tu as toujours su apprécier mes discours.

– Oui, capitaine. Toujours. Mais le petit jeune refuse de se taire.

Oro décida d'occuper Gobtou en lui confiant une mission.

– Tu auras l'honneur de mener la chasse aux ennemis. Prends avec toi les chiens, Bellico et aussi ces deux marins. Tous les autres, vous formerez un cercle autour de la porte. La reine Opale travaille à ouvrir la deuxième serrure. Compris ?

– Oui, capitaine, rugit Gobtou en brandissant le poing. À vos ordres.

Oro approuva d'un signe de tête. C'était quand même mieux comme ça.

Gobtou, Bellico et les chiens de chasse des Fowl entourèrent le tunnel effondré. Bellico se sentait très à l'aise à l'intérieur du corps de Juliet Butler. Elle n'aurait pas pu rêver d'une meilleure hôtesse : excellent spécimen physique, doté d'une connaissance approfondie de plusieurs styles de combat traditionnels que, grâce aux souvenirs de Juliet, elle saurait très bien mettre en pratique.

Bellico vérifia son reflet dans la lame d'un coutelas de pirate et fut très contente de ce qu'elle vit.

« Pas trop laide pour une humaine. C'est presque dommage que ma force vitale ne puisse me soutenir plus d'une seule nuit. Peut-être que si nous avions été appelés dans les cinquante ans qui ont suivi notre mise en terre, la magie nous aurait permis de durer davantage, mais à présent, nos esprits sont affaiblis par le temps. Le sortilège n'était pas conçu pour nous garder si longtemps dans notre sépulture. »

La mémoire de Juliet contenait des images qui composaient un portrait repoussant d'Opale Koboï mais Bellico avait été avertie qu'il ne fallait pas se fier à la façon dont les humains voyaient les fées. La haine des Hommes de Boue pour le Peuple était telle que même leurs souvenirs s'en trouvaient déformés.

Les pirates étaient moins satisfaits de leurs cadavres d'adoption qui continuaient de se décomposer alors même qu'ils marchaient.

– Le simple fait d'empêcher ce sac d'asticots de tomber en lambeaux me coûte toutes mes réserves de magie, se plaignait celui qui avait été autrefois le guerrier géant Zöz Finnakrett et habitait maintenant le corps d'Eusebius Fowl, le pirate étrangleur.

– Au moins, toi, tu as de vraies jambes, grogna Frohm Azonion, son compagnon d'armes qui se traînait sur une paire de jambes de bois. Comment pourrais-je exécuter mon célèbre mouvement de derviche tourneur avec ces choses-là ? J'aurais l'air d'un nain ivre incapable de se tenir debout.

C'était pire encore pour les chiens de chasse anglais qui ne pouvaient produire que les sons les plus rudimentaires avec leurs cordes vocales.

〰◌🜚◌•🜚〰◌🜚◌⊕•🜚)•🜚🜚•🜚🜚🜚〰🜚•∪◌◌∪◌◌🜚◌⊗•

– Fowl, aboya l'un d'eux qui connaissait bien l'odeur d'Artemis Fowl. Fowl, Fowl.

– Bon chien, dit Gobtou en tendant la petite main de Myles pour lui caresser la tête, ce que l'animal ne trouva pas drôle du tout.

Il aurait même volontiers mordu la main si elle n'avait été celle d'un officier supérieur.

Gobtou lança à ses soldats :

– Guerriers, nos nobles frères, à l'intérieur de ces bêtes, ont découvert une piste. Nous avons pour mission de retrouver les humains.

Personne ne demanda : « Et ensuite ? » Tout le monde savait ce qu'il fallait faire aux humains quand on en trouvait. Car si on ne le faisait pas, c'était eux qui le feraient, à vous et à toute votre espèce et sans doute aussi à quiconque aurait un jour partagé un pot de bière avec quelqu'un de votre espèce.

– Et l'elfe ? demanda Bellico. Quel sera son sort ?

– L'elfe a choisi son camp, répondit Gobtou. Si elle se soumet, nous lui laisserons la vie sauve. Si elle nous résiste, elle deviendra à nos yeux un Être de Boue.

La sueur ruisselait sur le front de Gobtou bien que la nuit devînt fraîche et il parlait à travers ses dents serrées, essayant de refouler la conscience de Myles Fowl qui bouillonnait en lui comme s'il avait été pris d'une indigestion mentale.

Cet échange fut interrompu lorsque les chiens de chasse anglais filèrent loin du tunnel éboulé et traversèrent la prairie en direction de la vaste habitation humaine dressée au sommet de la colline.

⊕ · ⧫⍀⟊⧫ · ⧊⍀⟊⊕ · ⍝ · ⍝⍀⟊ · ⍀⟊ · ⟊⍀⊱⧊ · ⍝ · ⍝⍀⟊⍀ ·

– Ah, dit Bellico en suivant les chiens. Les humains sont dans le temple de pierre.

Gobtou essaya de s'empêcher de parler mais il n'y parvint pas.

– Il m'oblige à te dire que cela s'appelle un manoir. Et que toutes les filles sont bêtes.

Artemis, Holly et Butler avançaient en se tortillant le long d'un tunnel dont Mulch leur avait assuré qu'il menait dans la cave à vin, derrière un casier de château-margaux 1995.

Artemis était horrifié par cette révélation.

– Vous ne savez donc pas que votre tunnel pourrait affecter la température de la cave ? Sans parler de l'humidité. Ce vin est un investissement.

– Ne vous inquiétez pas pour le vin, stupide Bonhomme de Boue, répliqua Mulch d'un ton très condescendant qu'il s'était entraîné à prendre simplement pour agacer Artemis. Il y a plusieurs mois que je l'ai bu et remplacé. C'était la seule chose responsable à faire – de toute façon, l'intégrité de la cave avait été compromise.

– Oui, par vous ! (Artemis fronça les sourcils.) Remplacé par quoi ?

– Vous voulez vraiment le savoir ? demanda le nain.

Artemis fit non de la tête, estimant qu'étant donné l'histoire du nain, l'ignorance dans le cas présent serait moins contrariante que la vérité.

– Sage décision, dit Mulch. Alors, continuons. Le tunnel arrive derrière la cave, mais l'ouverture dans le mur est bouchée.

⬡⬡⬡ ⬡ ⬡ ⬡ ⬡⬡⬡ ⬡⬡⬡⬡ ⬡⬡⬡⬡⬡⬡⬡

– Bouchée par quoi ? interrogea Artemis qui pouvait parfois avoir l'esprit un peu lent en dépit de son génie.

Le nain passa un doigt dans sa barbe.

– Je vous renvoie à ma dernière question : vous voulez vraiment le savoir ?

– Est-ce qu'on peut forcer le passage ? demanda Butler, le pragmatique.

– Oh, oui, répondit Mulch. Un homme grand et fort comme vous. Pas de problème. Je l'aurais volontiers fait à votre place, mais apparemment, j'ai une autre mission.

Holly leva les yeux de l'ordinateur-bracelet qui ne recevait toujours aucun signal.

– Il faut que tu ailles chercher les armes dans la navette, Mulch. Butler a un attirail dans la maison, mais il se peut que Juliet l'ait déjà livré aux Berserkers. Nous devons avancer vite et sur deux fronts. En les prenant par les deux flancs, comme une pince.

Mulch soupira.

– Une pince. J'adore le crabe. Et le homard. Ça me donne un peu de gaz, mais ça en vaut la peine.

Holly claqua ses genoux du plat de la main.

– Il est temps d'y aller, dit-elle.

Aucun des deux humains n'émit d'objection.

Mulch regarda ses amis s'engouffrer dans le tunnel qui menait au manoir et lui-même rebroussa chemin, en direction de la navette.

« Je déteste revenir sur mes pas, pensa-t-il. Parce qu'en général, il y a quelqu'un qui me poursuit. »

186

Ils rampaient à présent dans un tunnel étouffant qui leur donnait une sensation de claustrophobie. Une intense odeur de terre leur montait dans les narines et ils sentaient la menace constante de l'énorme masse suspendue au-dessus d'eux comme une enclume géante.

Holly savait ce que chacun pensait.

– Ce tunnel est solide. Mulch est le meilleur perceur de la profession, dit-elle entre grognements et halètements.

Le tunnel serpentait devant eux et leur seule lumière venait d'un téléphone mobile que Butler avait attaché sur son front avec du ruban adhésif. Artemis se vit soudain coincé à jamais avec les deux autres, tels des rongeurs dans le ventre d'un serpent, lentement digérés jusqu'à ce qu'il ne reste plus la moindre trace d'eux.

« Personne ne saura jamais ce qui nous sera arrivé. »

C'était une vaine pensée, Artemis le savait, car s'ils ne parvenaient pas à sortir de ce tunnel, il n'y aurait, selon toute probabilité, plus personne à la surface de la terre pour se demander ce que leur trio était devenu. Et il ne saurait jamais s'il avait été incapable de sauver ses parents ou s'ils avaient déjà été tués, d'une manière ou d'une autre, au cours de leur séjour à Londres. Artemis, cependant, n'arrivait pas à chasser l'idée qu'eux-mêmes allaient mourir dans cette vaste tombe anonyme et chaque fois qu'il tendait le bras pour s'accrocher à la paroi et avancer un peu plus loin dans les profondeurs de la terre, cette pensée s'imposait avec plus de force.

Artemis tendit une nouvelle fois le bras dans les ténèbres et ses doigts se refermèrent sur la botte de Butler.

– Je crois qu'on y est, dit le garde du corps. Nous sommes arrivés devant l'ouverture que Mulch a rebouchée.

– C'est du solide ? cria Holly, à l'arrière.

Il s'ensuivit une série de bruits qui n'auraient pas paru surprenants dans une fabrique de gelée et une odeur qu'on aurait trouvée parfaitement normale à proximité d'une conduite d'égout éventrée.

Butler toussa à plusieurs reprises, jura longuement puis adressa à Holly une réponse aux lourdes et terrifiantes implications.

– Seule la croûte est solide.

Trébuchant les uns contre les autres, ils franchirent le trou pratiqué dans le mur et se retrouvèrent sur un casier à bouteilles renversé que Butler avait fait tomber dans sa précipitation et qui avait brisé dans sa chute les bouteilles de vin qu'il contenait. D'habitude, il aurait avancé centimètre par centimètre à travers l'ouverture, déplaçant le casier petit à petit mais, en l'occurrence, la vitesse était préférable à la prudence et il s'était contenté de défoncer la paroi aménagée par Mulch pour bloquer l'entrée de la cave. Les deux autres l'avaient rapidement suivi, trop heureux d'échapper à l'espace confiné du tunnel.

Artemis renifla le liquide qui était resté au creux des tessons de bouteille.

– Ce n'est certainement pas du château-margaux 1995, commenta-t-il.

– Ce n'est même pas de l'alcool de serpent, dit Butler en s'époussetant. Bien que je connaisse quelques mercenaires qui s'en contenteraient sûrement.

Holly grimpa les hautes marches de pierre de la cave dont la construction remontait au XVIIe siècle et colla son oreille contre la porte.

– Je n'entends rien du tout, dit-elle au bout d'un moment. Le bruit du vent, c'est tout.

Butler souleva Artemis pour le dégager des débris du casier à bouteilles.

– Allons-y, Artemis. Nous devons retrouver mes armes avant que le passager de Juliet ait la même idée.

Holly ouvrit très légèrement la porte et jeta un coup d'œil derrière. La cave donnait sur un couloir occupé un peu plus loin par une bande de pirates équipés d'armes automatiques. Ils se tenaient parfaitement immobiles, sans doute pour essayer d'empêcher leurs os de grincer.

Butler s'avança silencieusement derrière Holly.

– Comment ça se présente? demanda-t-il.

Holly retint son souffle tandis qu'elle refermait la porte.

– Pas très bien, murmura-t-elle.

Ils s'accroupirent derrière un casier de vin rouge californien, cuvée 1990, et parlèrent en chuchotements précipités.

– De quoi disposons-nous? interrogea Artemis.

Butler leva les poings.

– Voilà tout ce que j'ai. Rien d'autre.

Holly fouilla les poches de sa combinaison.

– Moi, j'ai des menottes en plastique et deux fusées d'alarme. Plutôt léger, comme inventaire.

Artemis tapota l'extrémité de son pouce avec chacun de ses quatre autres doigts, l'un de ses exercices de concentration préférés.

— Nous avons autre chose, dit-il. Nous avons la maison.

CHAPITRE 10
RIVALITÉ FRÈRE SŒUR

MANOIR DES FOWL

Gobtou et Bellico suivirent les chiens jusqu'au grand escalier du manoir des Fowl, puis dans le hall et enfin dans le laboratoire d'Artemis. Lorsqu'ils en eurent franchi la porte, les chiens sautèrent sur le manteau blanc d'Artemis, suspendu à une patère, lacérant l'étoffe à coups de griffes et de dents.

– Ils sentent l'humain, dit Gobtou, déçu de ne pas avoir l'occasion d'utiliser le pistolet Baby Glock qui convenait si bien à la petite main de Myles.

Ils avaient pillé la salle d'armes de Butler, cachée derrière un faux mur de ses appartements. Seules quatre personnes connaissaient l'endroit et le code d'accès – cinq maintenant si l'on considérait Bellico comme un individu à part entière, distinct de Juliet. Gobtou avait pris le petit pistolet et diverses armes blanches alors que Bellico choisissait un pistolet-mitrailleur et un arc clas-

⚝ ✡ 𝍕𝍖𝍗𝍘 ✶ 𝍙𝍚𝍛𝍜 ✦ 𝍝𝍞𝍟 ☽ 𝍠𝍡𝍢

sique en carbone graphite avec un carquois de flèches en aluminium. Les pirates avaient pris à peu près tout le reste et dansaient joyeusement de petites gigues en descendant les marches pour aller se mettre à l'affût.

– Nous devrions continuer à chercher, dit Gobtou.

Bellico n'était pas d'accord car elle connaissait le manoir grâce à Juliet.

– Non, le bureau d'Artemis est contigu à cette pièce et donc, ils viendront ici. Nous avons des guerriers à la cave et dans la salle de sécurité. Laissons les chiens et les pirates les amener vers nous.

Gobtou avait suffisamment l'expérience du commandement pour savoir quand un plan était bon.

– Très bien, nous attendrons ici, mais si je n'ai pas l'occasion de tirer avec ce pistolet avant l'aube, je serai vraiment déçu.

– Ne t'inquiète pas, tu n'auras pas assez de tout ton chargeur pour arrêter le gros humain.

Bellico attrapa les chiens par leur collier et les arracha du manteau d'Artemis.

– Vous devriez avoir honte, tous les deux, dit-elle. Ne vous laissez pas dominer par les instincts de ces bêtes.

L'un des chiens donna un coup de tête à l'autre comme pour rejeter la faute sur lui.

– Allez-y, maintenant, ordonna Bellico en leur expédiant un coup de pied dans les reins. Et arrangez-vous pour nous trouver des Hommes de Boue.

Gobtou et Bellico s'accroupirent derrière l'établi d'Artemis, l'une encochant une flèche à son arc, l'autre ôtant le cran de sûreté de son pistolet volé.

ʕᴏ·ᶀ·ᖴᴐᏒᗷᴀ·ᴣᏒᖴᏒʕᴏᗷ·ᴣ·ᵱᴙ·ᑌᴏᗷᶏᎠᴐ·ᵧ·

– La maison est une forteresse virtuelle, expliqua Artemis. Une fois que la fonction « siège » a été activée sur le panneau de sécurité, il faudrait une armée pour pénétrer les systèmes de défense qui ont tous été installés avant qu'Opale ne quitte sa ligne de temps. Il n'y a donc aucun risque que l'un des composants ait explosé.

– Et où se trouve ce panneau ? demanda Holly.

Artemis tapota sa montre.

– Normalement, je peux le commander à distance avec ma montre ou mon téléphone, mais le réseau du manoir est hors service. J'ai récemment optimisé le routeur et peut-être qu'un composant de chez Koboï s'y est glissé, nous devrons donc accéder directement au panneau, dans mon bureau.

Butler savait qu'il entrait dans ses fonctions de jouer l'avocat du diable.

– Est-ce que cela ne va pas nous coincer ici avec une bande de pirates ?

Artemis sourit.

– Ou les coincer ici avec nous.

Zöz Finnakrett se lamentait auprès de son ami Frohm de la perte de son propre corps.

– Tu te souviens comme mes bras étaient musclés ? dit-il avec nostalgie. On aurait dit des troncs d'arbre. Et maintenant, regarde-moi.

Il agita son bras gauche pour montrer les lambeaux de chair qui pendaient de ses os.

– C'est tout juste si j'arrive à tenir ce bâton de feu.

– Ce n'est pas un bâton de feu, ça s'appelle un pistolet, rectifia Frohm. C'est un mot facile à retenir, non?

Zöz regarda l'automatique qu'il tenait dans ses doigts
osseux.

– Oui, sans doute. On vise et on appuie, n'est-ce pas?

– C'est ce que Bellico a dit.

– Vous entendez ça, les Berserkers? lança Zöz à la
demi-douzaine de pirates massés derrière lui, dans l'escalier. Vous visez et vous tirez. Et ne vous inquiétez pas
si vous touchez la personne qui se trouve devant vous
puisque de toute façon, nous sommes déjà morts.

Ils se postèrent dans le couloir de briques rouges,
priant pour qu'un humain passe à proximité. Après tout
ce temps, il aurait été vraiment dommage qu'ils n'aient
pas l'occasion d'en tuer un.

Trois mètres plus bas, dans la cave à vin, Butler prit
deux bouteilles de Macallan 1926, un whisky d'excel-
lence, particulièrement rare.

– Votre père ne sera pas très content, dit-il à Artemis.
Ce sont des projectiles à trente mille euros pièce.

Artemis referma les doigts sur la poignée de la porte.

– Je suis sûr qu'il comprendra, étant donné les circonstances.

Butler eut un petit rire bref.

– Ah bon? Nous allons parler des circonstances à
votre père, cette fois? Ce sera une première.

– Peut-être pas de *toutes* les circonstances, répondit
Artemis en ouvrant grand la porte.

Butler s'avança à travers l'ouverture et jeta les bou-

𐂀⟨○⟩◌⦵◌ · ⟨𐂀⟩◌ · ⦶𐂀𐂥 · 𐂅𐂥𐂥⦵◌◎◌⦶⦵◌➤ · 𐂁 ·

teilles vers le plafond, au-dessus de la tête des pirates. Toutes les deux se fracassèrent, faisant pleuvoir sur les Berserkers un liquide d'une haute teneur en alcool. Holly se glissa entre les jambes de Butler et tira une fusée d'alarme au milieu du groupe. En moins d'une seconde, toute la bande des pirates se trouva engloutie dans un jaillissement de flammes bleu et orange qui peignirent le plafond d'une couche de noir. Les pirates ne semblèrent pas perturbés outre mesure, à part celui qui avait des jambes de bois et qui bientôt n'eut plus de jambes du tout. Les autres survécurent sous forme de simples squelettes et pointèrent leurs pistolets sur la porte de la cave.

– La maison va nous sauver? dit Holly d'une voix inquiète. C'est ce que vous nous avez dit.

– Trois, compta Artemis, deux… un.

À ce moment précis, le système anti-incendie du manoir enregistra l'élévation de la température et ordonna à huit de ses deux cents buses de noyer les flammes dans une mousse à température négative. Les pirates tombèrent à genoux sous la force du jet et pressèrent à l'aveugle la détente de leurs armes, envoyant les balles ricocher contre les murs et dans l'escalier. Les projectiles épuisèrent leur énergie cinétique contre les rampes d'acier et tombèrent sur le sol en fumant. Dans le couloir, la température des squelettes de pirate tomba de plus de trente-sept degrés en moins de dix secondes, ce qui rendit leurs os aussi friables que des feuilles mortes.

– On y va, dit Butler.

⊚⊃◮·⧆⊃·⇑⚘⧸·⊙◊ ◊·⇑⚘⚘⚘⇌·◻ ◊⊖⊕·⚡·⇑⚘⧸·

Et il s'élança dans l'escalier, renversant les pirates désorientés, comme une boule de bowling vengeresse. Le moindre choc fracassait les malheureux Berserkers et désintégrait leurs os en un nuage de minuscules cristaux qui voletaient dans les airs comme des flocons de neige. Holly et Artemis suivirent le garde du corps et foncèrent le long du couloir, leurs pieds écrasant des fragments d'os. Ils ne s'arrêtèrent pas pour ramasser les armes dont la plupart étaient devenues inutilisables après avoir explosé dans les flammes.

Dans leur fuite, Artemis, comme d'habitude, était pris en sandwich entre Butler et Holly.

– Courez, courez vite, criait Holly dans son dos. Il va y en avoir d'autres, vous pouvez en être sûr.

Dans la salle de sécurité, il y avait en effet d'autres pirates qui étaient très contents d'eux.

– C'est la chose la plus intelligente qu'on a jamais faite, dit Skam Piffery, leur chef provisoire. Ils vont venir là pour se cacher mais nous, on y est déjà.

Il rassembla autour de lui sa troupe squelettique.

– Allez, on répète encore une fois. Qu'est-ce que c'est qu'on fait quand on les entend ?

– On se cache, répondirent les pirates.

– Et qu'est-ce que c'est qu'on fait quand ils entrent ici ?

– On leur saute dessus tout d'un coup, répondirent les pirates d'un ton joyeux.

Skam pointa un index osseux.

– Et toi, qu'est-ce que c'est que tu fais, spécialement ?

᠎᠎᠎ ᠎᠎᠎ ᠎᠎᠎᠎ ᠎᠎᠎᠎

Un petit pirate qui semblait porter en guise de vête-
ment les restes d'un tonneau se tenait près du mur.

– Je tape là-dessus, là, sur le bouton et il y a une porte
en acier qui tombe et comme ça, on est tous coincés ici.

– Très bien, dit Skam. Très bien.

Le crépitement saccadé d'une arme automatique
résonna sous les plafonds voûtés et son écho se propa-
gea le long du couloir jusqu'à la salle de sécurité.

– Ils arrivent, compagnons, dit Skam. Pensez à les
tuer plusieurs fois, comme ça, on sera vraiment sûrs.
Arrêtez de les couper en morceaux seulement quand
vous aurez les bras qui tombent.

Ils se tapirent dans l'obscurité, la lumière extérieure
se reflétant sur leurs lames.

Si Bellico avait sondé un peu plus profondément les
souvenirs de Juliet, elle se serait rendu compte que la
porte de la salle de sécurité pouvait être ouverte ou fermée à distance, à l'aide d'une télécommande ou d'un
logiciel à commande vocale. Mais, qu'elle l'ait su
ou pas, il n'aurait pas été très rationnel de la part des
humains de verrouiller l'accès à leur propre refuge. Il
aurait fallu être fou.

Butler ne prit quasiment pas la peine de s'arrêter
devant la porte de la salle de sécurité pour parler dans le
petit micro encastré dans le châssis d'acier.

– Butler D., prononça-t-il distinctement. Autorisation
prioritaire. Fermeture.

Un lourd panneau s'abattit, isolant complètement la

salle de sécurité et enfermant à l'intérieur la bande de pirates écervelés. Artemis eut tout juste le temps de jeter un coup d'œil sous la porte avant qu'elle se referme.

«Ce pirate est-il vraiment habillé d'un tonneau? pensa-t-il. Plus rien ne me surprendrait, aujourd'hui.»

Lorsqu'il arriva à la hauteur du bureau/laboratoire, Butler leva le poing. Artemis n'était pas très au courant de la signification des signaux militaires et il s'écrasa contre le dos aux larges épaules du garde du corps. Heureusement, l'adolescent n'avait pas une masse suffisante pour pousser Butler car si celui-ci avait simplement fait un tout petit pas en avant, il aurait été sans nul doute embroché par l'une des flèches de sa sœur.

– Je vois, murmura Artemis. Le poing levé signifie «stop».

Butler colla un index contre ses lèvres.

– Et ça, c'est pour me dire que vous souhaiteriez que je me taise. D'accord, je comprends.

Les paroles d'Artemis suffirent à provoquer une réaction à l'intérieur du laboratoire. La réaction prit la forme d'une flèche d'aluminium qui pénétra la cloison de séparation dans un bruit sourd et traversa le plâtre, projetant des débris dans les airs.

Butler et Holly, qui étaient tous deux des combattants expérimentés, n'eurent pas besoin de s'entendre sur une stratégie, ils savaient que le meilleur moment pour passer à l'attaque se situe juste après que les premiers coups ont été tirés, en l'occurrence les premières flèches.

– À gauche, dit Butler, et il n'eut pas besoin d'ajouter quoi que ce soit.

⬚)◐⊛ᕧ ᒿ·ℛℬℬ◯⊛◊⫰ℛ◯◊·⬚)ℛℬ⅊·◔◊·℘◊ℛ·

Traduit pour le profane, cela signifiait qu'il allait affronter les ennemis qui se trouvaient à gauche de la pièce, laissant le côté droit à Holly.

Ils se précipitèrent à l'intérieur, penchés en avant, et se séparèrent en traversant la pièce. Butler avait l'avantage de très bien connaître la disposition du laboratoire et il savait que le seul endroit logique pour se cacher était sous le long établi d'acier qui servait de plan de travail à Artemis lorsqu'il s'amusait à explorer l'inconnu et à construire ses modèles expérimentaux.

« Je me suis toujours demandé si cette chose était vraiment solide », songea-t-il, avant de se ruer dessus comme un joueur de rugby qui entrerait dans la mêlée lors d'un match dont l'issue serait la mort pour l'équipe perdante. Il entendit une flèche filer tout près de son oreille un instant avant que son épaule percute l'acier, arrachant l'établi de ses câbles d'alimentation électrique dans une gerbe d'étincelles et un sifflement de gaz.

Gobtou grimpa sur l'établi. Il avait un glaive dans une main et un bâton de feu dans l'autre lorsque le bec Bunsen vint dire un petit bonjour au câble électrique. Il en résulta quelques étincelles supplémentaires et une brève explosion qui projeta le Berserker à la renverse et l'envoya s'écraser contre les rideaux de velours.

Bellico prit rapidement la mesure de la situation et se précipita vers le bureau.

Butler la vit courir.

– Je poursuis Juliet, aboya-t-il à l'adresse de Holly. Neutralisez Myles.

« Le garçon est peut-être inconscient », songea Holly,

mais cet espoir s'envola lorsqu'elle vit Myles se dépêtrer des rideaux. Son regard lui indiqua qu'il y avait toujours un Berserker dans ce corps et qu'il n'était pas du tout d'humeur à se rendre. Il n'avait plus pour seule arme que le glaive, à présent, mais Holly savait que les Berserkers étaient prêts à se battre jusqu'à la dernière goutte de sang, même si ce sang n'était pas à proprement parler le leur.

– Ne lui faites pas mal, dit Artemis. Il n'a que quatre ans.

Dans un large sourire, Gobtou exhiba une bouche pleine de dents de lait que Myles lavait religieusement à l'aide d'une brosse dont la tête représentait celle d'Einstein, les poils figurant les célèbres cheveux hirsutes du savant.

– C'est vrai, traître. Gobtou n'a que quatre ans, alors ne me fais pas de mal.

Holly aurait voulu qu'Artemis reste en dehors de tout cela. Ce Gobtou avait peut-être l'air innocent mais il avait une plus grande expérience du combat qu'elle ne pourrait jamais en acquérir, et à en juger par la façon dont il faisait tournoyer son glaive, il n'avait rien perdu de son habileté à manier la lame.

«Si ce personnage disposait de son propre corps, il me couperait en morceaux», songea-t-elle.

Le problème de Holly, c'était qu'elle n'avait pas le cœur à mener ce combat. En dehors du fait qu'elle affrontait le petit frère d'Artemis, c'était Gobtou qu'elle avait devant elle. Gobtou, la légende. Gobtou qui avait mené la charge à Taillte. Gobtou qui avait traversé un

lac gelé à Bellannon en portant sur son dos un camarade blessé. Gobtou qui s'était retrouvé acculé par deux
loups dans une grotte, après la légendaire Razzia de
Cooley, et qui en était ressorti avec un manteau de fourrure tout neuf.

Les deux soldats se faisaient face en essayant de tourner l'un autour de l'autre.

– C'est vrai, ce qu'on dit sur les loups ? demanda
Holly en gnomique.

Surpris, Gobtou fit un faux pas.

– Les loups, à Cooley ? Comment connais-tu cette
histoire ?

– Vous plaisantez ? répondit Holly. Tout le monde
la connaît. Chaque année, à l'école, on jouait la scène
pour le spectacle de fin d'année. À vrai dire, je ne
supporte plus d'en entendre parler. Deux loups, c'est
vrai ?

– Ils étaient deux, assura Gobtou. Mais il y en avait un
qui était malade.

Gobtou porta un coup avant même d'avoir achevé sa
phrase, comme Holly s'y était attendue. La main qui
tenait le glaive jaillit en avant, visant le ventre de son
adversaire, mais le guerrier n'avait plus sa longueur de
bras habituelle et Holly le frappa d'un coup puissant au
point moteur de son deltoïde, ce qui eut pour effet de lui
paralyser le bras. Un bras qui, à présent, lui était à peu
près aussi utile qu'un tuyau de plomb accroché à son
épaule.

– Nom de nom ! jura Gobtou. Tu n'es pas facile. Les
femmes ont toujours été fourbes.

– Continuez à parler comme ça, répliqua Holly. J'ai de moins en moins de sympathie pour vous, ce qui devrait me faciliter la tâche.

Gobtou fit trois pas en courant, sauta sur une chaise Regency et attrapa l'une des deux piques accrochées en croix sur le mur.

– Attention, Myles, cria Artemis par la force de l'habitude. C'est très pointu.

– Pointu, vraiment, Bonhomme de Boue ? Tant mieux, c'est comme ça que j'aime mes lances.

Le visage du guerrier se tordit, comme s'il était sur le point d'éternuer et Myles revint à la surface pendant un instant.

– Ce n'est pas une lance, idiot, c'est une pique. Et ça se prétend guerrier !

Le visage se tordit à nouveau et Gobtou revint.

– Ferme-la, sale môme, c'est moi qui contrôle ce corps.

Cette brève parenthèse donna de l'espoir à Artemis. Son frère était là, quelque part, et il avait toujours la langue bien pendue.

Gobtou cala la pique au creux de son bras valide et chargea. Dans sa main, l'arme paraissait aussi grande qu'une lance de joute. En un éclair, il décrivit un arc de cercle avec la pointe de la pique et entailla le coude de Holly avant qu'elle n'ait eu le temps d'esquiver l'attaque.

La blessure n'était pas grave mais douloureuse et Holly ne disposait pas de la magie nécessaire pour la guérir rapidement.

– Par la barbe de Danu ! s'écria Gobtou. Premier sang pour les Berserkers.

Les deux soldats se firent face une deuxième fois mais maintenant, Holly avait reculé dans un coin et sa liberté de manœuvre en était diminuée alors que le bras mort de Gobtou revenait à la vie. Le Berserker empoigna la pique des deux mains, ce qui augmentait la vitesse et la sûreté de ses mouvements. Il s'avança un peu plus près, ne laissant à Holly aucun espace pour se dégager.

– Je ne prends aucun plaisir à cela, dit-il. Mais je n'en éprouve pas non plus un chagrin excessif. Tu as choisi ton ver, l'elfe.

« Choisir son ver » était une référence à un jeu de fées qui consistait à manger des vers vivant dans des racines. Un groupe d'enfants déterrait cinq vers et chacun en choisissait un qu'il mettait dans sa bouche. Statistiquement, il était inévitable qu'au moins un des vers se trouve dans son cycle de mort et qu'il ait commencé à pourrir de l'intérieur, si bien que l'un des enfants sentirait sur sa langue un goût putride. Mais tant pis, la règle du jeu exigeait qu'on avale le ver, quoi qu'il arrive. Un équivalent humain de cette expression pourrait être : *Comme on fait son lit, on se couche.*

« Ça se présente mal, songea Holly. Je ne vois aucun moyen de vaincre Gobtou sans blesser Myles. »

Tout à coup, Artemis agita les bras et cria :

– Myles ! La pointe de cette pique est en acier. Où se situe l'acier sur le tableau périodique ?

Les traits de Gobtou se contractèrent et Myles émergea.

⠿⠿⠿⠿⠿⠿⠿⠿⠿⠿⠿⠿⠿⠿⠿⠿⠿⠿⠿⠿⠿⠿⠿⠿⠿⠿

– Artemis, l'acier ne figure pas sur le tableau. Ce n'est pas un élément, comme tu le sais très bien. Il est composé de deux éléments : le carbone et le fer.

Vers la fin de la dernière phrase, Gobtou reprit le contrôle, juste à temps pour sentir qu'on lui tirait les bras dans le dos et pour entendre le bruit des menottes en plastique qui se serraient autour de ses poignets.

– Tu m'as berné, dit-il, sans très bien savoir de quelle façon on l'avait dupé.

– Désolée, Gobtou, répondit Holly en le soulevant par le col. L'humain ne respecte pas les règles.

– Quel humain a jamais respecté les règles ? marmonna Gobtou qui, à cet instant, aurait été très heureux de quitter la tête du jeune Myles Fowl s'il avait trouvé un nouvel hôte à posséder.

Il comprit alors combien Artemis s'était montré habile.

« Ce n'était pas une mauvaise stratégie, pensa-t-il. Peut-être puis-je lui rendre la monnaie de sa pièce et retourner la ruse de cet humain contre lui. »

Soudain, les yeux de Myles se révulsèrent et il s'affaissa dans les bras de Holly.

– Je crois que Gobtou est parti, dit Holly. Artemis, on dirait que votre petit frère est de retour.

Butler poursuivit Bellico dans le bureau où elle était à deux doigts de saboter la commande d'état de siège. Elle avait levé le poing pour frapper lorsque Butler passa son propre bras dans le creux de son coude. Ils tournoyèrent alors comme des danseurs, s'éloignant du terminal de sécurité et tombant sur le tapis. Bellico dégagea son bras et fit une pirouette en direction du mur.

– Tu es finie, dit Butler. Pourquoi ne pas relâcher ma sœur ?

– Nous mourrons d'abord toutes les deux, l'humain ! s'exclama Bellico en tournant autour de lui avec méfiance.

Butler ne recula pas.

– Si tu as accès à la mémoire de ma sœur, fouille un peu dans ses souvenirs. Tu ne pourras pas me battre. Elle n'a jamais réussi à le faire et ce n'est pas toi qui y arriveras.

Bellico s'immobilisa un instant, consultant la base de données dans la tête de Juliet. C'était vrai, Butler avait mille fois vaincu sa sœur et sans aucune difficulté. Ses talents étaient de très loin supérieurs… Sauf que… Il y avait une image du géant humain allongé sur le dos avec, de toute évidence, une douleur au front. Il disait quelque chose :

– Tu m'as vraiment eu avec ce coup-là, Jules. Je ne l'ai pas vu venir. Comment veux-tu que ton vieux grand frère se défende contre ça ?

Une lueur passa dans les yeux de Bellico. De quel coup parlait le gros humain ?

Elle creusa un peu plus dans la mémoire de son hôtesse et y trouva un kata de cinquante-quatre pas que Juliet Butler avait elle-même mis au point, librement inspiré des enseignements de Jigoro Kano, le fondateur du judo.

« J'ai trouvé le point faible de l'humain. »

⠃⠃⠗⠕⠚⠎⠗⠄⠅⠚⠄⠥⠚⠚⠚⠍⠄⠵⠄⠵⠗⠄⠍⠥⠖⠄⠑⠄⠵⠚⠚

Bellico laissa le souvenir remonter entièrement à la surface et envoya des instructions au corps. Les membres de Juliet commencèrent à exécuter le kata dans des mouvements fluides.

Butler fronça les sourcils et se mit dans une position défensive de boxeur.

– Hé, qu'est-ce que tu fais?

Bellico ne répondit pas. Elle sentait de l'anxiété dans la voix de l'Homme de Boue et c'était suffisant pour lui assurer qu'elle avait pris la bonne décision. Elle tournoya sur elle-même autour du bureau à la manière d'une danseuse, sa vitesse augmentant à chaque révolution.

– Tiens-toi tranquille! dit Butler, qui s'efforçait de la maintenir dans son axe visuel. Tu ne peux pas gagner!

Mais Bellico en était certaine, elle pouvait gagner. Ce vieil homme n'était pas à la hauteur, face au jeune corps plein de force qu'elle habitait. Elle tournait de plus en plus vite, ses pieds touchant à peine le sol, l'air sifflant à travers l'anneau de jade attaché à sa longue queue-de-cheval.

– Je te donne encore une chance, Juliet, ou qui que tu sois. Ensuite, je serai obligé de te faire mal.

Il bluffait. Un bluff évident qui trahissait sa peur.

«Je vais gagner», pensa Bellico, qui se sentait invulnérable, à présent.

Au cinquante-deuxième pas, Bellico se propulsa dans les airs, très haut et en arrière, puis, d'une jambe, elle prit appui contre le mur pour changer de direction et augmenter son altitude. Elle fondit alors sur son adversaire à une telle vitesse que sa silhouette n'était plus qu'une traînée floue, son talon pointé comme la tête d'une flèche sur le centre nerveux du cou de Butler.

«Une fois l'humain neutralisé, je détruirai la commande d'état de siège», pensa Bellico qui célébrait déjà sa victoire.

Butler frappa son talon de sa paume gauche et enfonça les doigts de sa main droite dans le ventre de Bellico, avec juste assez de force pour lui couper le souffle. Aucun guerrier, sur la planète, ne peut combattre sans respirer. Bellico tomba sur le tapis comme un sac de pierres et resta là, dans la position du fœtus, en laissant échapper un long cri de douleur.

– Comment? haleta-t-elle. Comment?

Butler la souleva par le col.

– Ce jour-là, dit-il, c'était l'anniversaire de Juliet. Je l'ai laissée gagner.

Il la poussa vers le panneau de sécurité et avait composé le code de verrouillage lorsqu'il entendit derrière lui des griffes qui martelaient le sol comme un roulement de caisse claire. Il reconnut aussitôt le rythme.

«Le chien m'attaque.»

Mais il se trompait. Le chien se jeta sur Bellico et la propulsa sous le volet d'acier qui descendait, puis à travers la fenêtre du bureau, laissant Butler seul, avec dans la main un morceau de tissu arraché. Il contempla d'un œil vide le volet abaissé et pensa : «Je ne l'ai même pas vue atterrir. Je ne sais pas si ma sœur est vivante ou morte.»

Il se précipita vers le bureau d'Artemis et actionna

les caméras de surveillance, juste à temps pour voir Juliet caresser le chien et s'éloigner d'un pas claudicant – sans doute pour aller rejoindre Opale.

– Vivante pour l'instant, marmonna le garde du corps.

Et tant qu'il y avait de la vie, il y avait de l'espoir.

Pendant encore quelques heures, en tout cas.

CHAPITRE II

LE COUP DU LAPIN

SOUS LE MANOIR DES FOWL, UN PEU À GAUCHE

Personne, ni homme ni fée, n'avait jamais été déclaré mort plus souvent que Mulch Diggums et c'était un record dont il était excessivement fier. À ses yeux, être déclaré mort par les FAR constituait une façon moins embarrassante pour eux d'admettre qu'il avait réussi à s'échapper pour la énième fois. Au *Perroquet ivre*, le bar des fugitifs, les certificats de décès des FAR étaient reproduits et affichés sur le mur des héros.

Mulch gardait le souvenir ému de la première fois où il avait simulé sa propre mort pour se débarrasser des policiers qui le poursuivaient.

« Par tous les dieux, ça fait déjà plus de deux cents ans, est-ce possible ? Le temps passe plus vite qu'un vent à travers un fond de pantalon, comme disait grand-mère, bénie soit-elle. »

Il était en plein travail avec son cousin Nord, dans le

quartier riche de Haven, lorsque le propriétaire de la maison était revenu inopinément de la convention de l'Atlantide où il était censé se goberger deux jours de plus aux frais des contribuables.

« C'est très désagréable quand ils reviennent trop tôt, songea Mulch. Pourquoi les gens font-ils ça en sachant qu'il y a de grandes chances pour qu'ils trouvent des cambrioleurs dans leur salon ? »

En tout cas, il se trouva que le maître des lieux était un ex-représentant de la loi et le possesseur légitime d'une électrotrique dont il avait fait usage sur les cousins nains avec la plus grande délectation. Nord avait réussi à s'enfuir dans leur tunnel mais Mulch avait dû crisper la main sur son cœur, comme s'il avait une crise cardiaque, avant de se jeter à travers une fenêtre en faisant le mort tout au long de sa chute qui s'était terminée dans une rivière en contrebas.

« Feindre la mort était la partie la plus difficile, se rappela Mulch. Rien n'est moins naturel que de rester les bras ballants quand le premier réflexe serait de les agiter dans tous les sens. »

Les FAR avaient interrogé l'ex-représentant de la loi qui avait déclaré d'un ton catégorique : « Oui, je l'ai tué. C'était un accident, bien sûr. Je voulais simplement neutraliser ce nain puis l'assommer à coups de pied, mais voilà, vous pouvez inscrire ce zigoto dans la colonne des défunts. Personne ne peut faire semblant d'être mort tout en tombant d'une hauteur de trois étages. »

Et c'est ainsi qu'un premier certificat de décès avait été signé au nom de Mulch Diggums. Il y aurait par la suite une douzaine d'autres circonstances officielles dans lesquelles des témoins seraient persuadés, à tort, que Mulch avait connu son ultime évasion. Et en cet instant, sans qu'il le sache, une autre circonstance de cette nature, non officielle cette fois, l'attendait au bout du tunnel qu'il était en train de creuser.

Ses instructions étaient très simples. Forer un tunnel parallèle à celui qui s'était récemment effondré, s'introduire dans l'épave du *Cupidon* et voler toutes les armes qui se trouvaient dans le casier. Creuser, s'introduire, voler. Trois des quatre verbes préférés de Mulch.

« Je ne sais pas pourquoi je fais ça, pensa-t-il en continuant d'avancer. Je devrais plutôt descendre vers la croûte terrestre et me trouver une bonne petite caverne. Ils disent que la vague provoquée par la mort d'Opale ne tuera que les humains, mais pourquoi prendre des risques aussi insensés avec ce précieux don qu'est la vie ? »

Mulch savait que ce raisonnement n'avait pas plus de valeur qu'une bouse de troll, mais il trouvait qu'il creusait mieux quand il était mécontent même si c'était lui qui constituait l'objet de son mécontentement. Le nain fulmina donc en silence tandis qu'il remuait la terre en direction des débris de la navette.

Six mètres au-dessus et trente mètres vers le sud, Opale Koboï plongeait les mains dans les profondeurs des enchantements algébriques qui verrouillaient la deuxième serrure des Berserkers. Les symboles s'entrelaçaient autour de ses doigts comme des vers luisants et abandonnaient leur pouvoir un par un à mesure qu'elle découvrait leurs secrets. Certains pouvaient être soumis par la simple force de sa magie noire, mais pour amadouer les autres, il fallait recourir à de tortueux maléfices et à de subtiles titillations magiques.

« Je ne suis plus très loin, pensa-t-elle. Je sens la puissance de la Terre. »

Elle présumait que la vague de mort prendrait la forme d'une énergie géothermique qui surgirait de l'intégralité des ressources de la planète et non pas simplement des réservoirs hydrothermaux peu profonds. Le processus entamerait sérieusement les réserves énergétiques du monde et pourrait en théorie plonger la Terre dans une nouvelle ère glaciaire.

« Nous survivrons, pensa-t-elle avec cynisme. J'ai mis de côté de belles bottes bien chaudes. »

La tâche était ardue mais réalisable et Opale éprouvait une certaine satisfaction en pensant qu'elle était la seule fée vivante qui eût mené suffisamment de recherches sur les complexités de la magie ancienne pour être capable d'ouvrir la deuxième serrure. La première n'avait pas présenté de difficultés – une simple explosion de magie noire avait suffi – mais la deuxième nécessitait une connaissance encyclopédique de la sorcellerie.

« Ce techno-nouille de Foaly n'y serait jamais arrivé. Même en un million d'années. »

Opale n'en était pas consciente, mais elle était tellement contente d'elle en cet instant qu'elle roulait des épaules et laissait échapper une sorte de ronronnement.

« Tout va tellement bien. »

Son plan avait été très singulier y compris par rapport à ses propres critères mais, même si cela paraissait improbable, tous les éléments se mettaient en place. Son idée de départ était de sacrifier son double plus jeune et d'utiliser le pouvoir mal acquis qui en résulterait pour s'échapper des Profondeurs. Il lui était venu à l'esprit qu'il lui faudrait abandonner ce pouvoir presque immédiatement pour éviter qu'il ne la dévore vivante, et donc, pourquoi ne pas en faire bon usage ?

L'occasion s'était présentée à Opale lorsque son double plus jeune avait établi avec elle un contact télépathique.

Un matin, alors qu'Opale était plongée dans un profond coma purificateur – *ding !* –, une voix avait soudain résonné dans sa tête, celle de sa sœur qui l'appelait à l'aide. Pendant un instant, elle avait pensé qu'elle était peut-être en train de devenir folle, mais, peu à peu, l'information avait fait son chemin. Une Opale plus jeune avait suivi Artemis Fowl de retour d'un voyage dans le temps.

« Je n'en ai aucun souvenir, pensa Opale. Par conséquent mon double plus jeune a dû être capturé et renvoyé dans le passé après qu'on eut effacé ces événements de sa mémoire. »

À moins que…

À moins qu'il y ait eu une séparation temporelle. Dans ce cas, tout était possible.

Opale fut surprise de constater que son double était un peu pleurnichard et même ennuyeux. Avait-elle vraiment été si égocentrique ?

« C'est sans arrêt "moi, moi, moi", songeait-elle. Je me suis fait mal à la jambe dans l'explosion. Mes pouvoirs magiques s'effacent. Il faut que je revienne dans mon propre temps. »

Rien de tout cela n'était utile à Opale, coincée dans sa prison.

« Ce que tu dois faire, c'est me sortir d'ici, avait-elle répondu par télépathie à son double. Nous pourrons alors nous occuper de tes blessures et te renvoyer chez toi. »

Mais comment y parvenir ? Foaly, ce satané centaure, l'avait incarcérée dans la cellule la plus perfectionnée du monde, technologiquement.

La réponse était simple : « Je dois les obliger à me relâcher, sinon, la vie sera tellement horrible que je ne peux même pas l'envisager. »

Pendant plusieurs minutes, Opale avait examiné le problème sous tous ses angles avant d'accepter l'idée que l'Opale plus jeune soit sacrifiée. Lorsque cette pièce du puzzle fut en place, elle bâtit rapidement le reste du plan.

Pip et Kip étaient deux de ses agents dormants qui travaillaient dans l'administration. Quelques années plus tôt, le Grand Conseil les avait chargés de réaliser un audit comptable et financier dans l'une de ses usines et Opale les avait hypnotisés à l'aide de runes interdites et de magie noire. Il avait suffi d'un coup de téléphone de la jeune Opale pour réactiver leur loyauté, même si cela devait coûter la vie à l'un d'entre eux ou même aux deux. Elle avait transmis des instructions télépathiques à son double en lui expliquant exactement comment organiser le faux kidnapping et comment utiliser les dernières traces de magie noire qui subsistaient dans son organisme pour découvrir la porte légendaire des Berserkers. Cette porte était la voie qui lui permettrait de retourner dans le passé – c'était en tout cas l'histoire que lui avait racontée Opale.

La jeune Opale ne pouvait le savoir, mais les ordres donnés à Pip et à Kip étaient très détaillés pour une raison précise. Caché derrière les mots, il y avait en effet un code très simple qu'Opale avait implanté dans leur tête en même temps que leurs liens de loyauté. Si la jeune Opale avait pensé à compter les lettres correspondant aux nombres premiers et à les écrire, elle aurait découvert un message beaucoup plus sinistre que celui qu'elle leur communiquait : «Tuez l'otage à l'expiration du délai.»

Il fallait s'exprimer simplement quand on s'adressait à des fonctionnaires.

Tout s'était passé comme elle l'avait prévu, à part l'arrivée de Fowl et de Short. Mais d'une certaine manière, c'était plutôt un coup de chance. Maintenant, elle pouvait les tuer elle-même, elle en faisait une affaire personnelle.

«Il y a derrière chaque nuage une lueur argentée.»

Brusquement, Opale sentit son estomac se retourner tandis qu'une vague de nausée l'assaillait. La félutine pensa d'abord que la magie noire était aux prises avec ses propres anticorps, mais elle comprit que la source du malaise était externe.

«Quelque chose agresse mes sens magiques surdéveloppés, pensa-t-elle. Quelque chose qui se trouve là-bas.»

L'épave de la navette se trouvait au-delà du cercle des guerriers qui montaient la garde autour de leur reine.

«Sous la navette. Quelque chose baigne dans une substance qui me donne mal au cœur.»

C'était ce maudit nain qui venait fourrer son fond de pantalon là où il n'avait rien à faire, et pas pour la première fois.

Opale se renfrogna. Combien de fois devrait-elle subir la présence humiliante de ce nain flatulent? C'était intolérable.

«On l'a sûrement envoyé dans la navette pour y récupérer les armes.»

Opale leva son regard de quinze degrés en direction du vaisseau. Bien que le *Cupidon* fût réduit à un amas de tôles, le sixième sens de la félutine lui permettait de voir une couronne de puissance magique s'enrouler autour du fuselage comme un gros serpent. Cette longueur d'onde particulière ne l'aiderait pas à ouvrir la deuxième serrure, mais elle pouvait lui fournir assez de force pour faire une démonstration très visible de son pouvoir.

Opale ôta une main de la surface rocheuse qui se soulevait faiblement et recourba ses doigts en forme de griffes, disposant ses molécules pour attirer toute énergie qui se trouverait encore à l'intérieur du *Cupidon*. Une masse informe et luisante s'éleva alors du vaisseau, ratatinant le *Cupidon* en une petite épave rabougrie, puis s'envola dans les airs, au-dessus des Berserkers frappés de stupeur.

⊕⊙◊· ⋇⟆· ∪⅄⌐⌑⋇⊕⇀· ⋇· ⌐⟆⌐⊙⊕⊕· ⋇⟆⊕⅄◊·

– Voyez ce que votre reine peut accomplir ! s'écria-t-elle, le regard brillant.

Ses doigts minuscules se tortillèrent, transformant l'énergie arrachée de la navette en une lame aiguisée qu'elle envoya s'enfoncer dans le sol, à l'endroit où le nain creusait. Il y eut un bruit mat et un nuage de terre et de rocs jaillit vers le ciel, laissant dans son sillage un cratère à la surface roussie.

Opale reporta son attention sur la deuxième serrure.

– Vois-tu le nain ? demanda-t-elle à Oro qui regardait au fond du trou.

– Je vois un pied et du sang. Le pied s'agite, il est donc toujours vivant. Je vais le chercher.

– Non, répondit Opale. Tu ne dois pas quitter le champ de vision de maman. Envoie les créatures de la terre le tuer.

Si les liens de soumission magique n'avaient emprisonné le libre arbitre d'Oro dans un tel carcan, il aurait rappelé Opale à l'ordre pour avoir à plusieurs reprises manqué de respect envers ses aînés mais, les choses étant ce qu'elles étaient, la simple idée de réprimander sa reine lui valut une pénible crampe d'estomac.

Lorsque la douleur disparut, il porta deux doigts à ses lèvres pour siffler ses terrassiers mais il n'était pas facile de siffler avec des doigts étrangers et il ne sortit de sa bouche qu'un bruit mouillé et baveux.

– Je ne connais pas ce signal, chef, dit Yezhwi Khan qui avait été autrefois un gnome habile à manier la hache. Ça veut dire pause-café ?

– Non ! s'exclama Oro. J'ai besoin de mes terrassiers. Rassemblez-vous.

Une douzaine de lapins bondirent rapidement à ses pieds, en rangs serrés. Leurs petites moustaches frémissaient d'excitation à l'idée qu'ils allaient enfin passer à l'action.

– Allez chercher le nain, ordonna Oro. Je devrais vous dire de le ramener vivant, mais vous n'êtes pas vraiment doués pour parlementer.

Les lapins tapèrent du pied en signe d'approbation.

– Donc, les instructions sont simples, reprit Oro avec une pointe de regret. Tuez-le.

Les lapins s'entassèrent dans le trou, grattant avidement la terre à la recherche du nain blessé.

« Le coup du lapin, songea Oro. Ce n'est pas une belle mort. »

Oro n'avait pas envie de regarder. Les nains faisaient partie du monde des fées et, en d'autres circonstances, ils auraient pu être alliés. Derrière lui, il entendit des craquements d'os et le bruissement de la terre qui s'éboulait. Oro frissonna. Il aurait préféré de beaucoup affronter un troll plutôt qu'une bande de lapins carnivores.

Sur le socle de pierre, Opale sentit son cœur s'alléger, comme si on lui enlevait un poids, en pensant aux souffrances que subissait l'un de ses ennemis.

« Bientôt, ce sera à ton tour de souffrir, Foaly, songeat-elle. Mais la mort serait trop douce pour toi. Peut-être souffres-tu déjà. Peut-être ton adorable épouse a-t-elle déjà ouvert le cadeau que mes petits gnomes lui ont envoyé. »

Opale chanta une chansonnette pendant qu'elle tra-
vaillait sur la deuxième serrure.

Hé, hé, hé, le jour est venu,
Tout va se passer comme je l'ai voulu.

Opale n'en avait pas conscience mais c'était un air
célèbre de la série *Pip et Kip*.

⊕⊖⧫⧓· ⚡⧫⊕ · ⚡⧍∪⊖⧫⊕↩· ⚘· ⌘⊖· ⚏⊃⊖· ⚡

CHAPITRE 12
UNE ESCOUADE D'ABRUTIS

HAVEN-VILLE, MONDE SOUTERRAIN

C'était un des moments les plus sinistres que Haven-Ville eût jamais connus. Même les groupes d'elfes empathiques, qui percevaient clairement des images résiduelles venues des millénaires passés et faisaient volontiers la leçon aux élèves des écoles pour leur assurer que la vie était un chemin de roses comparée à ce qu'elle avait été au temps de la prospection sous terre, devaient admettre que c'était le jour le plus sombre dans l'histoire de Haven.

Les citoyens de Haven enduraient la nuit la plus noire de leur vie, rendue plus noire encore par l'absence de réseau électrique, la seule lumière disponible étant fournie par les éclairages de sécurité qu'alimentaient de vieux générateurs géothermiques. La bave de nain était soudain devenue une matière très précieuse et dans les camps de réfugiés qui avaient surgi autour de la statue de Frondelfe, on pouvait voir de nombreux congénères de Mulch sillonner les allées en vendant pour un lingot ou deux des bocaux remplis de salive lumineuse.

Les FAR faisaient de leur mieux, travaillant la plupart du temps avec un équipement limité. Le problème principal résidait dans la coordination. Le réseau de caméras et les relais de communication sans fil, suspendus au plafond de la caverne par des câbles arachnéens, avaient été modernisés trois ans plus tôt et équipés d'objectifs fabriqués par les laboratoires Koboï. Tout le réseau avait pris feu et une pluie de débris s'était abattue sur les citoyens de Haven, marquant nombre d'entre eux d'un treillis de cicatrices. Cela signifiait que les FAR devaient opérer sans aucune technologie et se rabattre sur de vieilles radios pour assurer les communications audio. Certains, parmi les plus jeunes agents, n'étaient jamais allés sur le terrain sans le secours de leurs précieux casques. Privés des mises à jour constantes communiquées par le centre de police, ils se sentaient un peu trop exposés.

La moitié des effectifs était à présent mobilisée pour lutter contre un immense incendie dans les laboratoires Koboï, qui avaient été repris par le constructeur automobile Krom. L'explosion et le feu qui s'était ensuivi avaient provoqué l'effondrement d'une grande partie de la caverne et une fuite de canalisations sous pression était tout juste contenue par des canons à gel plastique. Les FAR s'étaient ouvert un chemin dans les débris à coups de bulldozer et avaient consolidé le plafond avec des colonnes pneumatiques, mais l'incendie continuait de liquéfier les structures métalliques et différents gaz toxiques jaillissaient de cylindres disséminés un peu partout dans l'usine.

Dix pour cent des agents des FAR étaient chargés de rattraper et de rassembler des prisonniers échappés du mont des Soupirs où, jusqu'à ce que les champs magnétiques d'enceinte cessent de fonctionner, étaient enfermés la plupart des grands chefs gobelins du crime organisé de Haven-Ville, ainsi que leurs nervis et leurs racketteurs. Les évadés filaient à présent dans les ruelles du quartier gobelin, leurs émetteurs-paralyseurs sous-cutanés ne répondant plus aux signaux frénétiques envoyés par le quartier général de la prison. D'autres gobelins avaient eu la malchance d'être équipés d'émetteurs-paralyseurs de deuxième génération qui avaient explosé sous leur peau en creusant dans leur crâne de petits trous de la taille d'un sou, mais suffisamment grands pour être fatals à ces créatures au sang froid.

D'autres agents étaient plongés jusqu'au cou dans diverses missions de secours, opérations de maintien de l'ordre et poursuite de délinquants opportunistes, inévitables dans une catastrophe de cette ampleur.

Les autres membres des FAR avaient été mis hors de combat par l'explosion de téléphones portables gratuits, récemment gagnés dans des concours auxquels ils ne se souvenaient pas d'avoir participé, et envoyés sans nul doute par des sous-fifres d'Opale. De la même manière, la maléfique félutine avait réussi à se débarrasser de la plus grande partie du Grand Conseil, paralysant effica-

8⃝⊃⊖ · 8⃝⋉⊖⋎⋎ · ⋉⊃⋎⊖ · 8⋎ · ⊗⊘⚭⊖⋎ · ⊚⚭⊖

cement le gouvernement du Peuple dans cette période de crise.

Foaly et ses têtes pensantes étaient restés au centre de police, essayant de raviver tant bien que mal un réseau qui avait été littéralement grillé. Le commandant Kelp, en sortant de la salle, s'était à peine arrêté pour lancer ses instructions au centaure.

– Arrangez-vous pour remettre la technique en marche, dit-il en attachant un quatrième holster. Le plus vite possible.

– Vous ne comprenez pas ! objecta Foaly.

Baroud l'interrompit en abattant dans le vide le tranchant de sa main.

– Je ne comprends jamais rien. C'est pour ça qu'on vous paye, vous et votre escouade d'abrutis.

Foaly émit une nouvelle objection :

– Ce ne sont pas des abrutis !

Baroud trouva encore de la place pour un nouveau holster.

– Vraiment ? Il y en a un qui vient travailler tous les jours avec un animal en peluche. Et Mayne, votre neveu, parle couramment la langue des licornes.

– Ce ne sont pas *tous* des abrutis, répondit Foaly en se corrigeant lui-même.

– Débrouillez-vous pour que cette ville recommence à fonctionner, dit Baroud. Des vies en dépendent.

Foaly se mit en travers de son chemin.

– Allez-vous enfin comprendre que l'ancien réseau s'est volatilisé ? Si vous voulez bien me lâcher la bride, pour employer une expression offensante, je ferai tout ce que je dois faire.

Baroud le repoussa.

– Faites tout ce que vous devez faire.

Foaly faillit sourire.

«Tout ce que je dois faire.»

Foaly savait que le secret de la réussite dans le lancement d'un produit résidait souvent dans le nom qu'on lui donnait. Un nom accrocheur a plus de chance de piquer la curiosité des investisseurs et peut aider la nouvelle invention à décoller alors qu'une morne suite de lettres et de chiffres fera bâiller tout le monde et entraînera sa chute et son explosion au sol.

Le nom de laboratoire du dernier projet cher au cœur de Foaly était : Luminosenseur Aérien Modèle Ptérygote 2.0 à Radiation Codée, ce qui comportait, le centaure en était conscient, beaucoup trop de syllabes pour attirer des investisseurs potentiels. Les gens riches aiment bien avoir l'air cool, et se remplir la bouche de mots impossibles à prononcer correctement ne pouvait les aider à atteindre ce but. Foaly avait donc appelé ses petites bêtes des LAMParc.

Les LAMParc étaient les derniers en date d'une série d'organismes biomécaniques expérimentaux dont Foaly était convaincu qu'ils représentaient la technologie du futur. Le centaure avait rencontré une considérable résistance de la part du Conseil pour des raisons éthiques car il mariait la technologie à des êtres vivants. Il avait cependant fait observer que la plupart des agents des

FAR étaient à présent équipés de petites puces implantées dans le cervelet pour les aider à contrôler les commandes de leurs casques. Le Conseil avait rétorqué que l'implantation des puces n'était pas obligatoire et que les agents étaient libres de la refuser, tandis que les petites bêtes de Foaly étaient transformées dès la naissance.

Et donc, Foaly n'avait pas obtenu le feu vert pour mener des expérimentations financées par des fonds publics. Ce qui ne signifiait pas qu'il y avait renoncé pour autant. Il s'était simplement abstenu de montrer ses précieux LAMParc au public, au public des fées en tout cas. Dans l'enceinte du domaine des Fowl, c'était une autre histoire.

L'intégralité du projet LAMParc était contenue dans une simple boîte à outils cabossée rangée à la vue de tous au sommet d'une armoire. Foaly se dressa sur ses jambes de derrière pour attraper la boîte et la posa sur sa table de travail.

Mayne, son neveu, s'approcha de lui dans un bruit de sabots pour voir ce qu'il faisait.

– *Quing sapour, incle ?* dit-il.

– On ne parle pas licorne, aujourd'hui, Mayne, répondit Foaly en s'installant dans son harnais de bureau spécialement modifié. Je n'ai pas le temps.

Mayne croisa les bras.

– Les licornes sont nos cousines, oncle. Nous devons respecter leur langue.

Foaly approcha son visage de la boîte pour que le scanner puisse l'identifier et déverrouiller les serrures.

– Je respecte les licornes. Mais les vraies licornes ne

⬜🐜👥🐜🐜· 🐍⬜🐜◈· 🐜· 🐜 🝕· 🐜🐍· ◈🐜🐍◈ 🝕🐜◈·

parlent pas. Ce charabia que tu déverses vient d'une mini-série.

– Écrite par un *empathique*, fit judicieusement remarquer Mayne.

Foaly ouvrit la boîte.

– Écoute, neveu, si tu veux t'attacher une corne sur le front et passer tes week-ends dans des congrès, c'est très bien. Mais aujourd'hui, j'ai besoin de toi dans notre univers. Compris?

– Compris, répondit Mayne d'un ton grincheux.

Son humeur s'allégea lorsqu'il vit de quoi il s'agissait.

– Ce sont des Bestioles?

– Non, répondit Foaly. Les Bestioles sont des microorganismes. Ceux-ci sont des LAMParc. La génération suivante.

Mayne se souvint de quelque chose.

– On t'a refusé la permission de faire des expériences avec eux, c'est ça?

Foaly était considérablement irrité qu'un centaure aussi génial que lui soit obligé de se justifier auprès d'un assistant, au nom de ses relations avec sa sœur.

– Je viens d'obtenir la permission de la part du commandant Kelp. Tout a été enregistré sur vidéo.

– Wouaoh, dit Mayne. Dans ce cas, voyons un peu ce qu'ils sont capables de faire.

«Peut-être qu'il n'est pas si mauvais», songea Foaly en composant le code d'activation sur un vieux clavier manuel aménagé dans la boîte.

Une fois le code entré, la boîte se connecta avec

❖⚘◊◊❦•⚘♠◊•⊕⟩θ•⏀⚔⚒ ◊⟊⊕•❦⚔•⍵θ❖ ◊⚔

l'écran mural du laboratoire, le divisant en une douzaine de cadres vides. Il n'y avait là rien d'extraordinaire et personne n'allait applaudir en poussant des oooh et des aaah. En revanche, ce qui aurait suscité applaudissements et cris d'admiration, c'était l'essaim de libellules miniatures génétiquement modifiées qui se réveillèrent à l'intérieur de la boîte. Les insectes secouèrent leurs têtes ensommeillées et se mirent à battre des ailes puis, dans une formation parfaitement synchronisée, s'élevèrent pour venir se placer en vol stationnaire au niveau des yeux de Foaly.

– Oooh! Aaah! s'écria Mayne en applaudissant.

– Attends un peu, dit Foaly qui activa les minuscules capteurs des libellules. Prépare-toi à être abasourdi.

Le nuage de libellules se mit à s'agiter comme si on les avait soudain chargées d'électricité et leurs yeux minuscules s'allumèrent d'une lueur verte. Onze des douze cadres sur l'écran mural montrèrent des images composites en 3D de Foaly, fusionnées du point de vue de chaque insecte. Non seulement les libellules percevaient le spectre visible mais également les infrarouges, les ultraviolets et les images thermiques. Un flux constant de mises à jour défilait sur le côté des écrans, affichant des quantités d'informations sur le rythme cardiaque de Foaly, sa tension artérielle, son pouls et ses émissions de gaz.

– Ces petites merveilles peuvent aller partout et tout voir. Elles peuvent recueillir des informations à partir de chaque microbe. Et tout ce que les gens verront, c'est un essaim de libellules. Mes petits LAMParc

⊕⊖⚯⮝· ⍝⍟⌇⮝⬚⍊· ⸬· ⍝⮝⊖· ⌾⊖⬥⮝⍀⏴· ⇢· ⸬·

peuvent très bien traverser les rayons X d'un aéroport sans que personne se doute qu'ils sont bourrés de biotechnologie. Ils vont là où je les envoie et espionnent qui je veux.

Mayne montra un coin de l'écran.

– Cette partie est vide.

Foaly émit un grognement.

– J'ai fait un essai dans le manoir des Fowl. Et Artemis s'est débrouillé pour détecter ce qui était pratiquement indétectable. J'imagine que mes petites merveilles ont dû se retrouver en pièces détachées sous un microscope électronique de son laboratoire.

– Je n'ai lu ça dans aucun rapport.

– Non, j'ai oublié de le signaler. Cette expérience n'était pas à proprement parler un succès total, mais celle-ci le sera.

Les doigts de Foaly couraient sur le clavier.

– Dès que j'aurai programmé les paramètres de la mission, mes LAMParc auront rétabli un réseau de surveillance de la ville en quelques minutes.

Foaly commanda à l'un des insectes de se poser sur son index.

– Toi, ma jolie, tu as une mission très spéciale car tu vas aller chez moi afin de vérifier que tout se passe bien pour ma Caballine adorée.

Mayne se pencha et observa la petite libellule.

– Tu peux faire ça ?

Foaly remua son doigt et l'insecte s'envola, se faufilant dans un conduit.

– Je peux faire ce que je veux. Ils sont même programmés pour reconnaître ma voix. Regarde.

Foaly s'appuya contre le dossier de son fauteuil et s'éclaircit la voix.

– Activation LAMParc code alpha alpha un. Je suis Foaly. Foaly est mon nom. Déploiement immédiat dans le centre de Haven. Scénario trois. Toutes sections. Désastre général dans la ville. Volez, mes jolies, volez.

Les LAMParc se déplacèrent comme un banc de poissons d'argent, traversant les airs en un vol parfaitement synchronisé, puis formèrent une sorte de cylindre qui s'engouffra dans le conduit menant vers l'extérieur. Leurs ailes qui frôlaient les parois envoyaient des données sur chaque centimètre carré parcouru.

Le côté théâtral flatta la sensibilité de Mayne, grand amateur de romans graphiques.

– Volez, mes jolies, volez. Cool. Tu as trouvé ça tout seul ?

Foaly commença à analyser les données que les LAMParc transmettaient déjà en un flot continu.

– Absolument, répondit-il. Chaque mot est du Foaly authentique.

Les LAMParc pouvaient être dirigés manuellement mais si cette fonction n'était pas utilisable, ils volaient en direction de points d'irradiation préalablement disposés sur le plafond de la caverne. Les minuscules insectes biotechnologiques remplirent parfaitement leur tâche et en quelques minutes, Foaly disposait au-dessus de Haven d'un réseau de surveillance en état de marche qui pouvait être contrôlé par le geste ou par la voix.

– Maintenant, Mayne, dit-il à son neveu, je veux que tu prennes le relais et que tu transmettes ces informations au commandant Kelp en communiquant – il frissonna d'horreur – par radio. Je vais prendre un peu de temps pour voir si tout va bien chez ta tante Caballine.

– *Dak tak jivô, incle*, répondit Mayne avec un salut militaire.

Encore une chose que les véritables licornes étaient incapables de faire.

Les humains disent que *la beauté réside dans l'œil de celui qui regarde.* Cela signifie que si vous *pensez* qu'une chose est belle, alors, elle *est* belle. La version elfine de ce dicton a été composée par le grand poète B. O. Selecta qui a écrit que *Le plus banal du banal peut daigner régner*, une phrase dont les critiques ont toujours trouvé que la fin rimait un peu trop. La version de cette maxime en usage chez les nains dit : *Si l'odeur est supportable, marie-toi*, une version moins romantique, mais le fond est le même.

Foaly n'avait nul besoin de ces dictons car, pour lui, la beauté était personnifiée par Caballine, son épouse. Si quelqu'un lui avait demandé quelle était sa définition de la beauté, il aurait simplement dirigé son regard vers son poignet et activé le cristal intégré dans son ordinateur-bracelet pour projeter dans les airs un hologramme tournant de Caballine.

Foaly était si amoureux de son épouse qu'il poussait un profond soupir chaque fois que ses pensées se tournaient vers elle, ce qui arrivait plusieurs fois par heure.

Pour lui, il ne faisait aucun doute qu'il avait trouvé l'âme sœur.

L'amour l'avait saisi par la crinière à une époque relativement tardive de sa vie. Quand tous les autres centaures gambadaient dans les simili-prés, claquant du sabot, envoyant des textos aux pouliches et des carottes confites aux élues de leur cœur, Foaly était plongé jusqu'au cou dans son laboratoire et essayait de sortir de sa tête ses inventions révolutionnaires pour les concrétiser dans le monde réel. Lorsque Foaly avait pris conscience qu'il allait peut-être passer à côté de l'amour, l'espoir d'aimer ou d'être aimé avait déjà disparu à l'horizon. Le centaure s'était alors convaincu qu'il n'avait pas besoin de compagne et qu'il était très content de vivre pour son métier et pour les amis qu'il s'était faits dans le travail.

Puis un jour, à l'époque où Holly Short avait disparu dans une autre dimension, il avait rencontré Caballine au centre de police. C'était en tout cas ce qu'il avait dit à tout le monde. Mais « rencontrer » est peut-être un verbe un peu trompeur car il sous-entend des circonstances plutôt agréables, ou au moins dénuées de violence. En réalité, l'un des logiciels de reconnaissance faciale de Foaly avait mal fonctionné dans la caméra de surveillance d'une banque et avait identifié Caballine comme une gobeline spécialisée dans les hold-up. Les félutins grand format qui assuraient la sécurité lui avaient immédiatement sauté dessus et l'avaient *chevauchée* jusqu'au centre de police. La plus terrible ignominie qu'on puisse infliger à un centaure.

Lorsqu'on découvrit enfin que l'effroyable méprise était due à une erreur de logiciel, Caballine avait déjà passé plus de trois heures enfermée dans une cellule à gel. Elle avait manqué la fête d'anniversaire de sa mère et éprouvait l'irrésistible envie d'étrangler la personne responsable de ce cafouillage. Le commandant Kelp ordonna aussitôt à Foaly, en des termes dénués d'ambiguïté, de descendre à l'étage des cellules de garde à vue et d'assumer l'entière responsabilité de la bavure.

Foaly descendit d'un pas lourd, prêt à servir une excuse standard parmi la douzaine disponible, mais tout cela disparut d'un coup dès qu'il se retrouva face à face avec Caballine dans le salon d'accueil. Foaly ne fréquentait pas beaucoup les centaures et il n'aurait sûrement jamais eu l'occasion de tomber sur une beauté telle que Caballine, avec ses yeux marron, son nez large et fort et ses cheveux brillants qui lui tombaient jusqu'à la taille.

– C'est bien ma chance, lâcha-t-il sans réfléchir. Typiquement mon genre de chance.

Dans sa tête, Caballine s'était préparée à écorcher vif, métaphoriquement, l'imbécile qui était la cause de son incarcération, et peut-être même pas si métaphoriquement que ça, mais la réaction de Foaly l'arrêta et elle décida de lui donner une chance de se sortir du trou dans lequel il était tombé.

– Qu'est-ce qui est typiquement votre genre de chance ? demanda-t-elle en le regardant droit dans les yeux pour lui signifier qu'il ferait bien de trouver une réponse convaincante.

Foaly sentait la pression monter et il réfléchit soigneusement avant de parler.

– Mon genre de chance, dit-il au bout d'un moment, c'est que le jour où je rencontre enfin une personne aussi belle que vous, elle n'a qu'une envie : me tuer.

C'était une très bonne réplique et, à en juger par le regard malheureux de Foaly, elle était loin d'être mensongère.

Caballine décida de prendre en pitié le centaure accablé qu'elle avait devant elle et son agressivité diminua de plusieurs crans, mais il était encore trop tôt pour passer l'éponge.

– Et pourquoi n'aurais-je pas envie de vous tuer ? Puisque vous pensez que j'ai une tête de criminelle.

– Ce n'est pas du tout ce que je pense. Et je ne le penserai jamais.

– Vraiment ? Pourtant, l'algorithme qui m'a identifiée comme gobelin braqueur de banques est basé sur votre modèle de pensée.

« La dame est intelligente, réalisa Foaly. Intelligente et d'une beauté renversante. »

– Exact, dit-il. Mais j'imagine que des facteurs secondaires ont dû intervenir.

– Par exemple ?

Foaly décida de jouer le tout pour le tout. Il ressentait pour Caballine une attirance qui lui court-circuitait le cerveau. S'il avait dû décrire la sensation qu'il éprouvait, il l'aurait comparée aux petits chocs électriques répétés qu'il faisait subir à des volontaires dans des expériences de privation de sommeil.

– Par exemple, le fait que ma machine est d'une stupidité effarante car vous êtes le contraire d'un gobelin braqueur de banques.

Caballine était amusée, mais pas encore convaincue.

– C'est-à-dire ?

– C'est-à-dire une non-gobeline titulaire d'un compte sur lequel elle fait un versement.

– Et c'est exactement ce que je suis, imbécile.

Foaly tressaillit.

– Comment ?

– Imbécile. Votre machine est complètement imbécile.

– Oui. C'est vrai. D'ailleurs, je vais tout de suite la faire démonter pour la transformer en toaster.

Caballine se mordit la lèvre. On aurait pu penser qu'elle retenait un sourire.

– C'est un début. Mais vous avez encore un long chemin à parcourir avant que nous soyons quittes.

– Je comprends. Si vous avez commis dans le passé des crimes graves, je pourrais les effacer de votre dossier. Et même, si vous voulez disparaître complètement, je peux vous arranger ça.

Foaly revint sur sa dernière phrase.

– On dirait que je veux vous supprimer, ce qui n'est certainement pas le cas. S'il y a une chose que je ne souhaite surtout pas, c'est vous supprimer. Tout au contraire.

Caballine prit son sac à main accroché au dossier d'une chaise et en passa la bandoulière en travers de son chemisier à franges.

– On dirait que vous aimez bien les contraires, Mister Foaly. Quel est le contraire de me supprimer ?

Foaly croisa son regard pour la première fois.

– Vous maintenir en vie pour l'éternité et vous rendre à jamais heureuse.

Caballine se dirigea vers la sortie et Foaly pensa : « Espèce d'âne, tu as tout gâché. »

Mais elle s'arrêta à la porte et lui tendit une perche.

– J'ai eu une contravention pour stationnement interdit que j'ai payée, mais vos machines semblent m'en vouloir et jurent que je n'ai rien payé du tout. Vous pourriez peut-être jeter un coup d'œil.

– Aucun problème, répondit Foaly. C'est comme si c'était fait et la machine fautive ira à la ferraille.

– Je vais raconter ça à toutes mes amies, dit Caballine en quittant la pièce. Quand je les verrai à l'inauguration de la galerie Dusabeau, le week-end prochain. Vous êtes amateur d'art, Mister Foaly ?

Foaly resta immobile une minute entière après qu'elle fut partie, contemplant l'endroit où se trouvait son visage la dernière fois qu'il lui avait adressé la parole. Plus tard, il dut se repasser les vidéos des caméras de surveillance du salon d'accueil pour être vraiment sûr que Caballine lui avait, d'une certaine manière, à sa façon, fixé un rendez-vous.

À présent, ils étaient mariés et Foaly se considérait comme l'imbécile le plus heureux du monde. Bien que la ville fût plongée dans une crise dont on n'avait jamais vu l'équivalent dans la métropole souterraine, il n'hésita pas à consacrer un moment à vérifier que tout allait bien pour sa ravissante épouse qui devait sans doute se trouver à la maison où elle s'inquiétait sûrement pour lui.

« Caballine, pensa-t-il. Je serai bientôt auprès de toi. »

Depuis leur rituel de mariage, Foaly et son épouse partageaient un lien psychique semblable à celui que connaissent souvent les jumeaux.

« Je sais qu'elle est vivante », songea-t-il.

Mais c'était la seule chose qu'il savait. Elle aurait pu être blessée, prise au piège, affolée, en danger. Foaly ne savait pas. Et il fallait qu'il sache.

Le LAMParc que Foaly avait envoyé prendre des nouvelles de Caballine avait été construit spécialement dans ce but et savait exactement où aller. Plusieurs mois auparavant, Foaly avait peint un coin du plafond de la cuisine à l'aide d'un laser dont les ondes attireraient l'insecte à des centaines de kilomètres de distance en cas de besoin.

Foaly dériva les données fournies par les autres LAM-Parc vers la principale salle des opérations où Mayne pourrait les analyser puis il se concentra sur la libellule de Caballine.

« Vole, ma jolie, vole. »

L'insecte modifié s'engouffra dans le système de conduits du centre de police et se retrouva dans la ville, filant au-dessus du chaos dans lequel étaient plongés les rues et les immeubles. Des incendies faisaient rage sur l'esplanade et sur la grande voie centrale. Les panneaux lumineux qui bordaient chaque rue n'étaient plus que de simples cadres carbonisés et une inondation avait englouti jusqu'au rang H l'amphithéâtre creusé à ciel ouvert.

« Mayne peut se débrouiller seul pendant cinq minutes, pensa Foaly. J'arrive, Caballine. »

De l'autre côté de l'esplanade, le LAMParc s'éloigna en bourdonnant vers la banlieue sud, où le paysage avait un caractère plus rural. Des arbres génétiquement modifiés formaient de petits bosquets et il y avait même un nombre contrôlé de créatures des bois qui étaient étroitement surveillées et remontées à la surface lorsqu'elles se multipliaient au point de devenir nuisibles. Ici, les demeures étaient modestes, moins modernes dans leur architecture, et situées hors de la zone d'évacuation. Foaly et Caballine habitaient une petite maison à deux niveaux avec des murs d'adobe et des fenêtres arrondies. Les couleurs dominantes étaient automnales d'un bout à l'autre et le décor avait toujours été un peu trop « retour à la nature » au goût de Foaly, mais pour rien au monde il n'en aurait parlé.

Foaly tira vers lui son clavier virtuel et contrôla le petit insecte d'une main experte à l'aide de coordonnées numériques, bien qu'il eût été plus facile d'utiliser une manette de jeu ou même une commande vocale. Il était assez ironique que le responsable de tant d'avancées technologiques préférât utiliser un ancien clavier virtuel qu'il avait fabriqué lui-même avec un châssis de fenêtre au temps où il était étudiant à l'université.

La moitié supérieure de la porte était entrouverte et Foaly put ainsi glisser son LAMParc dans le couloir dont les murs étaient décorés de tapisseries représentant les grands moments de l'histoire des centaures, telle la découverte du feu par le roi Thurgood et la découverte accidentelle de la pénicilline par Zagrev Haynar, un garçon d'écurie dont le nom est entré depuis dans la langue populaire pour désigner quelqu'un doté d'une chance exceptionnelle. On dit, par exemple : « Il a gagné au Loto pour la deuxième fois, ce zagrev haynard. »

La libellule parcourut le couloir dans un léger bourdonnement et trouva Caballine assise sur son tapis de yoga, le regard fixé sur le téléphone portable qu'elle tenait à la main. Elle avait l'air ébranlée, mais indemne, et faisait défiler les menus de son écran en cherchant un réseau.

« Tu n'y arriveras pas, mon amour », pensa Foaly, puis il envoya un message sur le téléphone de Caballine en passant directement par le LAMParc.

« Il y a une petite libellule qui veille sur toi », disait le message. Caballine le lut et leva la tête, cherchant l'insecte du regard. Foaly fit clignoter les yeux verts pour l'aider. Son épouse leva la main et l'insecte descendit en piqué pour aller se poser sur son doigt.

– Mon brillant mari, dit-elle avec un sourire. Que se passe-t-il dans cette ville ?

Foaly envoya un nouveau message et se promit d'ajouter une boîte vocale à la prochaine version des LAMParc.

« Tu ne risques rien à la maison. Il y a eu de très fortes explosions mais tout est sous contrôle. »

Caballine hocha la tête.

– Tu reviens bientôt ? demanda-t-elle à l'insecte.

« Non, pas bientôt. La nuit va sans doute être longue. »

– Ne t'inquiète pas, mon chéri. Je sais qu'ils ont besoin de toi. Holly va bien ?

« Je ne sais pas. Nous avons perdu le contact, mais s'il y a quelqu'un qui n'a besoin de personne pour prendre soin d'elle, c'est bien Holly Short. »

Caballine leva son doigt et la libellule voleta devant son visage.

– Toi aussi, tu dois prendre soin de toi, monsieur le consultant technique.

« Sois tranquille », écrivit Foaly.

Caballine prit sur la table basse une boîte entourée de rubans.

– En t'attendant, je vais ouvrir ce joli cadeau que quelqu'un m'a envoyé, mon petit centaure romantique.

Dans le laboratoire, Foaly ressentit une pointe de jalousie. Un cadeau ? Qui avait bien pu lui envoyer un cadeau ? La jalousie laissa très vite place à l'angoisse. Après tout, c'était le jour de la grande revanche d'Opale Koboï et il était la personne que la félutine haïssait le plus.

« Ne l'ouvre pas, écrivit-il à la hâte. Ce n'est pas moi qui te l'ai envoyé et il se passe des choses graves. »

Mais Caballine n'eut pas besoin d'ouvrir la boîte car elle comportait un système d'horlogerie associé à un code ADN et, dès qu'elle la toucha, le capteur universel, sur le côté du paquet, scanna son doigt et déclencha le mécanisme d'ouverture qui se mit à ronronner. Le couvercle sauta de la boîte, tournoya dans les airs et fut projeté contre le mur. À l'intérieur du paquet, il y avait... rien du tout. Absolument rien. Un vide noir qui semblait repousser la lumière ambiante.

꙰꙰ · ꙰ꙿꙩꙮ꙰ · ꙰ꙡꙅꙮꙩ꙰ꚉꙆ · ꙩꙪꙅꙮ · ꙩꙩ꙯꙳ ·

Caballine regarda au fond de la boîte.

– Qu'est-ce que c'est? demanda-t-elle. Un de tes gadgets?

Ce fut tout ce que Foaly entendit car le vide noir, ou quel que soit le nom qu'on ait pu lui donner, avait provoqué un court-circuit dans le LAMParc, laissant Foaly dans l'ignorance du sort de son épouse.

– Non! s'écria-t-il. Non. Non.

Il se passait quelque chose. Quelque chose d'affreux. Opale avait décidé de le torturer en prenant Caballine pour cible. Il en était sûr. Un complice de la félutine, il ne savait qui, avait envoyé à son épouse cette boîte d'apparence anodine, mais Foaly aurait parié ses deux cents brevets, ou plus, qu'elle était loin d'être inoffensive.

« Qu'a-t-elle fait? »

Pendant cinq secondes d'une douloureuse angoisse, le centaure retourna la question dans sa tête jusqu'à ce que Mayne apparaisse dans l'entrebâillement de la porte.

– On a reçu quelque chose des LAMParc. Je crois que je ferais bien de l'afficher sur ton écran.

Foaly tapa du sabot.

– Pas maintenant, stupide petit poney. Caballine est en danger.

– Il faut que tu voies ça, insista Mayne.

Quelque chose dans le ton de son neveu, un certain mordant qui laissait prévoir ce que ce garçon deviendrait, persuada Foaly de lever la tête.

– Très bien. Envoie-moi ça.

Les écrans s'allumèrent aussitôt avec des images de Haven-Ville vue sous une douzaine d'angles différents. Les images étaient en noir et blanc à part, sur chacune, un ensemble de points rouges.

– Les points rouges correspondent aux émetteurs-paralyseurs des gobelins évadés, expliqua Mayne. Les LAMParc peuvent détecter leurs radiations, mais pas les activer.

– C'est une très bonne nouvelle, dit Foaly d'un ton irrité. Envoie les coordonnées aux agents en patrouille.

– Ils se déplaçaient de manière aléatoire, mais il y a quelques secondes, ils ont tous changé de direction, exactement au même moment.

Foaly sut alors ce qu'Opale avait fait, comment son arme avait pu passer les contrôles de sécurité du transporteur. Elle avait utilisé une bombe sonique.

– Et ils vont tous chez moi, dit-il.

Mayne déglutit.

– Exactement. Et aussi vite qu'ils le peuvent. Le premier groupe arrivera dans moins de cinq minutes.

En cet instant, Mayne parlait dans le vide car Foaly avait déjà franchi la porte latérale au triple galop.

CHAPITRE 13

UN TONNEAU
BIEN REMPLI

MANOIR DES FOWL

Myles Fowl était assis derrière le bureau d'Artemis, dans le mini-fauteuil réglable que son grand frère lui avait offert pour son anniversaire. Artemis prétendait qu'il avait été fait sur mesure mais, en réalité, le fauteuil venait de chez Elf Aralto, le célèbre magasin de design spécialisé dans les meubles à la fois beaux et pratiques à l'usage des elfes.

Le fauteuil était réglé à la hauteur maximum et Myles buvait à petites gorgées sa boisson favorite : du jus d'açaï dans un verre à pied avec deux glaçons et pas de paille.

– C'est ma boisson préférée, dit-il en s'épongeant le coin de la bouche avec une serviette brodée de la devise des Fowl *Aurum potestas est*. Je le sais parce que je suis redevenu moi-même, j'ai cessé d'être un guerrier du Peuple des fées.

Artemis était assis face à lui dans un fauteuil semblable mais plus grand.

– C'est ce que tu ne cesses de répéter, Myles. Si toutefois je dois t'appeler Myles ?

– Bien sûr que oui, répondit Myles. C'est mon nom. Tu ne me crois pas ?

– Bien sûr que si, petit bonhomme. Je suis quand même capable de reconnaître mon propre frère quand il est devant moi.

Myles fit tourner le pied de son verre.

– Il faut que je te parle seul à seul, Arty. Est-ce que Butler peut attendre dehors quelques instants ? C'est une affaire de famille.

– Butler fait partie de la famille. Tu le sais très bien, petit frère.

Myles fit la moue.

– Je sais mais ce que j'ai à te dire est un peu gênant.

– Butler en a vu d'autres. Nous n'avons rien à lui cacher.

– Il ne pourrait pas sortir juste une minute ?

Silencieux, Butler se tenait derrière Artemis, les bras croisés dans une posture agressive, ce qui n'est pas difficile à réaliser quand on a des avant-bras de la taille d'un jambon cuit et des manches qui grincent comme une vieille chaise.

– Non, Myles. Butler reste ici.

– Très bien, Arty. C'est toi qui sais.

Artemis s'appuya contre le dossier de son fauteuil.

– Qu'est-il arrivé au Berserker qui était en toi, Myles ?

Le petit garçon haussa les épaules.

– Il est parti. Il était dans ma tête, c'était lui qui commandait, et tout d'un coup il a disparu.

– Comment s'appelait-il?

Myles leva les yeux au plafond, fouillanᵗ dans sa propre mémoire.

– Euh… M. Gobtou, je crois.

Artemis hocha la tête, comme s'il savait beaucoup de choses au sujet de ce Gobtou.

– Ah oui, Gobtou. Nos amis du Peuple des fées nous ont beaucoup parlé de lui.

– Je crois qu'on l'appelait Gobtou, le Guerrier légendaire.

Artemis pouffa de rire.

– Il aimerait bien que tu le considères comme ça.

– Puisque c'est vrai, répondit Myles, avec une légère contraction des lèvres.

– Ce n'est pas ce que nous avons entendu, n'est-ce pas, Butler?

Butler ne répondit ni par la parole, ni par le geste, mais il s'arrangea pour donner l'impression qu'il approuvait.

– Non, poursuivit Artemis. D'après nos sources, ce Gobtou est un petit plaisantin, pour parler franc.

Les doigts de Myles glissèrent sur le pied de son verre en émettant un couinement.

– Un plaisantin? Qui a dit ça?

– Tout le monde, répondit Artemis qui ouvrit son ordinateur portable et regarda l'écran. C'est dans tous les livres d'histoire du monde des fées. Là, voilà, écoute. On le surnomme Gobtou le Gogo, ce qui est assez amusant à cause de l'allitération. Il y a un autre article qui parle de ton ami Berserker sous le nom de Gobtou le ver gluant, ce qui est, je crois, le terme qu'on utilise chez les fées pour qualifier une personne sur qui on rejette toutes les fautes. Nous les humains, nous appellerions ça un souffre-douleur ou un bouc émissaire.

Les joues de Myles étaient à présent d'un rose soutenu.

– Un ver gluant ? Tu as dit un ver gluant ? Et pourquoi serais-je… pourquoi Gobtou serait-il un ver gluant ?

– C'est très triste et même pitoyable, mais apparemment, ce Gobtou est celui qui a convaincu son chef de laisser toute la troupe des Berserkers se faire enterrer autour d'une porte.

– Une porte *magique*, rectifia Myles. Elle protégeait le monde des fées.

– C'est ce qu'on leur a dit, mais en fait, la porte n'était rien de plus qu'un amas de pierres. Un leurre qui ne menait nulle part. Les Berserkers ont passé dix mille ans à garder des cailloux.

Myles se frotta les yeux.

– Non. Ce n'est pas… Non… Je l'ai vu dans les souvenirs de Gobtou. La porte est bien réelle.

Artemis étouffa un rire.

– Gobtou le Gogo. C'est un peu cruel. Il y a aussi un petit poème.

– Un poème ? dit Myles d'une voix rauque et les voix rauques sont rares chez les enfants de quatre ans.

– Oui, un poème qu'on apprend dans les cours de récréation. Tu veux l'entendre ?

〇⊝⊕ •☆•⊗☆•¡☆ℐ•⊞〇⊝•¡•Ѡ☆฿Ѡ⊝฿•Ѡ⊝⊝ℱ฿〇•

Myles semblait réprimer les expressions de son propre visage.

– Non. Oui. Dis-moi.

– Très bien. Voilà ce que ça donne.

Artemis s'éclaircit la voix d'un air théâtral.

Gobtou, Gobtou,
Est coincé dans un trou,
Il garde des pierres et des rochers
Que personne n'ira chercher.

Artemis cacha un sourire derrière sa main.

– Les enfants sont parfois méchants.

Myles craqua de deux manières. Sa patience craqua la première, révélant qu'en fait il était Gobtou, ensuite, ce fut le pied du verre qui craqua entre ses doigts, lui fournissant une arme mortelle qu'il serrait dans sa main minuscule.

– Mort aux humains ! couina-t-il en gnomique.

Il sauta sur le bureau et se rua sur Artemis.

Au combat, Gobtou aimait visualiser ses coups avant de les porter. C'était pour lui une façon de mieux se concentrer. Ainsi, dans sa tête, il s'élançait du bureau, atterrissait sur la poitrine d'Artemis et lui plongeait dans la gorge son stylet de verre. Cette action aurait eu le double effet de tuer le Bonhomme de Boue mais aussi de projeter sur Gobtou lui-même une pluie de sang artériel qui l'aurait aidé à paraître un peu plus effrayant.

Ce qui se passa en réalité fut légèrement différent. Butler tendit le bras, attrapa Gobtou en plein bond, fit sauter de sa main le pied du verre et immobilisa le guerrier entre ses bras imposants.

Artemis se pencha en avant.

– Il y a une deuxième strophe, dit-il, mais le moment n'est peut-être pas venu de la réciter.

Gobtou se débattit avec fureur mais il était totalement neutralisé. En désespoir de cause, il essaya le *mesmer* des fées.

– Tu vas ordonner à Butler de me relâcher, dit-il d'une voix monocorde.

Artemis était très amusé.

– J'en doute, répondit-il. Vous avez à peine assez de magie pour contrôler Myles.

– Dans ce cas, tuez-moi et qu'on n'en parle plus, lança Gobtou sans le moindre tremblement dans la voix.

– Je ne peux pas tuer mon propre frère, il faut donc que je vous fasse sortir de son corps sans lui faire de mal.

Gobtou ricana.

– Ce n'est pas possible, l'humain. Pour m'avoir, il faut tuer le garçon.

– Vous êtes très mal informé, répliqua Artemis. Il existe un moyen d'exorciser votre âme belliqueuse sans que Myles ait à en souffrir.

– J'aimerais bien voir ça, dit Gobtou avec une vague lueur de doute dans le regard.

– Vos désirs sont des ordres, aussitôt dit, aussitôt fait, répondit Artemis en appuyant sur le bouton qui commandait l'interphone. Apportez-le, s'il vous plaît, Holly.

La porte du bureau tourna sur ses gonds et un tonneau

s'avança dans la pièce, se déplaçant apparemment tout seul, jusqu'à ce que Holly apparaisse derrière.

– Je n'aime pas ça, Artemis, dit-elle, en jouant le rôle du bon flic, comme ils en étaient convenus. C'est une matière répugnante. On ne peut quand même pas envoyer une âme dans l'au-delà après l'avoir plongée dans cette immondice.

– Elfe perfide, gronda Gobtou qui essayait de donner des coups avec ses petits pieds. Tu as pris le parti des humains.

D'un pas assuré, Holly poussa au centre de la pièce le chariot qui portait le tonneau et l'immobilisa sur le parquet, à l'écart des précieux tapis afghans qu'Artemis s'obstinait à lui décrire avec un grand souci du détail historique chaque fois qu'elle pénétrait dans le bureau.

– J'ai pris le parti de la Terre, rectifia-t-elle en regardant Gobtou dans les yeux. Vous avez passé dix mille ans sous terre, guerrier. Les choses ont changé.

– J'ai consulté les souvenirs de mon hôte, répondit Gobtou d'un air maussade. Les humains ont presque réussi à détruire la planète tout entière. Les choses n'ont pas tellement changé.

Artemis se leva de son fauteuil et dévissa le couvercle du tonneau.

– Vous voyez aussi un engin spatial qui projette des bulles par son tuyau d'échappement ?

Gobtou consulta rapidement la mémoire de Myles.

– Oui, oui, je le vois. Il est en or, n'est-ce pas ?

– C'est un des projets dont rêve Myles, dit lentement Artemis. Un simple rêve. Le vaisseau à bulles. Si vous fouillez un peu plus profondément dans l'imagination de mon frère, vous y trouverez un poney robot qui fait les devoirs et un singe qui a appris à parler. Le garçon que vous habitez est d'une grande intelligence, Gobtou, mais il n'a que quatre ans. À cet âge-là, la frontière qui sépare la réalité de l'imagination est très mince.

La poitrine gonflée de Gobtou se vida de son air lorsqu'il retrouva ces éléments dans la mémoire de Myles.

– Pourquoi me dis-tu cela, l'humain ?

– Je veux vous montrer que vous avez été berné. Opale Koboï n'est pas, comme elle le prétend, une héroïne venue sauver le monde. C'est une meurtrière que la justice a condamnée et qui s'est évadée de prison. Elle détruirait dix mille ans de paix.

– De paix ! s'exclama Gobtou qui éclata d'un rire semblable à un aboiement. Des humains pacifiques ? Même lorsque nous étions enterrés, nous sentions votre violence.

Il gigota dans les bras de Butler, tel un mini-Artemis avec ses cheveux bruns et son costume.

– Vous appelez ça la *paix* ?

– Non, et je vous présente mes excuses pour le traitement que vous allez subir, mais j'ai besoin de retrouver mon frère.

Artemis fit un signe de tête à Butler qui souleva Gobtou au-dessus du tonneau ouvert. Le petit Berserker éclata de rire à nouveau.

– J'ai passé des millénaires sous la terre. Croyez-vous que Gobtou ait peur d'être prisonnier d'un tonneau ?

)ß·ʁꙨꙨ)ꙨꙨꙨ·ᴣꙅꟻꙏ·Ꙏꙅꙏ)ᴣꙅꙏ✦·)ꙨꙮꙨꙦꙏ·ꙨꙨ

– Vous ne serez pas prisonnier. Il suffira simplement de vous tremper dedans.

Gobtou regarda au-dessous de lui, entre ses pieds qui pendaient dans le vide. Le tonneau était rempli d'un liquide visqueux et blanchâtre dont la surface s'était figée comme une peau.

Holly tourna le dos.

– Je n'ai vraiment pas envie de voir ça. Je sais ce qu'on ressent.

– Qu'est-ce que c'est ? demanda Gobtou d'un ton nerveux.

Il éprouvait au bout de ses orteils une sensation de froid et de malaise que dégageait l'aura de cette matière.

– C'est un cadeau d'Opale, répondit Artemis. Il y a quelques années, elle a volé le pouvoir d'un démon sorcier en utilisant ce fût. Je l'ai conservé à la cave, car on ne sait jamais, n'est-ce pas ?

– Qu'est-ce que c'est ? répéta Gobtou.

– L'un des deux inhibiteurs magiques naturels, expliqua Artemis. De la graisse animale fondue. C'est dégoûtant, je l'admets. Et je regrette beaucoup d'avoir à y plonger mon frère car il aime beaucoup les chaussures qu'il a aux pieds. Nous allons le tremper jusqu'au fond du tonneau et la graisse fondue va prendre votre âme au piège. Myles ressortira intact et vous, vous serez enfermé dans les limbes pour l'éternité. Pas vraiment ce que vous attendiez comme récompense de votre sacrifice.

Quelque chose grésilla dans le tonneau, envoyant à la surface de minuscules éclairs électriques.

ᚻᚨᛒᚻ ᛝ•ᛉᚱᛁᚦᛁᚠᛝ•ᚩᚨᚻᛁ•ᚦᚦ•ᛝᚩᚻ•ᛃᛄᚦ•

– Qu'est-ce que c'est que ça, *encore* ? couina Gobtou, sa voix montant d'une octave sous le coup de la panique.

– Oh, c'est le deuxième inhibiteur magique naturel. J'ai demandé à mon ami nain de cracher dans le tonneau pour donner un peu plus de vigueur à son contenu.

Gobtou parvint à dégager un bras et frappa à coups répétés le biceps de Butler, mais il aurait pu tout aussi bien taper sur un rocher en obtenant le même effet.

– Je ne vous dirai rien ! s'exclama-t-il, son petit menton pointu parcouru de tremblements.

Artemis tenait les tibias de Gobtou pour les plonger juste au milieu du tonneau.

– Je sais. Myles me racontera tout dans quelques instants. Je suis désolé de vous faire ça, Gobtou. Vous avez été un valeureux guerrier.

– Et pas Gobtou le Gogo ?

– Non, admit Artemis. C'était une invention pour vous obliger à vous démasquer. Il fallait que je sois sûr.

Holly écarta Artemis d'un coup de coude.

– Écoutez-moi, Berserker. Je sais que vous êtes lié à Opale et que vous ne pouvez la trahir mais cet humain sera de toute façon plongé dans le tonneau. Alors, quittez ce corps et partez dans l'au-delà. Vous ne pouvez plus rien faire, ici. Ce n'est pas une fin digne d'un puissant Berserker.

Gobtou s'affaissa dans les bras de Butler.

– Dix mille ans. Tant de vies s'écoulent en un si grand nombre d'années.

Holly caressa la joue de Gobtou.

– Vous avez accompli tout ce qui vous a été demandé.

⟨symboles gnomiques⟩

Le reste, à présent, ne peut être considéré comme une trahison.

– L'humain joue peut-être avec moi. C'est du bluff.

Holly frissonna.

– Le tonneau n'est pas du bluff. Opale m'y a emprisonnée, un jour. C'était comme si mon âme avait eu la nausée. Sauvez-vous, je vous en conjure.

Artemis adressa un signe de tête à Butler.

– Bien, ne traînons plus. Plongez-le là-dedans.

Butler changea de prise, tenant Gobtou par les épaules, et il le fit descendre lentement vers le tonneau.

– Attendez, Artemis ! s'écria Holly. C'est un héros du monde des fées.

– Désolé, Holly, nous n'avons plus le temps.

La pointe des pieds de Gobtou toucha le liquide gluant et des volutes vaporeuses s'enroulèrent autour de ses jambes. Il comprit que ce n'était pas du bluff. Son âme serait prisonnière à jamais de la graisse fondue.

– Pardonne-moi, Oro, dit-il en levant les yeux au ciel.

L'esprit de Gobtou se sépara de Myles et voleta dans les airs, comme une gravure d'argent. Pendant quelques instants, il resta suspendu, apparemment désorienté et anxieux, puis une tache de lumière s'épanouit sur sa poitrine et se mit à tournoyer comme un mini-cyclone. Gobtou sourit alors et la marque du temps disparut de son visage. La lumière tourbillonnante grandissait à chaque révolution et ses ondes s'étendirent, engloutissant les membres du guerrier, son torse et enfin son visage qui, en cet instant de transition, affichait une expression que seul le mot «béatitude» pouvait décrire.

꙰ꙮꙬ꙰ꙭꙮ꙰ · ꙮꙭꙚꙘ · ꙮꙬꙭꙮꙬ · ꙭꙮꙬꙮꙭꙮ ·

Pour les observateurs, il était impossible de contempler ce visage fantomatique sans éprouver une certaine jalousie.

« La béatitude, songea Artemis. Atteindrai-je jamais cet état ? »

Myles rompit la magie de ce moment en donnant de vigoureux coups de pied qui envoyèrent voler des filaments de graisse.

– Artemis ! Sors-moi de là ! ordonna-t-il. Ce sont mes mocassins préférés !

Artemis sourit. Son petit frère avait repris le contrôle de son esprit.

Myles ne voulait pas parler tant qu'il n'aurait pas nettoyé ses chaussures avec un chiffon humide.

– Cette fée a couru dans la boue avec mes chaussures, se plaignit-il en buvant à petites gorgées un autre verre de jus d'açaï. Elles sont en chevreau, Arty.

– Il est très précoce, n'est-ce pas ? murmura Artemis du coin des lèvres.

– Et c'est vous qui dites ça ? Vous êtes du même tonneau, si je puis dire, répondit Butler en murmurant lui aussi.

Artemis souleva Myles et l'assit sur le bord du bureau.

– Bien, mon petit bonhomme, il faut que tu me racontes tout ce que tu te rappelles de ta possession, les souvenirs vont bientôt commencer à se dissiper. Ce qui signifie…

– Je sais ce que signifie « dissiper », Arty. Enfin quoi, je n'ai plus trois ans.

Depuis longtemps, Holly savait d'expérience que crier contre Myles et Artemis ne les inciterait pas à bouger plus vite, mais elle savait aussi que cela pouvait lui faire du bien. Or en cet instant, elle se sentait maussade, salie, après avoir infligé un tel traitement à l'un des plus illustres guerriers du Peuple. Crier contre des Bonshommes de Boue allait peut-être l'égayer un peu.

Elle décida de les secouer en se limitant à un volume sonore moyen.

– Vous ne pouvez pas vous remuer un peu, tous les deux ? Nous n'avons aucune suspension temporelle en cours. La matinée continue.

Myles lui adressa un signe de la main.

– Salut, la fée. Tu as une drôle de voix. Tu as respiré de l'hélium ? Au fait, je te signale en passant que l'hélium est un gaz monoatomique inerte.

Holly eut une exclamation de dépit.

– Ah, on voit bien que c'est votre frère. Nous avons besoin de toutes les informations qu'il a en mémoire, Artemis.

Celui-ci approuva d'un signe de tête.

– Très bien, Holly. J'y travaille. Myles, quels souvenirs gardes-tu de la visite de Gobtou ?

– J'ai tout en tête, répondit Myles avec fierté. Tu veux connaître le plan d'Opale pour détruire l'humanité ou la façon dont elle compte s'y prendre pour ouvrir la deuxième serrure ?

Artemis prit son frère par la main.

– J'ai besoin de tout savoir, Myles. Commence au début.

⟨⟩·⟨⟩⟨⟩ ⟨⟩⟨⟩⟨⟩⟨⟩⟨⟩⟨⟩ ⟨⟩⟨⟩⟨⟩⟨⟩⟨⟩·⟨⟩⟨⟩⟨⟩⟨⟩⟨⟩·

– Je vais commencer au début avant que mes souvenirs commencent à se *dissiper.*

Myles leur raconta ce qu'il savait dans la langue d'un enfant qui aurait eu dix ans de plus que lui. Il ne s'écartait pas du sujet, ne faisait aucune confusion, et à aucun moment il ne sembla préoccupé par son avenir. Cela tenait au fait qu'Artemis avait souvent répété à son petit frère que l'intelligence finit toujours par triompher et personne n'était plus intelligent qu'Artemis.

Malheureusement, après les événements qui s'étaient déroulés au cours des six dernières heures, Artemis n'avait plus la même foi qu'auparavant dans sa propre maxime. Et, pendant que Myles racontait son histoire, il se mit à penser que même son intelligence ne serait pas suffisante pour amener une fin heureuse au désastre dans lequel ils étaient plongés.

«Nous pourrons peut-être gagner, pensa-t-il. Mais il n'y aura pas de fin heureuse.»

CHAPITRE 14

LES NEUF BÂTONS

HAVEN-VILLE, MONDE SOUTERRAIN

Foaly n'avait pas de plan en tête tandis qu'il courait chez lui. Tout ce qu'il savait, c'était qu'il devait rejoindre Caballine, quelle que soit la façon dont il y parviendrait. Quel qu'en soit le coût.

« Voilà ce que fait l'amour », réalisa-t-il et, en cet instant, il comprit pourquoi Artemis avait kidnappé une fée afin d'obtenir l'argent qui lui permettrait de retrouver son père.

« L'amour fait paraître tout le reste sans importance. »

Même quand le monde s'effondrait autour de lui, la seule chose à laquelle Foaly pensait, c'était l'horreur qui menaçait Caballine.

« Des gobelins criminels convergent vers notre maison. »

Opale savait que, en tant que consultant des FAR, Foaly exigerait que toutes les marchandises livrées chez lui soient systématiquement scannées. Aussi avait-elle envoyé une boîte joliment décorée qui paraîtrait vide aux scanners, alors qu'une boîte n'est jamais vraiment vide. Celle-ci était remplie de micro-organismes vibrant à haute fréquence et produisant une plainte ultrasonique qui neutraliserait les systèmes de surveillance et rendrait les gobelins fous – au point qu'ils seraient prêts à faire n'importe quoi pour l'arrêter.

Les gobelins n'étaient déjà pas des créatures très intelligentes quand ils étaient au meilleur de leur forme. On ne connaissait qu'un seul exemple d'un gobelin ayant jamais remporté un prix scientifique, mais c'était un spécimen issu d'une expérimentation génétique et il s'était inscrit lui-même au concours.

Cette bombe sonique annihilerait toute fonction cérébrale supérieure et transformerait les gobelins en une bande de lézards cracheurs de feu qui battraient la campagne. Foaly savait tout cela car il avait un jour présenté aux FAR une mini-version d'une bombe sonique comme instrument de lutte contre la délinquance, mais le Conseil avait refusé de financer le projet car l'appareil donnait des saignements de nez à ceux qui le portaient.

Le centre de police n'était plus à quatre-vingts pour cent qu'un amas de ruines. Il ne restait que le dernier étage, accroché au plafond rocheux, telle une grosse moule plate. Les étages inférieurs s'étaient effondrés sur les parkings réservés qui se trouvaient au-dessous, formant une pyramide de débris fumants, parcourus d'étincelles. Par chance, le pont couvert qui menait au parking adjacent était relativement préservé. Foaly traversa le pont à toutes jambes, essayant de ne pas voir sur le sol les trous dans lesquels un sabot pouvait glisser, s'efforçant de ne pas entendre le grincement torturé des structures métalliques qui se tordaient sous le poids trop lourd des décombres.

« Ne regarde pas en bas. Pense seulement à atteindre l'autre côté. »

Tandis que Foaly courait, des sections du pont s'écroulaient derrière lui et il avait l'impression d'entendre les touches d'un piano tomber dans un abîme en faisant tinter leurs notes une à une. De l'autre côté, la porte automatique était coincée dans son rail par un morceau de métal tordu et ne cessait d'avancer et de reculer par saccades, ménageant un espace tout juste suffisant pour que Foaly puisse s'y glisser avant de se laisser tomber, hors d'haleine, sur le sol du quatrième étage.

« C'est tellement mélodramatique, songea-t-il. Est-ce que les choses se passent comme ça tous les jours pour Holly ? »

Stimulé par l'effondrement de la maçonnerie et la puanteur des voitures qui brûlaient, Foaly se hâta de traverser le parking pour atteindre son camion qui était garé dans un des meilleurs endroits, près de l'accès des piétons. Le camion était un vieux tas de ferraille qui avait l'air d'une épave plutôt que du moyen de transport choisi par le responsable de la plupart des avancées technologiques de la ville. Si quelqu'un avait appris à qui appartenait le véhicule, il aurait pensé que Foaly avait maquillé la carrosserie pour décourager d'éventuels voleurs de voiture. Mais non, le camion était un simple amas de rouille qui aurait dû être remplacé depuis déjà quelques décennies. De même que de nombreux décorateurs ne repeignent jamais leur propre maison, de même Foaly, expert en technologie automobile, ne se souciait pas de son moyen de transport. C'était un inconvénient quotidien car la centaure-mobile émettait des bruits supérieurs de plusieurs décibels à la réglementation et déclenchait régulièrement des alarmes sonores dans toute la ville. Aujourd'hui, cependant, l'ancienneté du camion constituait un avantage déterminant, puisqu'il était l'un des rares véhicules capables de rouler sans l'aide du système de rails magnétiques automatisés de Haven, ce qui le rendait totalement opérationnel.

Foaly ouvrit à distance la portière avant du camion, et tourna le dos à la cabine, attendant que le harnais extensible se mette à bourdonner en se déployant autour de son torse chevalin. Le harnais l'attacha étroitement dans une succession de bips, puis souleva le centaure en arrière pour le hisser dans la cabine. Une fois que la porte papillon se fut refermée, les capteurs du camion détectèrent la présence proche de Foaly et mirent le moteur en marche. Il fallait quelques secondes pour monter dans le véhicule et le faire démarrer, mais il aurait fallu beaucoup plus de temps pour prendre place dans une automobile, en étant doté de six membres et une queue, que certains équinologues considéraient comme un septième membre ou, en tout cas, comme un appendice.

Foaly tira un volant intégré dans le tableau de bord et écrasa l'accélérateur de son sabot, sortant de sa place de parking dans un hurlement de pneus.

⌁·ᒀᕊᐟᕁᐜ·ᛃ ᒐ·ᛀᕁ·⬧ᕲᕼᕁ·⊗·ᛀᕁ·ᒀᕊᕼᕁᕻᕼᕁ·

– À la maison ! cria Foaly au robot de navigation suspendu à un fil de gel devant ses yeux.

Dans un moment de vanité, il avait façonné le robot à son image.

– La route habituelle, mon joli ? demanda la machine en lui lançant un clin d'œil affectueux.

– Négatif, répliqua Foaly. Oublie les paramètres habituels de vitesse et de sécurité. Arrange-toi seulement pour arriver le plus vite possible. Toutes les limitations d'une conduite normale sont suspendues de par mon autorité.

Si le robot avait eu des mains, il se les serait frottées.

– Il y a longtemps que j'avais envie d'entendre ça, dit-il avant de prendre le contrôle du véhicule.

Un phénomène se produisait dans la magnifique petite boîte marquetée que Caballine tenait à la main. On aurait dit qu'un minuscule nuage d'orage s'agitait à l'intérieur. Il vibrait comme une ruche mais n'émettait pas le moindre son. Il y avait, cependant, *quelque chose*, une sensation qui lui agaçait les dents et lui faisait monter les larmes aux yeux, comme si des ongles invisibles grinçaient le long d'un tableau noir imaginaire.

« Complètement fou, je le sais bien, mais c'est ce que je ressens. »

Elle jeta la boîte loin d'elle, mais le minuscule nuage avait eu le temps de sortir et de lui envelopper la main. La boîte roula sous la table basse – un champignon géant pétrifié dont Holly avait dit un jour qu'il était « si conventionnel qu'il me donne envie de hurler » – et resta

⏚⏚⏚ ⏚⏚⏚⏚⏚⏚⏚⏚⏚⏚⏚⏚⏚⏚⏚⏚⏚⏚⏚⏚⏚⏚⏚⏚⏚⏚⏚

là en continuant d'émettre ce qui crispait tant les nerfs de Caballine.

– Qu'est-ce que c'est, mon chéri ? demanda-t-elle en se tournant vers le petit LAMParc, mais il était mort sur le sol, un mince filet de fumée s'élevant de sa tête.

« C'est la boîte qui a fait ça », devina-t-elle. Quel que fût cet objet, il ne venait pas de Foaly car il avait quelque chose d'hostile. Et à présent, c'était à elle d'affronter cette hostilité. Caballine n'était pas du genre ombrageux, comme le sont parfois les centaures, mais elle eut la prémonition d'un danger qui lui entravait presque les jambes.

« Quelque chose de grave est sur le point de se produire. Encore pire que toutes les choses graves qui se sont produites aujourd'hui. »

Nombre de fées se seraient effondrées sous le poids de circonstances aussi menaçantes mais si l'univers attendait une telle réaction de la part de Caballine Wanderford Paddox Foaly, alors l'univers allait avoir une surprise, car l'un des traits de caractère qui avait attiré Foaly vers celle qui deviendrait son épouse était son esprit combatif. Et elle n'entretenait pas cet esprit par la simple faculté de penser d'une manière positive. Caballine avait également atteint le niveau de l'écharpe bleue dans l'ancien art martial des centaures qu'on appelle les Neuf Bâtons, et dans lequel la tête et la queue sont aussi considérées comme des armes. Elle s'entraînait souvent dans le gymnase des FAR avec Holly Short et avait même un jour donné à Holly un coup de sabot acciden-tel qui l'avait projetée à travers une cloison en papier de riz, au moment où l'image d'un ancien petit ami lui était soudain venue à l'esprit.

Caballine trotta vers un grand placard de la chambre à coucher et lui ordonna de s'ouvrir. À l'intérieur se trouvait son écharpe bleue qu'elle noua rapidement autour de sa poitrine. L'écharpe ne lui serait d'aucune utilité si des agresseurs étaient en route. Ce qui l'aiderait, en revanche, c'était la longue canne de bambou posée juste à côté, une canne souple qui sifflait dans les airs comme un fouet et pouvait, entre des mains expertes, arracher à un troll la peau de son dos.

La texture de la canne contre sa paume apaisa Caballine et elle se sentit un peu stupide, seule dans la chambre, équipée de la panoplie des Neuf Bâtons.

« Il ne se passera rien de grave. J'ai réagi d'une manière exagérée. »

Au même instant, la porte explosa.

Le système de navigation de Foaly conduisait comme un fou, lançant de petits cris joyeux que le centaure ne se souvenait pas d'avoir programmés. Et bien qu'il fût rongé par des visions cauchemardesques de Caballine aux griffes de gobelins cracheurs de feu, il ne pouvait rester insensible au spectacle de dévastation qu'il voyait défiler à travers la vitre : des nuages d'épaisse fumée, des incendies aux flammes bleu et orange rendus flous par la vitesse démente du camion. Des agents des FAR fouillaient les décombres, à la recherche de survivants, et des colonnes de fumée s'élevaient d'une douzaine de bâtiments bien connus des habitants de Haven.

⁂

– Calme-toi un peu, dit-il en donnant une tape au robot navigateur. Je ne serai pas d'un grand secours à Caballine si j'arrive mort.

– Ne t'énerve pas, mon petit pote, dit la minuscule tête du robot. De toute façon, tu ne serviras pas à grand-chose. Caballine connaît les Neuf Bâtons. Mais toi, qu'est-ce que tu vas faire ? Jeter un clavier à la tête de ton agresseur ?

« Mon petit pote ? » pensa Foaly en regrettant d'avoir introduit dans le robot une puce expérimentale de personnalité, et regrettant encore plus que la puce ait une personnalité calquée sur la sienne. Mais le robot avait raison. Qu'allait-il pouvoir faire ? Il serait vraiment tragique que Caballine se fasse tuer en essayant de le sauver. Foaly eut l'impression d'être un maître nageur allergique à l'eau. Allait-il apporter quelque chose d'utile dans cette situation ?

Le système de navigation sembla lire dans ses pensées, ce qui était impossible, mais Foaly décida quand même de le faire breveter au cas où il aurait inventé par hasard un robot télépathique.

– Joue tes propres atouts, mon petit pote, dit le robot.

« Bien sûr, songea Foaly. Mes atouts. Quels sont mes atouts ? Et où sont-ils ? »

Ils se trouvaient évidemment à l'arrière du camion où il avait stocké un bon millier d'objets expérimentaux, à moitié finis et presque légaux, ainsi que des pièces détachées. Lorsque Foaly y pensait, il se rendait compte qu'il y avait dans ce véhicule des choses capables de creuser un trou dans le flux temporel si jamais elles se cognaient les unes contre les autres. Il avait donc décidé depuis longtemps de ne plus y penser, sinon, il n'aurait plus eu d'autre option que de nettoyer le camion de fond en comble.

– Continue à conduire, dit-il au robot de navigation.

Il se tortilla pour s'extraire de son harnais et recula le long de la petite passerelle qui reliait la cabine à la remorque.

– Je dois regarder quelque chose derrière.

– Attention à ta tête, mon petit pote, dit le robot d'un ton joyeux, une seconde avant de sauter sur le dos-d'âne d'un pont en forme de molaire géante, construit devant le cabinet dentaire d'une félutine.

« Cette puce de personnalité a dû se détraquer, songea Foaly. Moi-même, je ne serais jamais aussi casse-cou et il ne me viendrait pas à l'idée d'appeler qui que ce soit "mon petit pote". »

Lorsque la porte d'entrée explosa, la réaction de Caballine fut de se mettre dans une colère noire. D'abord parce que la porte était faite dans un ancien bois de rose qui avait été apporté du Brésil en respectant des règles de développement durable, et ensuite parce qu'elle n'était pas fermée à clé et que seul un crétin aurait éprouvé le besoin de faire sauter un panneau déjà entrouvert. Maintenant, il faudrait reconstituer cette porte et elle ne serait plus jamais identique, même s'ils retrouvaient tous les débris.

Caballine se rua dans le couloir et y trouva un gobelin enragé qui se faufilait dans la maison à quatre pattes, de la fumée s'élevant de ses narines, sa tête de lézard se balançant d'un côté et de l'autre comme s'il avait un frelon dans le crâne.

– Comment osez-vous ? s'écria Caballine, en donnant sur la tempe du gobelin un coup violent qui le fit littéralement sortir de sa propre peau car il était en pleine mue.

« Vraiment pénible », pensa-t-elle.

Elle croyait l'assaut terminé lorsqu'un deuxième gobelin apparut dans l'ombre, sur le seuil de la porte d'entrée, sa tête se balançant de la même façon bizarre. Deux autres créatures se mirent à taper à la fenêtre et quelque chose gratta à l'intérieur du vide-ordures.

« Allons bon, un autre gobelin. »

Caballine tourna le dos au gobelin qui se tenait sur le seuil et lui décocha une ruade qui fit sortir de sa bouche une bouffée de fumée et envoya la créature voler par-dessus le mur d'enceinte, comme si elle avait été tirée par une corde élastique. En même temps, avec sa canne de bambou, elle donna dans la fenêtre deux coups foudroyants qui transpercèrent les carreaux et délogèrent les gobelins montés sur le rebord fraîchement repeint. À travers la vitre fissurée, elle vit des dizaines d'autres gobelins qui convergeaient vers la propriété et ressentit alors quelque chose qui s'apparentait à une véritable panique.

« J'espère que Foaly ne va pas rentrer à la maison, pensa-t-elle en fléchissant les genoux dans une position de combat. Je ne pense pas pouvoir nous sauver tous les deux. »

⠀⠀⠀

Foaly fouilla le camion, à la recherche de quelque chose, n'importe quoi, qui puisse sauver sa bien-aimée.

« Même si je pouvais appeler au secours, songea-t-il, tout le monde est plongé jusqu'au cou dans un quelconque désastre. Je ne peux compter que sur moi. »

Le camion renfermait un fatras d'objets divers, ses étagères remplies de robots vides, de bocaux contenant toute sorte de spécimens, d'incubateurs, de sources d'énergie et de pièces détachées de corps bioniques.

« Mais pas d'armes. Pas le moindre pistolet. »

Il trouva un bocal d'yeux biohybrides qui le fixaient d'un regard noir et un autre plein d'un liquide dont il ne se rappelait pas l'origine.

– Trouvé quelque chose ? demanda le robot de navigation, sa voix provenant d'un haut-parleur à gel collé contre un panneau de bois.

– Pas encore, répondit Foaly. Dans combien de temps serons-nous arrivés ?

– Deux minutes, répondit le robot.

– Tu ne peux pas gagner une minute ?

– Je pourrais, en renversant quelques piétons.

Foaly y songea.

– Non, il ne vaut mieux pas. Il n'y avait pas un canon à plasma, quelque part ?

– Non, tu l'as donné à l'orphelinat.

Foaly ne perdit pas de temps à se demander pourquoi il aurait donné un canon à plasma à un orphelinat et continua de fouiller dans le bric-à-brac du camion.

« Si je disposais d'une heure, je pourrais bricoler quelque chose, mais deux minutes… »

Fibres optiques. Vêtements réversibles. Poupées vaudoues. Caméras. Rien d'utile.

Tout au fond de la remorque, Foaly dénicha une vieille batterie magique lithium-ion qu'il aurait dû vider des années auparavant. Il caressa avec affection le gros cylindre.

« C'est avec des petites bêtes comme vous qu'on a mis en place la célèbre suspension temporelle dans le manoir des Fowl. »

Foaly se figea. Une suspension temporelle !

Il pouvait en déclencher une et tout le monde à l'intérieur serait coincé jusqu'à ce que la batterie se vide complètement. Mais une suspension temporelle demandait des calculs compliqués et des vecteurs précis. On ne pouvait pas en improviser une dans une banlieue.

« Normalement, non. Mais les circonstances n'étaient pas normales. »

Il faudrait qu'elle soit concentrée. Presque de la magie pure, avec un rayon d'action pas plus étendu que la propriété elle-même.

– Je te vois regarder cette batterie magique, dit le robot de navigation. Tu ne songes quand même pas à déclencher une suspension temporelle, mon petit pote ? Il faut une douzaine d'autorisations avant de pouvoir faire ça.

Foaly synchronisa le minuteur de la batterie avec l'ordinateur de navigation, une chose que Holly n'aurait jamais pu faire, même en un million d'années.

⟨⟨symboles⟩⟩

267

– Non, je ne vais pas la déclencher. C'est toi qui vas t'en charger.

La peau de Caballine était roussie et il y avait des marques de morsure sur ses jambes postérieures, mais elle n'avait pas l'intention d'abandonner. Plus d'une douzaine de gobelins l'entouraient à présent, mordant dans le vide, leurs globes oculaires roulant frénétiquement dans leurs orbites, rendus fous par quelque chose. Il y en avait d'autres sur le toit, qui essayaient d'entrer en creusant des trous à coups de dents et chaque fenêtre, chaque porte était obstruée par une masse de corps grouillants.

«Je ne pourrai pas faire mes adieux», songea Caballine, décidée à abattre le plus grand nombre possible de lézards avant d'être enterrée sous la multitude.

«Adieu, Foaly, je t'aime», pensa Caballine avec l'espoir que ce sentiment ainsi exprimé l'atteindrait d'une manière ou d'une autre. Son mari défonça alors le mur latéral de la maison avec son camion.

Le robot de navigation comprit aussitôt ses instructions.

– C'est un plan complètement fou, dit l'intelligence artificielle. Mais à ta place, je ferais la même chose.

– Tant mieux, répondit Foaly, qui se sangla sur le siège du passager. Parce que justement, tu vas le faire.

– Je t'aime, mon petit pote, dit le robot, une larme gélatineuse coulant le long de sa joue.

– Du calme, mon cher logiciel, répliqua Foaly. Je te retrouve dans une minute.

Caballine ne comprit pas vraiment ce qui se passait jusqu'à ce que son esprit prenne le temps de détailler ce qu'elle voyait. Le camion de son mari était entré dans la maison, la remorque de travers, écrasant au passage une demi-douzaine de gobelins. La porte côté conducteur était ouverte, le harnais déployé, ce que Caballine n'eut pas même le temps de remarquer avant d'être soulevée en arrière et jetée la tête la première sur le siège.

– Bonjour, ma chérie, dit Foaly, mais sa tentative pour paraître enjoué était démentie par la sueur froide qui brillait sur son front.

La cabine du camion s'arracha de la remorque lorsque celle-ci bloqua ses freins, et elle continua sa course à travers le mur opposé.

– Ma maison ! s'écria Caballine en s'adressant au siège dans lequel elle avait la tête enfoncée, tandis que des éléments de maçonnerie tombaient avec un bruit sourd contre les portières et que des étincelles électriques dansaient sur le pare-brise.

Foaly avait l'intention de freiner progressivement en mode manuel et de s'arrêter quand il se trouverait à bonne distance de la maison mais les véhicules accidentés sont imprévisibles et celui-ci voulut absolument se renverser sur le côté et glisser dans le jardin en trempant ses roues dans le caveau de recyclage de la famille qui contenait les restes de plusieurs ancêtres de Foaly.

Pendant un moment, les gobelins parurent perplexes puis leurs malheureux sens mis à la torture trouvèrent l'origine de l'horrible signature sonique qui venait de la main de Caballine. D'un même mouvement, leurs têtes se tournèrent vers la cabine du camion. À présent, il y avait un si grand nombre de gobelins sur la maison qu'elle avait l'air d'une créature géante aux écailles vertes. Chacune des créatures gonfla sa poitrine pour projeter une boule de feu.

– Belle tentative de sauvetage. Dommage que ce ne soit pas un succès total, dit Caballine. Mais je suis sensible au geste.

Foaly l'aida à se relever.

– Attends un peu, dit-il.

Avant qu'une seule boule de feu ait pu être lancée, un éclair de magie bleue jaillit verticalement de la remorque du camion, jusqu'à une hauteur de six mètres, puis se déploya comme un champignon en un ectoplasme gélatineux semblable à une demi-sphère qui retomba avec précision sur la résidence des Foaly.

– Je retire ce que j'ai dit, déclara Caballine. C'était un sauvetage spectaculaire.

Foaly venait de glisser un gant de sécurité sur la main de Caballine et il assura les voisins rassemblés autour d'eux que l'alerte était passée. La suspension temporelle s'était dissipée, laissant apparaître une foule de gobelins dociles.

– Foaly ! s'écria Caballine. Le champ de force bleu a disparu.

– Ne t'inquiète pas, répondit Foaly. C'était ta main qui les rendait fous, mais j'ai étouffé le signal. Nous ne risquons plus rien, à présent.

Caballine fit un bouclier de son corps pour protéger son mari pendant que les gobelins s'éloignaient des ruines de sa maison en marchant au hasard.

– Ce sont toujours des criminels, Foaly.

– Ils ont purgé leur peine, répondit le centaure. C'était une suspension temporelle concentrée. Pure à presque cent pour cent. Cinq secondes pour nous correspondaient à cinq ans pour eux.

– Donc, ils sont réhabilités ? demanda Caballine.

Foaly se fraya un chemin au milieu des petits incendies et parmi les décombres de ce qui avait été sa maison de famille.

– On ne peut pas l'être plus, répondit-il en guidant les gobelins désorientés vers les poteaux encore debout du portail. Retournez chez vous, leur dit-il. Retournez auprès de vos familles.

Il ne restait plus grand-chose de la remorque du camion, une simple carcasse et des débris de pneus. Lorsque Foaly passa la tête dans l'encadrement de la portière, une voix lui lança :

– Tu m'as manqué, mon petit pote. Il y a longtemps que je ne t'ai pas vu. On s'est bien débrouillés ?

Foaly sourit et tapota un haut-parleur.

– Très bien débrouillés, dit-il, puis il ajouta : Mon petit pote.

CHAPITRE 15

ALERTE AUX CRIQUETS

MANOIR DES FOWL

Myles était soudain tombé dans un profond état d'épuisement après son épreuve avec Gobtou et on l'avait mis au lit avec son exemplaire plastifié du tableau périodique serré contre sa poitrine.

– La possession est très fatigante pour la personne qui la subit, dit Holly. Croyez-moi, je sais de quoi je parle. Il sera en pleine forme demain matin.

Tous les trois étaient assis autour du bureau d'Artemis, comme dans un conseil de guerre, ce qui était tout à fait le cas.

Butler fit l'inventaire :

– Nous avons deux combattants et pas d'armes.

Artemis se crut obligé de protester.

– Je peux combattre si c'est nécessaire, dit-il sans parvenir à se convaincre lui-même.

– Nous devons supposer le pire en ce qui concerne

Mulch, poursuivit Butler sans prêter attention à la molle objection d'Artemis. Bien qu'il ait un don spectaculaire pour tromper la mort.

– Quel est exactement notre objectif? demanda Holly.

Cette question était adressée à Artemis, le stratège.

– La porte des Berserkers. Il faut la fermer.

– Que comptez-vous faire? Écrire une lettre de protestation?

– Les armes normales ne peuvent pénétrer la magie d'Opale. En fait, elle absorberait leur énergie. Mais si nous avions un super laser, ce pourrait être suffisant pour neutraliser la porte. Un peu comme si on éteignait un incendie en le soufflant avec une explosion.

Holly tapota ses poches.

– Ça tombe mal, je crois que j'ai oublié mon super laser dans une autre poche.

– Même vous, vous ne pouvez construire un super laser en une heure, dit Butler qui se demandait pourquoi Artemis avait évoqué le sujet.

Pour une mystérieuse raison, Artemis prit brusquement un air coupable.

– Je sais où il y en a peut-être un.

– Où cela?

– Dans la grange, attaché à mon planeur solaire, le *Mark Two*.

Butler comprenait à présent la gêne d'Artemis.

– Dans la grange où nous avons installé le gymnase? Là où vous êtes censé vous entraîner à des exercices d'autodéfense?

– Oui. Cette grange-là.

En dépit de la situation, Butler éprouvait une certaine déception.

– Artemis, vous m'aviez promis. Vous m'aviez simplement dit que vous préfériez être seul.

– Ces exercices sont si ennuyeux, Butler. J'ai vraiment essayé, mais je ne sais pas comment vous faites pour supporter ça. Trois quarts d'heure à taper dans un punching-ball…

– Et donc, vous avez construit votre avion solaire au lieu de tenir votre promesse ?

– Les cellules photovoltaïques étaient si efficaces qu'il restait du courant, alors, dans mes moments de loisirs, j'ai conçu un super laser léger et je l'ai entièrement construit moi-même.

– Bien sûr. Tout le monde a besoin d'un super laser dans son avion de famille.

– S'il vous plaît, les filles, dit Holly, on va remettre à plus tard les petites querelles entre amis, d'accord ? Artemis, quelle est la puissance de ce laser ?

– À peu près celle d'une éruption solaire, répondit Artemis. À sa puissance maximum, il devrait avoir assez de force pour faire un trou dans la porte sans blesser personne autour.

– J'aurais aimé que vous nous parliez de ça plus tôt.

– Le laser n'a jamais été essayé, précisa Artemis. Jamais je ne me risquerais à libérer une telle énergie, sauf en cas de nécessité absolue. Mais après ce que nous a dit Myles, c'est la seule carte dont nous disposions.

– Juliet n'est pas au courant de l'existence du laser ? interrogea Holly.

⚬⊙⦾◌◌◌·⌐◌⊃◌·⦾◌Ƀ·⦿Ȼƀ⊙◌⊃⦿Ⴟ◌◌➤·⊟·

– Non, j'ai gardé le secret.

– Bien. Dans ce cas, on a peut-être une chance.

Butler les équipa des tenues de camouflage qu'il gardait dans son placard et força même Artemis à subir des applications de cirage noir et kaki sur le visage.

– Est-ce vraiment nécessaire ? demanda Artemis, l'air renfrogné.

– Absolument, répliqua Butler en appliquant énergiquement le stick sur sa peau. Bien sûr, si vous préférez rester ici et me laisser y aller, Myles et vous, vous pourrez vous détendre tranquillement dans vos pantoufles préférées.

Artemis encaissa le sarcasme sans broncher, supposant avec raison que Butler était encore un peu fâché d'avoir été trompé au sujet du gymnase et du super laser.

– Ma présence est indispensable, Butler. C'est un super laser, pas un jouet. Il comporte tout un système d'activation et je n'ai pas le temps de vous en apprendre les différentes étapes.

Butler passa un lourd gilet pare-balles sur les minces épaules d'Artemis.

– Très bien. Si vous devez venir, c'est mon travail de vous protéger. Alors, faisons un marché. Si vous gardez pour vous les remarques cinglantes que vous devez mijoter dans votre grosse tête sur l'inutilité ou le poids excessif de ce gilet, je ne parlerai plus de l'épisode du super laser. D'accord ?

« Ce gilet me scie les épaules, songea Artemis. Et il est si lourd qu'une limace me battrait à la course. »

⦿◗◭·⬙◗·⌇◭ß·◉◊ ◊·⌇⬙◷◟·▢ ◗◊⊕·⬚·⌇◭ß·

Mais il se contenta de répondre :

– D'accord.

Une fois que le système de sécurité d'Artemis les eut assurés que leur périmètre était dégagé, ils se faufilèrent en file indienne hors du bureau, traversèrent la cuisine, le jardin et se glissèrent dans l'allée des écuries.

Il n'y avait aucune sentinelle, ce que Butler trouva étrange.

– Je ne vois rien. À l'heure qu'il est, Opale doit savoir que nous avons échappé à ses pirates.

– Elle ne peut pas se permettre d'envoyer des renforts, murmura Holly. La porte est sa priorité et elle a besoin du plus grand nombre possible de Berserkers pour surveiller ses arrières. Nous sommes devenus secondaires à ses yeux.

– C'est ce qui la perdra, assura Artemis, le souffle court, déjà écrasé sous le poids du gilet pare-balles. Artemis Fowl ne sera jamais *secondaire*.

– Je croyais que vous étiez Artemis Fowl II, dit Holly.

– Ça n'a rien à voir. Et moi, *je croyais* que nous étions en mission.

– Exact, répondit Holly, puis elle ajouta en se tournant vers Butler : On est sur votre terrain, camarade.

– Sans aucun doute, approuva Butler. Je vais prendre la tête de la colonne.

Ils traversèrent le domaine rapidement mais avec prudence, se méfiant de tous les êtres vivants qui croisaient leur chemin. Les Berserkers pouvaient habiter des vers de terre ou les criquets géants qui abondaient sur le ter-

⟨ᚱᚢᚾᛖ symbols ⟩

ritoire des Fowl et stridulaient au clair de lune. On aurait dit un minuscule orchestre de charpentiers caché dans l'herbe.

– Ne marchez pas sur les criquets, dit Artemis. Ma mère adore leur musique.

Les criquets, auxquels les entomologistes de Dublin avaient donné le surnom de Jiminy, étaient présents toute l'année mais uniquement sur le domaine des Fowl et pouvaient atteindre la taille d'une souris. À présent, Artemis devinait que ce devait être le résultat des radiations magiques qui filtraient à travers la terre. Ce qu'il ne pouvait deviner, c'était que la magie, en imprégnant le système nerveux des criquets, leur avait inspiré une certaine sympathie pour les Berserkers. Cela ne se manifestait pas par des réunions de criquets assis en cercle autour d'un feu de bois miniature pour raconter les exploits des vaillants elfes guerriers, mais par une attitude agressive à l'égard de tout ce qui pouvait menacer les Berserkers. Ou pour dire les choses simplement : quand Opale n'aimait pas quelqu'un, cette personne n'était pas non plus très appréciée des criquets.

Butler abaissa lentement son pied vers un groupe de criquets, s'attendant à les voir s'écarter de son chemin. Ce ne fut pas le cas.

« Je devrais les écraser, songea-t-il. Je n'ai pas le temps d'être aimable avec des insectes. »

– Artemis, cria-t-il par-dessus son épaule. Ces Jiminy me manquent de respect.

Artemis tomba à genoux, fasciné.

– Regardez, ils ne font preuve d'aucune prudence

naturelle. C'est comme s'ils ne nous aimaient pas. Je devrais les étudier en laboratoire.

Le plus gros des insectes ouvrit grand ses longues mandibules, sauta très haut et mordit Artemis au genou. Bien que les dents de la créature n'aient pas réussi à transpercer l'étoffe épaisse de son pantalon de treillis, Artemis, stupéfait, eut un mouvement de recul et serait tombé sur les fesses si Butler ne l'avait rattrapé au passage. Le garde du corps prit son principal sous le bras et se mit à courir.

– Remettons les études de laboratoire à plus tard.

Artemis était enclin à l'approuver.

Les criquets les suivirent, actionnant comme des pistons leurs puissantes pattes arrière pour se propulser dans les airs. Ils sautaient à l'unisson en une vague verte et grouillante qui épousait exactement le chemin de Butler. De plus en plus d'insectes se joignaient à la troupe, surgissant de monticules de terre et de trous dans le sol. Les criquets formaient une masse si compacte que leurs mouvements produisaient comme un crépitement.

«Au moins, ils ne peuvent pas voler, songea Butler. Sinon, il n'y aurait aucun moyen de leur échapper.»

Artemis se dégagea de l'étreinte de Butler, reprit pied par terre et courut de ses propres jambes. Le gros criquet était toujours accroché à son genou, essayant de grignoter le tissu du treillis. Artemis le frappa du plat de la main et eut l'impression d'avoir tapé sur une voiture miniature. Le criquet tenait bon mais la main d'Artemis était douloureuse.

⬜)⊖⊛⊖ ⸸·⪡⪡⊖⊛◊⋎⪡⊖◊·⬚)⪡⪡⋩·⊖⊖·⋎◊⪡·

Dans ces circonstances, il était difficile de réfléchir, même pour Artemis, ou plutôt, il lui était difficile de saisir une pensée rationnelle dans le tohu-bohu qui résonnait sous son crâne.

« Criquets. Criquets sanguinaires. Gilet pare-balles trop lourd. Trop de bruit. Trop. Criquets fous. Peut-être que je me remets à délirer. »

– Quatre ! dit-il à haute voix, simplement pour s'assurer qu'il était bien conscient. Quatre.

Butler devina ce qu'Artemis était en train de faire.

– Ça arrive réellement. Ne vous inquiétez pas, ce n'est pas votre imagination.

Artemis aurait presque souhaité le contraire.

– C'est grave ! s'écria-t-il pour couvrir le bruit de son propre cœur qu'il entendait battre dans ses oreilles.

– Il faut arriver jusqu'au lac, dit Holly. Les criquets ne nagent pas très bien.

La grange avait été bâtie au sommet d'une petite colline dominant un lac connu sous le nom de la mare Rouge, en raison de la couleur dont il brillait au coucher du soleil lorsqu'on le regardait par la grande baie vitrée du salon des Fowl. L'effet était spectaculaire, comme si les flammes du royaume d'Hadès dansaient sous l'eau fraîche. Dans la journée, le lac était un terrain de jeu pour les canards et devenait la nuit la porte de l'enfer. L'idée qu'une pièce d'eau puisse avoir une identité secrète avait toujours amusé Artemis et c'était l'un des rares sujets sur lesquels il laissait son imagination vagabonder en toute liberté. Aujourd'hui, le lac offrait simplement un refuge sûr.

« Je vais sans doute couler à pic sous le poids de ce gilet pare-balles. »

Holly le poussait, lui donnant des coups de coude répétés dans la hanche.

– Dépêchez-vous, dit-elle. Cessez de regarder dans le vide. Souvenez-vous que nous sommes poursuivis par des criquets tueurs.

Artemis agita ses pieds, essayant de courir aussi vite que Beckett le faisait si souvent, lorsqu'il semblait pris d'un soudain caprice, comme si passer la moitié de la journée dans une course effrénée ne demandait aucun effort particulier.

Ils traversèrent à toutes jambes des parcelles cultivées, délimitées par des clôtures de fortune constituées d'un mélange d'arbustes et de piquets. Butler s'ouvrait un chemin au milieu de tous les obstacles. Ses bottes arrachaient du sol des pommes de terre nouvelles afin de dégager la voie pour Artemis et Holly. Les criquets n'étaient pas ralentis par les barrières, qu'ils contournaient ou traversaient à coups de mandibules sans rien perdre de leur élan. Ils produisaient un bruit intense et menaçant, comme des marmonnements cacophoniques. Une conjuration d'insectes.

Les criquets qui se trouvaient en première ligne sautèrent sur les bottes de Holly et s'accrochèrent à ses chevilles, agitant leurs mandibules avec agressivité. L'instinct de Holly l'incitait à s'arrêter pour se débarrasser des insectes, mais son expérience de soldat lui commandait de continuer à courir sans s'occuper des pincements. S'arrêter maintenant serait sûrement une erreur fatale. Elle sentait les créatures s'entasser autour de ses chevilles, leurs carapaces craquer et suinter sous ses bottes. Elle avait l'impression de courir sur des balles de ping-pong.

– C'est encore loin ? cria-t-elle. On est à combien ?

Butler lui répondit en levant deux doigts.

« Qu'est-ce que ça voulait dire ? Deux secondes ? Vingt secondes ? Deux cents mètres ? »

Ils coururent à travers les parcelles de terrain et descendirent le flanc labouré de la colline en direction de l'eau. La lune se reflétait à la surface comme le blanc de l'œil d'un dieu et on apercevait sur l'autre rive la pente douce de la piste de décollage d'Artemis. Les criquets étaient sur eux, à présent, ils montaient jusqu'à la taille de Holly. Ils arrivaient en essaims de tous les côtés du domaine.

« Nous n'avions jamais eu de problèmes avec les criquets, songea Artemis. D'où viennent-ils tous ? »

Ils sentaient sur leurs jambes des morsures semblables à de minuscules brûlures et il leur devenait presque impossible de courir avec ces insectes qui recouvraient chacun de leurs membres comme une peau frémissante. Holly tomba la première, puis ce fut le tour d'Artemis, tous deux convaincus que c'était sûrement la pire façon de mourir. Artemis avait cessé de se débattre lorsqu'une main plongea dans le vrombissement électrique et l'arracha de ce marécage d'insectes.

À la lumière de la lune, il distingua un criquet accroché à son nez et leva le bras pour l'écraser entre ses doigts. La carapace craqua dans son poing et, pour la première fois, Artemis sentit la montée d'adrénaline de l'homme au combat. Il avait envie d'écrabouiller tous ces insectes.

Bien entendu, c'était Butler qui l'avait secouru et, tandis que le garde du corps le maintenait en l'air, Artemis vit Holly suspendue à son autre main.

– Respirez profondément, dit Butler.

Et il les jeta tous les deux dans le lac.

Cinq minutes plus tard, Artemis arriva hors d'haleine de l'autre côté de l'eau, sans son gilet pare-balles, ce qui allait sûrement lui attirer des remarques de Butler, mais il fallait choisir entre se débarrasser du gilet ou se noyer, et il ne voyait pas l'intérêt de porter un gilet pare-balles au fond d'un lac.

Il fut soulagé de constater qu'il était entouré de Holly et de Butler, beaucoup moins essoufflés que lui.

– Nous avons semé les criquets, dit Butler, provoquant chez Holly un fou rire irrépressible qu'elle étouffa dans sa manche ruisselante.

– Nous avons semé les criquets, répéta-t-elle. Même vous, vous n'arrivez pas à faire paraître ça impressionnant.

Butler chassa l'eau de ses cheveux coupés ras.

– Je suis Butler, répliqua-t-il, le visage impassible. Tout ce que je dis est impressionnant. Et maintenant, sortez de là, la fée.

Artemis avait l'impression que ses vêtements et ses bottes avaient absorbé la moitié de l'eau du lac, à en juger par leur poids lorsqu'il se hissa péniblement sur la rive. Dans les films publicitaires de la télévision, il avait souvent vu des acteurs émerger d'une piscine avec grâce, surgissant de l'eau pour atterrir en souplesse sur le bord, mais Artemis, lui, devait toujours s'extirper du petit bassin en se livrant à des contorsions qui le laissaient affalé sur le ventre. Sa sortie du lac fut encore moins élégante, une combinaison de trémoussements-déhanchements qui faisait penser aux mouvements d'une otarie maladroite. Butler mit fin à la douloureuse épreuve en lui prenant le coude d'une main secourable.

– Allez, on sort, Artemis. Le temps file.

Artemis se releva avec reconnaissance, des cascades d'eau rafraîchie par la nuit ruisselant de son treillis.

– On y est presque, dit Butler. Encore deux cents mètres.

Artemis avait depuis longtemps renoncé à s'émerveiller de la facilité avec laquelle son garde du corps parvenait à compartimenter ses émotions. Après ce qu'il venait de vivre, le trio aurait eu le droit d'être en état de choc, mais Butler avait toujours eu la faculté de ranger ses traumas dans un tiroir pour s'en occuper plus tard, à un moment où le monde n'aurait plus couru le danger imminent d'arriver à sa fin. Le simple fait de se trouver à côté de lui, à hauteur de son épaule, redonna de la force à Artemis.

– Qu'est-ce qu'on attend? demanda-t-il.

Et il entreprit de monter le flanc de la colline.

Le chant grinçant des criquets s'éloigna derrière eux jusqu'à se fondre dans le sifflement du vent qui agitait la haute cime des pins et ils ne rencontrèrent plus aucun animal hostile tandis qu'ils couraient, les épaules voûtées, le long de la pente. Lorsqu'ils arrivèrent au sommet de la colline, ils découvrirent que la grange n'était pas gardée. D'ailleurs, pourquoi l'aurait-elle été ? Quel genre de stratège aurait déserté une place forte pour aller se cacher dans une grange hautement combustible ?

« Enfin un peu de chance, songea Artemis. Il est parfois avantageux d'être sournois. »

Ils eurent à nouveau de la chance à l'intérieur de la grange où Butler récupéra un pistolet Sig Sauer caché dans un coffre à combinaison, fixé derrière une poutrelle.

– Vous n'êtes pas le seul à avoir des secrets dans cette grange, dit-il à Artemis en vérifiant le chargeur et le mécanisme de l'arme.

– C'est formidable, déclara sèchement Holly. Maintenant, on pourra trouer la peau d'une douzaine de sauterelles.

– De criquets, corrigea Artemis. Mais on va plutôt prendre cet avion et faire un grand trou dans les projets d'Opale.

Le fuselage et les ailes de l'avion étaient recouverts d'une pellicule de cellules photovoltaïques qui fournissaient au moteur l'énergie nécessaire pour décoller. Une fois en l'air, l'appareil passait alternativement de la propulsion motorisée au vol plané, selon les données fournies par l'ordinateur de bord. Si un pilote souhaitait prendre le chemin le plus long en cherchant les courants thermiques, il était possible de n'utiliser le moteur que pour le décollage et certains vols pouvaient ainsi avoir une empreinte carbone nulle.

– C'est cet avion, là-bas? demanda Butler. Derrière les punching-balls qui n'ont jamais servi et les haltères à l'état neuf?

Artemis grogna.

– Oui, c'est cet avion. Et maintenant, pourriez-vous oublier un peu les haltères et enlever les cales des roues pendant que je mets le moteur en marche? dit-il pour donner à Butler quelque chose à faire. On va laisser la porte fermée jusqu'à ce qu'on soit prêts à décoller.

– Très bon plan, approuva Holly. Je vais vérifier l'intérieur de l'appareil.

Elle traversa la grange au pas de course, laissant dans son sillage des traces de pas boueuses, et ouvrit la porte arrière de l'avion.

L'engin, qu'Artemis avait baptisé le *Khéops* du nom du pharaon pour qui les anciens Égyptiens avaient construit une barque solaire, était un avion de tourisme léger qu'il avait radicalement modifié dans sa quête d'un véhicule vert pratique pour le transport des passagers. Les ailes, rallongées de cinquante pour cent, étaient maintenues par un réseau serré de supports ultrafins fixés au-dessus et au-dessous. Toutes les surfaces de l'appareil, y compris les enjoliveurs, étaient recouvertes d'une pellicule photovoltaïque qui rechargeait la batterie en vol. Un câble d'alimentation reliait la prise aménagée dans la queue du *Khéops* à la pente du toit solaire orientée au sud, de telle sorte que l'avion soit toujours suffisamment chargé pour pouvoir décoller chaque fois qu'Artemis avait besoin d'effectuer un vol d'essai.

La tête de Holly émergea de l'obscurité, à l'intérieur de l'engin.

– Tout va bien, dit-elle à voix basse, craignant que parler trop fort ne compromette leur période de chance.

– Bien, répondit Artemis qui courut vers la porte de l'avion.

Mentalement, il passait déjà en revue les étapes du démarrage.

– Butler, vous voudrez bien ouvrir la porte de la grange dès que l'hélice tournera ?

Le garde du corps acquiesça d'un signe de tête puis il dégagea d'un coup de pied la cale de bois blanc qui bloquait la roue avant. Encore deux autres cales.

Artemis monta dans l'appareil et comprit aussitôt que quelque chose n'allait pas.

– Je sens une odeur. Le parfum de Juliet.

Il s'agenouilla entre les sièges des passagers et souleva une trappe de métal pour examiner le compartiment qui s'ouvrait au-dessous. Au milieu d'un enchevêtrement de gros câbles, il y avait un espace rectangulaire où aurait dû se trouver un objet en forme de boîte.

– La batterie ? demanda Holly.

– Oui, répondit Artemis.

– Donc, nous ne pouvons pas décoller ?

Artemis lâcha la trappe qui se referma avec un claquement métallique. Le bruit n'avait plus d'importance.

– Nous ne pouvons pas décoller, nous ne pouvons pas actionner le laser.

Butler glissa la tête à l'intérieur de l'avion.

– Pourquoi faites-vous du bruit, tout d'un coup?

Un regard au visage d'Artemis suffit à lui donner la réponse.

– C'est un piège? On dirait que Juliet en savait plus sur vos activités qu'on ne l'aurait pensé.

Il tira le Sig Sauer de sa ceinture.

– Bon, Artemis, vous restez ici. Il est temps que les soldats prennent le relais.

Les traits de Butler se figèrent alors dans une expression de surprise et de douleur quand un éclair de magie, jailli de l'extérieur, crépita à travers la grange et submergea la tête et le torse du garde du corps, atrophiant définitivement chaque follicule pileux de son crâne. Projeté contre l'arrière de l'avion, Butler tomba inanimé.

– En effet, c'est un piège, dit Holly d'un air sombre. Et nous nous sommes jetés dedans.

⊙⟨ℱ·⧫·◯♌⟩◊⦚⊙ℛ·⧫⊙8·⦚◊♌⦚✦·⧫·ß·⦚ℛℛ·ß·

CHAPITRE 16

UN TIR
D'AVERTISSEMENT

Mulch Diggums n'était pas mort mais il avait découvert les limites de ses facultés digestives : il *pouvait* lui arriver de manger trop de lapins. Pour l'instant, il était étendu sur le dos dans le tunnel à moitié éboulé, son estomac aussi tendu que la peau d'une pêche mûre.

– Euuurgh, gémit-il en lâchant un jet de gaz qui le projeta trois mètres plus loin dans le tunnel. Ça va un peu mieux.

Il en fallait beaucoup pour dégoûter Mulch d'une source alimentaire, mais après s'être gorgé de lapins entiers, fourrure comprise, il estima qu'il lui serait impossible d'en regarder un pendant au moins une semaine.

« Quoique, un bon petit lièvre. Avec des panais. » Les lapins n'avaient cessé de déferler en émettant un horrible petit sifflement et en se jetant dans son gosier comme s'ils avaient hâte de se faire broyer le crâne. Pourquoi tous les lapins n'étaient-ils pas aussi intrépides ? Voilà qui aurait rendu la chasse beaucoup plus facile.

⚜✦ ⚜⚜⚜ ⚜⚜⚜ ⚜⚜ ⚜ ⚜⚜ ⚜⚜

«Ce ne sont pas les lapins qui m'ont donné si mal au cœur, se dit soudain Mulch. Ce sont les Berserkers qui se cachaient dedans.»

Les âmes des guerriers n'avaient pas dû se sentir très à l'aise dans son estomac. D'abord, ses bras étaient tatoués de runes, car les nains avaient une peur frénétique de la possession, et ensuite, les mucosités de nain étaient utilisées depuis des temps immémoriaux pour repousser les esprits. Aussi, dès que les lapins qui leur avaient servi de corps mouraient, les âmes des Berserkers s'échappaient vers l'au-delà avec une rapidité inhabituelle. Elles ne s'avançaient pas calmement en direction de la lumière mais se précipitaient en hurlant vers les portes du paradis. Des ectoplasmes surgissaient, pataugeaient dans les entrailles de Mulch, provoquant des reflux acides et traçant une longue et douloureuse brûlure dans les courbes inférieures de son ventre.

Après une dizaine de minutes de lamentations et de dégonflement progressif, Mulch se sentit prêt à repartir. À titre de test, il agita les mains et les pieds et comme son estomac paraissait apaisé, il roula sur lui-même et se mit à quatre pattes.

«Il faudrait que je m'en aille d'ici, pensa-t-il. Loin, loin de la surface avant qu'Opale ne déchaîne la puissance de Danu, si tant est qu'une telle chose existe.»

Mulch savait que s'il avait le malheur de se trouver à proximité quand quelque chose de grave se produisait, les FAR essayaient de lui faire porter la responsabilité de la chose grave.

ᚒᚴᚾᚔᚱ·ᚾᚢᚥᚾᚴᚱ·ᚦᛒ·ᚠ ᛓ ᚾᚦᚴ·ᚢᛒᚴᛏᛒᚢᚥ ·ᚥ·

« Regardez, voilà Mulch Diggums. Arrêtons-le et jetons la puce d'accès à sa prison. Affaire classée, votre honneur. »

Peut-être que cela ne se passerait pas exactement de cette manière, mais Mulch savait que chaque fois qu'étaient pointés des doigts accusateurs, ils semblaient toujours se tourner dans sa direction, et comme son avocat l'avait dit un jour dans une plaidoirie devenue célèbre : « Trois ou quatre pour cent du temps, mon client n'était pas responsable à cent pour cent des faits dont on l'accusait, ce qui signifie que dans nombre d'incidents, la participation de Mr Diggums aux incidents susdits était négligeable même si, techniquement, il aurait pu être impliqué dans des activités illicites proches du lieu du délit à une date légèrement différente de celle indiquée sur le mandat d'arrêt des FAR. » Cette seule déclaration avait mis hors d'usage trois unités centrales d'analyses et plongé les experts dans une totale confusion pendant plusieurs semaines.

Mulch sourit dans l'obscurité, ses dents lumineuses éclairant le tunnel.

« Ah, les avocats ! Tout le monde devrait en avoir un. »

– Bon, eh bien, dit-il aux vers qui se tortillaient sur la paroi du tunnel, il est temps d'y aller.

« Adieu, mes amis. On a fait notre possible mais on ne peut pas gagner à tous les coups. La couardise est la clé de la survie, Holly. C'est ce que tu n'as jamais compris. »

Mulch poussa un long et profond soupir qui se conclut

par un rot de dérision, car il savait qu'il ne croyait pas un mot de ce qu'il venait de se dire.

«Je ne peux pas m'enfuir.»

Il y avait en effet plus d'enjeu que sa propre vie. Il y avait la vie elle-même. Une grande partie, en tout cas, qui allait être anéantie par une félutine folle à lier.

«Je ne fais aucune promesse héroïque, se consola-t-il. Je vais simplement jeter un rapide coup d'œil à la porte des Berserkers pour voir jusqu'à quel point nous sommes dans le pétrin. Peut-être qu'Artemis a déjà remporté la victoire et que je pourrai me retirer dans mes tunnels. Peut-être même en emportant quelques chefs-d'œuvre inestimables pour me tenir compagnie. Je le mérite bien, non?»

Tandis que Mulch avançait, son ventre traînait par terre, toujours gonflé et laissant échapper d'étranges bruits animaux.

«J'ai suffisamment d'énergie pour creuser encore six mètres de tunnel, se dit-il. Pas plus, sinon, ma paroi stomacale va se déchirer.»

Mais Mulch n'eut pas besoin d'avaler une seule bouchée d'argile. Lorsqu'il leva la tête, il vit une paire d'yeux rouges et brillants qui le regardaient. Des défenses recourbées comme des faux pointaient dans l'obscurité, sous le regard étincelant, et une tête aux dreadlocks hirsutes se dessinait tout autour.

– Mumf! dit le troll, ce qui n'eut d'autre conséquence que de faire rire Mulch.

– Vraiment? répliqua-t-il. Quelle conversation! Après la journée que je viens de passer.

– Mumf, répéta le troll.

Il s'avança d'un pas lourd, des gouttes de venin paralysant suintant de ses défenses.

Mulch surmonta sa peur, ignora sa panique, puis passa à la colère et enfin à l'indignation.

– Ici, c'est chez moi, troll ! s'écria-t-il en se précipitant en avant. C'est là que j'habite. Tu crois que tu peux battre un nain ? Dans un tunnel ?

C'était en effet ce que Mumf pensait et il accéléra le pas, bien que les parois fussent trop étroites pour lui permettre d'avancer à son aise.

« Il est beaucoup plus grand qu'un lapin », songea Mulch.

Le choc eut lieu dans un tourbillon d'ivoire, de chair et de graisse, produisant les sons auxquels on peut s'attendre quand une machine à tuer au corps mince et musclé affronte un nain gras et flatulent.

À l'intérieur de la grange, Artemis et Holly se trouvaient dans une situation quasiment désespérée. Ils n'avaient plus que deux balles dans un pistolet que Holly parvenait à peine à soulever et avec lequel Artemis aurait été incapable d'atteindre la porte d'une grange, bien qu'ils en aient une devant eux.

Ils s'étaient réfugiés dans la queue de l'avion solaire, en attendant simplement que les Berserkers lancent leur attaque. Butler, inconscient, était allongé sur les sièges arrière. De la fumée sortait littéralement de ses oreilles, un symptôme qui n'avait jamais été considéré comme un bon signe par les professionnels de la médecine.

La tête de Butler posée sur ses genoux, Holly massait délicatement ses orbites avec les pouces et s'efforçait de faire pénétrer dans le crâne du garde du corps ses dernières étincelles de magie qui ne semblaient plus que des pétards mouillés.

– Ça va aller, dit-elle, le souffle court. Mais cet éclair a provoqué un bref arrêt cardiaque. S'il n'avait pas eu de Kevlar dans la poitrine…

Holly ne termina pas sa phrase mais Artemis savait que son garde du corps avait échappé à la mort d'un cheveu pour la énième fois et la *énième* fois constitue la limite absolue du nombre de vies supplémentaires que l'univers consent à accorder à qui que ce soit.

– Son cœur ne sera plus jamais comme avant, Artemis, reprit Holly en regardant par le hublot. Les manigances, c'est fini pour lui. Il va rester évanoui pendant des heures et les Berserkers se préparent à bouger. Quel est le plan, Arty ?

– J'avais un plan, répondit Artemis d'un air absent, et il n'a pas marché.

Holly lui secoua brutalement l'épaule. Artemis savait qu'elle n'allait pas tarder à le gifler.

– Allez, Bonhomme de Boue. Réagissez. Plus tard, vous aurez tout le temps de douter de vous-même.

Artemis approuva d'un signe de tête. C'était sa fonction. Il était chargé de concevoir les plans.

– Très bien. Tirez un coup de semonce. Ils ne peuvent pas savoir combien il nous reste de munitions et cela va peut-être les arrêter un instant, le temps que je réfléchisse.

꧁꧂·꧁꧂꧁꧂·꧁꧂꧁꧂ ꧁꧂꧁·꧁꧂·꧁꧂꧁꧂

Holly leva les yeux au ciel, d'une manière qui signifiait clairement : « Un coup de semonce ? J'aurais pu y penser moi-même, génie. »

Mais ce n'était pas le moment d'ébranler un peu plus la confiance déclinante qu'Artemis avait en lui. Elle souleva donc le Sig Sauer de Butler et entrouvrit le hublot, posant le canon sur l'encadrement.

« Ce pistolet est si gros et difficile à manier, pensa-t-elle, qu'on ne pourra rien me reprocher si je touche quelque chose par accident. »

Dans les situations de siège, il était courant d'envoyer un éclaireur. « Envoyer » étant une façon plus raffinée de dire « sacrifier ». Les Berserkers décidèrent d'adopter ce principe et ordonnèrent à l'un des chiens de chasse des Fowl d'aller, au sens propre, renifler le terrain. Le gros chien gris s'élança sous la lune et s'engouffra dans la grange avec l'intention de se dissimuler dans l'obscurité.

« Pas si vite », pensa Holly. Elle tira avec le Sig Sauer un unique coup de feu qui frappa le chien en haut de l'épaule comme un coup de marteau, l'envoyant rouler au-dehors vers ses camarades.

« Oups, songea Holly. Je visais la patte. »

Quand l'avion eut fini de vibrer et que l'écho du tir s'effaça dans le crâne d'Artemis, il demanda :

– Un tir d'avertissement, c'est bien ça ?

Holly se sentait un peu coupable au sujet du chien mais avec une bonne séance de thérapie, elle pourrait toujours expulser cela de sa conscience, s'ils survivaient.

– Oui, ça y est, ils sont avertis. Vous avez votre instant de réflexion.

Le chien était sorti de la grange beaucoup plus vite qu'il n'y était entré. Bellico et les autres membres de sa bande magique furent plus que jaloux de voir une âme s'envoler du cadavre de l'animal, afficher un bref sourire, puis disparaître dans un éclair bleu en partant vers l'autre monde.

– Nous n'avons pas besoin d'entrer là-dedans, dit Zöz le pirate en repoussant la porte coulissante de la grange. Il faut simplement les arrêter quand ils sortiront.

Bellico n'était pas d'accord.

– Nous avons l'ordre de les tuer. Nous ne pouvons pas le faire d'ici, n'est-ce pas ? Et il se peut qu'il y ait à l'intérieur quelque chose que Juliet, mon hôtesse, ne connaisse pas. Un autre tunnel ou une montgolfière. Donc, on entre.

Opale avait été très précise quand Bellico lui avait révélé l'existence du *Khéops*.

– Mon hôtesse est chargée de surveiller les enfants Fowl, avait dit Bellico. Myles est très curieux et il a suivi Artemis jusqu'à son atelier en haut de la colline. Juliet a elle-même suivi le garçon. Et là, elle a découvert un engin volant qui marche avec le soleil. Peut-être une arme.

Opale avait interrompu ses formules magiques.

– Artemis n'a d'autre choix que d'aller chercher cette arme. Prends une équipe avec toi et enlève la batterie de l'engin. Ensuite, tu attendras qu'ils entrent dans l'atelier.

Opale saisit l'avant-bras de Bellico et le serra très fort jusqu'à ce que ses doigts s'enfoncent dans sa chair

ꃟ᭡ꃞꊿ•⧇•᭝꒟•ꃘꁤ8ꁤ•ꁤꊿ⊖8•ꃞ⧇ꃞꊿ •᭝•ꋏ⊖ꃞ⊖

comme si elle avait eu des ongles. Une décharge de puissance magique s'échappa du cœur d'Opale, rampa le long de son bras et pénétra en Bellico. Celle-ci ressentit une soudaine nausée et sut que cette magie était empoisonnée.

– C'est de la magie noire qui va te ronger l'âme, expliqua-t-elle d'un ton détaché. Il faudra la relâcher le plus vite possible. Il y en a assez pour un éclair. Arrange-toi pour qu'il soit efficace.

Bellico leva sa propre main devant son visage, regardant la magie s'enrouler autour de ses doigts.

«Un éclair, pensa-t-elle. C'est suffisant pour abattre le géant.»

Holly, anxieuse, s'agitait autour d'Artemis. Il réfléchissait comme s'il était en transe et ne supportait pas d'être interrompu, mais elle entendait du bruit par la porte légèrement entrouverte de la grange et des ombres se croisaient dans le clair de lune. Son instinct de soldat lui disait que leur refuge allait bientôt être envahi.

– Artemis, dit-elle précipitamment. Artemis, vous avez trouvé quelque chose?

Artemis ouvrit les yeux et rejeta une masse de cheveux noirs qui lui tombaient sur le front.

– Rien. Il n'existe aucun plan rationnel qui puisse sauver ne serait-ce qu'un seul d'entre nous si Opale parvient à ouvrir la deuxième serrure.

Holly retourna près du hublot.

– Bon, dans ce cas, le premier qui entre aura droit à un autre tir d'avertissement.

⊕♀◊· ⚸⟩· ⋃♓⟡✧⚸⊕➤· ⚸· 🝮⟩🝖♀⊕· ✧⟩⊕♀◊·

Bellico ordonna aux archers de se mettre en rang derrière la porte coulissante de la grange.

– Quand la porte sera ouverte, visez la machine avec toutes les armes dont vous disposez. Ensuite, nous fonçons à l'intérieur. L'elfe aura le temps de tirer deux fois, pas plus. Et si l'un d'entre nous se fait tuer, ce sera une grande chance.

Les guerriers chinois ne pouvaient parler, car leurs restes momifiés étaient scellés dans des sépulcres d'argile ensorcelés, mais ils hochèrent la tête avec raideur et sortirent leurs arcs massifs.

– Les pirates, lança Bellico. Placez-vous derrière les archers.

– Nous ne sommes pas des pirates, protesta Zöz Finnakrett avec mauvaise humeur en se grattant le fémur. Nous *habitons* des corps de pirates. N'est-il pas vrai, mes compagnons ?

– Yop la ho, cap'taine, répondirent les autres pirates.

– J'admets, reprit Finnakrett d'un air penaud, qu'on croirait entendre des forbans. Ça finit par déteindre. Encore deux jours dans ce corps et je pourrai manœuvrer un brick à moi tout seul.

– Je comprends, dit Bellico. Mais nous retrouverons bientôt nos ancêtres. Notre devoir sera accompli.

– Ouaf ! s'exclama le deuxième chien de chasse avec émotion, résistant difficilement à l'envie que ressentait son hôte de renifler les régions intimes des autres êtres qui l'entouraient.

Bellico referma les doigts de Juliet sur la poignée de la porte pour en tester la résistance.

– Encore une dernière et glorieuse charge, mes guerriers, et les humains seront vaincus à jamais. Nos descendants vivront pour toujours dans la paix.

L'atmosphère était chargée d'une violence prête à éclater. Holly sentait la tension psychique des Berserkers.

« C'est à moi de jouer, pensa-t-elle. Je suis la seule à pouvoir nous sauver. »

– Bon, Artemis, dit-elle avec brusquerie. Nous allons grimper sur les poutrelles. Les Berserkers mettront peut-être du temps à nous trouver. Un temps que vous pourrez utiliser pour réfléchir.

Artemis regarda à travers le hublot, par-dessus l'épaule de Holly.

– Trop tard, dit-il.

La porte de la grange coulissa dans un grondement sur ses roulettes bien huilées et six guerriers chinois implacables dressèrent leurs silhouettes d'argile dans le rectangle éclairé par la lune.

– Des archers, dit Holly. Vite, à plat ventre.

Artemis semblait hébété par l'effondrement total de son plan. Il avait agi d'une manière qu'on pouvait prévoir. À quel moment était-il devenu si prévisible ?

Holly vit que ses paroles ne pénétraient pas dans la tête d'Artemis et elle se rendit compte qu'il avait deux grandes faiblesses. Physiquement, tout d'abord, ses tendons n'étaient pas assez tendus, ce qui entraînait un manque de coordination des mouvements dont un enfant de quatre ans aurait eu honte, et ensuite, il avait une telle confiance dans la supériorité de son intellect qu'il prévoyait rarement de plan B. Si un plan A échouait, il n'y avait pas de solution de secours.

Comme en cet instant.

Holly se jeta sur Artemis, lui entoura le torse de ses bras et le précipita par terre, étendu de tout son long dans l'étroite allée centrale. Une seconde plus tard, elle entendit le commandement donné au-dehors.

– Tirez !

C'était la voix de Juliet. Qui ordonnait le meurtre de son propre frère.

Comme les habitués des combats ne le savent que trop bien, le besoin de regarder l'instrument de sa propre mort est presque insurmontable. Et Holly ressentait à présent l'envie de se redresser pour observer les flèches qui suivaient leur trajectoire arrondie en direction de leur cible. Mais elle résista et se força à rester cachée, s'aplatissant par terre avec Artemis, au point qu'ils sentaient la tôle ondulée s'enfoncer dans leurs joues.

Des flèches longues d'un mètre transpercèrent le fuselage et s'enfoncèrent dans les sièges en faisant balancer l'avion sur son train d'atterrissage. L'une d'elles passa si près de Holly qu'elle traversa son épaulette et la cloua au siège le plus proche.

– Nom de nom ! s'exclama-t-elle en se dégageant d'un coup sec.

– Tirez !

⊕☉♌ß· ⚘♌⊕ · ⚘ßⓊ☉ß⊕⊗~· ⚔· ♫ß· ⚶)☉· ⚘

L'ordre avait retenti au-dehors et elle entendit aussitôt des sifflements dans les airs.

« On dirait des oiseaux », songea Holly.

Mais ce n'étaient pas des oiseaux. C'était une deuxième volée de flèches. Toutes atteignirent leur cible, endommageant l'appareil, détruisant des panneaux solaires. L'une d'elles transperça même deux hublots opposés. L'avion fut projeté sur le côté et bascula sur son aile tribord.

Un ordre retentit à nouveau :

– Feu !

Cette fois, elle n'entendit plus de sifflement mais un crépitement sonore. Holly céda à la curiosité et se hissa sur le plancher incliné pour aller jeter un coup d'œil par le hublot. Juliet enflammait les flèches des soldats de terre cuite.

« Ah, pensa Holly, ce genre de feu. »

Bellico plissa les yeux pour regarder à l'intérieur de la grange et fut satisfaite de voir que l'avion avait basculé sur le côté. La mémoire de son hôtesse lui assura que l'appareil avait bel et bien volé dans le ciel grâce à un moteur alimenté par l'énergie du soleil, mais elle avait du mal à le croire. Peut-être que les souvenirs et les rêveries de l'humaine se mélangeaient de telle sorte que le produit de son imagination paraissait réel à Bellico.

« Plus vite je quitterai ce corps, mieux cela vaudra », pensa-t-elle.

Elle fabriqua une torche avec une poignée de paille et

en alluma l'extrémité à l'aide d'un briquet que la jeune humaine avait dans sa poche.

«La machine à faire du feu paraît bien réelle, pensa-t-elle. Et pas très éloignée dans son fonctionnement d'une simple boîte à silex.»

Un feu de paille ne durerait pas longtemps, mais suffisamment quand même pour enflammer les flèches de ses guerriers. Elle passa le long de leur rang et alluma chaque pointe, trempée auparavant dans l'essence d'un jerrycan.

Soudain, le chien de chasse leva sa tête au poil lustré et aboya à la lune. Bellico était sur le point de lui demander ce qu'il avait quand elle éprouva elle-même un étrange sentiment.

«J'ai peur, comprit-elle. Pourquoi aurais-je peur de quoi que ce soit puisque j'aspire à la mort?»

Bellico laissa tomber la torche qui commençait à lui brûler les doigts mais un instant avant qu'elle n'éteigne en les piétinant ses flammes mourantes, elle crut voir quelque chose qui lui était familier courir à travers le pré en direction de l'est. Une silhouette caractéristique qui avançait avec des mouvements brusques.

«Non, pensa-t-elle, ce n'est pas possible.»

– Est-ce que… dit-elle en pointant l'index. Cela se pourrait-il?

Le chien parvint à concentrer ses cordes vocales sur une seule syllabe qui n'était pas trop éloignée du registre canin.

– Troll! hurla-t-il. *Troooooollll!*

Et pas seulement un troll, réalisa Bellico. Un troll et son cavalier.

Mulch Diggums était cramponné à la tête du troll, s'accrochant des deux mains à ses dreadlocks enchevêtrées. Au-dessous, les muscles des épaules de la créature se tendaient et se relâchaient tandis qu'elle traversait le pré d'un pas chaloupé en direction de la grange.

«Un pas chaloupé» n'est peut-être pas l'expression qu'il convient d'employer car elle implique une certaine lenteur et une certaine maladresse. Or, bien que le troll parût vaciller sur ses jambes, il avançait à une allure incroyable. C'était l'une des nombreuses armes que compte le riche arsenal de ces créatures. Quand une proie voyait au loin un troll se diriger vers elle d'une démarche apparemment pataude, elle se disait : «Bon, j'aperçois un troll, mais il semble être à un million de kilomètres, je vais donc finir tranquillement de mâcher cette feuille» – et VLAN! c'était le troll qui mâchait les cuisses de la malheureuse bête.

Bellico, cependant, avait souvent vu à l'œuvre les Chevaliers du Troll et elle savait exactement à quelle vitesse le monstre était capable d'avancer.

– Archers! cria-t-elle en tirant son épée. Nouvelle cible. Demi-tour! Demi-tour!

Les soldats de terre cuite grincèrent en se retournant, un sable rouge s'échappant de leurs articulations. Ils étaient lents, douloureusement lents.

«Ils n'y arriveront pas», réalisa Bellico puis, essayant désespérément de se raccrocher aux branches, elle se dit : «Peut-être que ce troll et son cavalier sont dans notre camp.»

Malheureusement pour les Berserkers, le cavalier n'était pas du tout dans leur camp et le troll ne faisait que ce qu'on lui disait de faire.

Mumf offrait sans nul doute un effrayant spectacle lorsqu'il émergea de l'obscurité sous la pâle lueur de la lune qui baignait le pré. Même pour un troll, il était particulièrement massif, d'une taille de plus de deux mètres soixante-dix, avec des dreadlocks qui bondissaient au-dessus de sa tête en donnant l'illusion qu'il avait cinquante centimètres de plus. Son front épais et saillant ressemblait à l'extrémité d'un bélier au-dessus de ses yeux brillants de nyctalope. Deux défenses recourbées jaillissaient, menaçantes, de sa mâchoire agressive, des gouttes de venin suintant de leurs pointes acérées. Il avait une charpente humanoïde et velue, sillonnée de muscles et de tendons, et des mains si puissantes qu'elles étaient capables de pulvériser de petits rochers et de grosses têtes.

Mulch tira sur les dreadlocks, reproduisant instinctivement une technique ancestrale qui permettait de diriger la créature. Son grand-père lui avait souvent raconté des histoires autour d'un feu de bave sur les grands Chevaliers du Troll qui ravageaient la campagne en faisant tout ce qui leur plaisait sans que personne puisse même les rattraper pour protester.

«Le bon vieux temps, disait son grand-père. Nous autres, les nains, nous étions les rois. Même les démons fuyaient la queue entre les jambes quand ils voyaient apparaître au sommet d'une colline un nain monté sur un troll fumant d'écume.»

«Aujourd'hui, ce n'est pas le bon temps, songea Mulch. On dirait plutôt la fin du monde.»

Mulch opta pour une charge directe plutôt qu'une approche à pas feutrés et il lança Mumf droit sur la foule des Berserkers.

– Fonce dans le tas! cria-t-il à l'oreille de sa monture.

La voix de Bellico s'étrangla dans sa gorge.

«Dispersez-vous! aurait-elle voulu dire à ses troupes. À couvert!»

Mais le troll était déjà sur eux et fracassait les guerriers de terre cuite qu'il fauchait de ses bras massifs en les renversant comme des soldats de plomb. D'un coup de pied, il envoya le chien dans la basse atmosphère et se débarrassa de Bellico elle-même en la plongeant dans un tonneau d'eau. En quelques secondes, plusieurs pirates furent réduits en pâtée pour chien et bien que Zöz Finnakrett eût réussi à enfoncer son épée dans la cuisse de Mumf, l'énorme troll continua d'avancer de son pas lourd, sans se soucier de la lame d'acier qui sortait de sa jambe.

Les orteils de Mulch repérèrent entre les côtes de Mumf les centres nerveux sur lesquels le nain exerça une pression pour diriger le troll vers l'intérieur de la grange.

«Je suis un Chevalier du Troll, réalisa-t-il avec une bouffée de fierté. Je suis né pour faire ça et pour voler et pour manger beaucoup.»

Mulch résolut de toujours combiner ces trois activités s'il parvenait à survivre jusqu'à l'aube.

À l'intérieur de la grange, l'avion était penché, reposant sur une roue et le bout d'une aile, des flèches plantées dans le fuselage. Le visage de Holly était pressé contre le hublot et sa bouche dessinait un *O* qui exprimait son incrédulité.

«Je ne vois pas ce qui peut la surprendre, songea Mulch. Elle devrait être habituée à ce que je vienne à son secours.»

Mulch entendit les clameurs des guerriers qui reformaient leurs rangs derrière lui et il comprit que dans quelques instants, les archers lanceraient une volée de flèches sur le troll.

«Il a beau être très grand, même lui finira par succomber après avoir reçu une demi-douzaine de flèches dans les parties vitales de son corps.»

Il n'avait pas le temps d'ouvrir la porte de l'appareil et de ramasser ses trois passagers, Mulch préféra donc tirer sur les dreadlocks, enfoncer ses orteils entre les côtes et murmurer à l'oreille du troll, en espérant que son message serait compris.

À l'intérieur de l'avion solaire, Holly mit à profit les derniers moments qui restaient avant que le chaos se déchaîne pour traîner un Artemis hébété jusqu'au siège du pilote, dans lequel elle l'installa. Elle-même se sangla juste à côté de lui.

– C'est moi qui dois piloter? demanda Artemis.

Holly agita les pieds dans le vide.

⬚⬭⬯⬮⬮⬴· ⬯⬮⬭⬭⬯⬯·⬯·⬯ ⬭·⬯⬯· ⬯⬯⬯⬯⬮⬯⬯·

– Je n'arrive pas à atteindre les pédales.

– Je comprends, dit Artemis.

C'était une conversation banale et pourtant nécessaire car Artemis devrait bientôt montrer ses compétences de pilote.

D'un coup d'épaule, Mumf remit l'appareil d'aplomb puis, prenant appui derrière le fuselage, le poussa de tout son poids en direction de la porte ouverte de la grange. L'avion oscilla sur son train d'atterrissage endommagé, avançant par à-coups à chaque tour de roue.

– Je n'avais rien prévu de tout cela, dit Artemis à travers ses dents qui s'entrechoquaient, s'adressant plus à lui-même qu'à sa copilote.

Holly posa les deux mains sur le tableau de bord pour se préparer à l'impact qui les attendait.

– Wouaoh, dit-elle en regardant les flèches qui s'enfonçaient avec un bruit sourd dans le nez et les ailes de l'appareil. Vous n'aviez pas prévu qu'un nain chevauchant un troll allait pousser votre avion sur la piste. Vous faiblissez, Artemis.

Il essaya de revenir à l'instant présent mais ce qui se passait était trop irréel. Voir la silhouette des Berserkers grandir à travers le double cadre du pare-brise et de l'entrée de la grange faisait penser à une scène de film. Un film très réaliste en 3D, avec des sièges vibromasseurs, mais un film quand même. Ce sentiment de détachement, conjugué à ses réflexes traditionnellement lents, faillit lui coûter la vie lorsqu'il resta sans bouger à contempler d'un air rêveur une longue flèche qui fendait l'air en direction de sa tête.

Heureusement, Holly réagit à la vitesse d'une étoile filante et parvint à frapper Artemis d'un coup de poing à l'épaule suffisamment puissant pour le projeter sur le côté, aussi loin que le permettait son harnais de sécurité. La flèche traversa le pare-brise, ne laissant dans la vitre qu'un tout petit trou, et s'enfonça avec un bruit mat dans l'appuie-tête, à l'endroit même où se trouvait un instant auparavant le visage au regard vide d'Artemis.

Soudain, Artemis n'eut plus aucun problème pour revenir à l'instant présent.

— Je peux démarrer en vol, dit-il en actionnant des commandes sur le tableau de bord. Si nous arrivons à quitter le sol.

— Ne faut-il pas une certaine coordination des mouvements pour ça? demanda Holly.

— Si, c'est à une fraction de seconde près.

Holly devint pâle. Compter sur la coordination d'Artemis était aussi raisonnable que se fier à la faculté d'abstinence de Mulch.

L'avion força le passage parmi les Berserkers, décapitant un guerrier de terre cuite. Des panneaux solaires tintaient et craquaient et le train d'atterrissage se déforma. Mumf continua à pousser, indifférent à ses diverses blessures qui, à présent, ruisselaient de sang.

Bellico rassembla ses troupes et se précipita à leur poursuite, mais personne ne pouvait rivaliser avec l'allure du troll, à part le chien qui sauta sur Mulch pour essayer de le déloger des épaules de Mumf. Le nain se sentit offensé qu'un simple chien puisse contrarier la plus vaillante tentative de sauvetage qu'on ait jamais connue et il baissa la tête au creux de son coude pour crier à l'animal :

– Laisse tomber, Fido ! Aujourd'hui, je suis invincible. Regarde-moi, je chevauche un troll, tu te rends compte ? Tu as déjà vu ça, de nos jours ? Jamais ! C'est unique. Maintenant, tu as deux secondes pour me lâcher, sinon je vais être obligé de te manger.

Deux secondes passèrent. Le chien hocha la tête, refusant de lâcher prise et Mulch le mangea.

«C'était vraiment du gâchis, devait-il raconter plus tard à son ami nain Barnet Riddles, propriétaire du repaire de fugitifs *Le Perroquet ivre*, de recracher une moitié de chien mais il est difficile d'avoir l'air héroïque avec une cuisse de bâtard entre les dents.»

Quelques secondes après que Mulch eut défié le chien vivant, ce fut le chien mort qui défia l'estomac du nain. Peut-être était-ce l'âme du Berserker qui avait provoqué l'indigestion, ou peut-être quelque chose que le chien avait mangé avant que quelque chose ne le mange lui-même – en tout cas, Mulch eut soudain l'impression d'avoir les entrailles broyées par un poing gigantesque dans un gant de fer.

– Il faut que je lâche du lest, dit-il, les dents serrées.

Si Mumf avait compris ce que Mulch Diggums s'apprêtait à faire, il se serait enfui en hurlant comme une petite félutine de deux ans et serait allé s'enterrer quelque part en attendant que la tempête soit passée, mais le troll ne comprenait pas les grognements de nain et il obéit donc au dernier ordre qui lui avait été donné, c'est-à-dire : «Dévale la colline.»

L'avion solaire prit de la vitesse en roulant sur la pente de terre battue, les Berserkers dans son sillage.

– Nous n'y arriverons pas, dit Artemis qui vérifiait les instruments. Le train d'atterrissage est fichu.

Devant eux, le bout de la piste était légèrement incurvé, comme un tremplin de saut à ski. Si l'avion décollait à une vitesse insuffisante, il piquerait simplement vers le lac et les rôles seraient inversés : ce seraient eux qui deviendraient un gibier sans défense pour les canards sans doute possédés par des Berserkers qui les tueraient à coups de bec. Artemis avait presque accepté le fait qu'il allait mourir dans un futur immédiat, mais il ne voulait surtout pas que son crâne soit fracassé par le bec d'un colvert possédé. La *mort par oiseau aquatique agressif* venait de surgir à la première place dans sa liste des pires façons de mourir, pulvérisant le record que détenait jusqu'à cet instant la *mort par gaz de nain*, qui avait hanté ses cauchemars pendant des années.

– Pas les canards, dit-il. S'il vous plaît, pas les canards. J'étais un futur prix Nobel.

Ils entendaient un grand vacarme sous le fuselage. Un mélange de grognements d'animaux et de métal défoncé. Si l'avion ne décollait pas bientôt, il serait démantibulé. Ce n'était pas un appareil très robuste. Il avait été dépouillé d'une bonne partie de ses éléments pour améliorer le rapport poids-puissance nécessaire au vol par énergie solaire.

À l'extérieur de l'avion, le corps tout entier de Mulch était convulsé par la douleur, aussi noueux qu'une racine d'arbre. Il savait ce qui allait se passer. Son corps était

ᘮᐁᐧᘮᐧᘮᐧᐃᐁᕂᐧᕀᕁᐤᐁᘖᘆᐧᕃᐟᘅ ᐃᐧᘖᓭᐧᐧ᠁ᐧᕈᐤᐧᐧᘆᐧᕈᘷᘅᐁᐧᕂᘷᘅᐁᐧ

sur le point de réagir à un mélange de stress, de mauvaise alimentation et de compression de gaz, par une expulsion instantanée d'environ un tiers de son poids. Certains nains yogi plus disciplinés ont la faculté de provoquer à volonté ce phénomène connu sous le nom d'«élimination décennale», mais pour les nains ordinaires, on parle plutôt de «lâcher de lest». Et il vaut mieux ne pas se trouver dans la ligne de tir lorsque le lest est lâché.

L'avion atteignit le bas de la pente avec à peine assez d'élan pour passer la rampe.

«On va atterrir dans l'eau, pensa Artemis. Le coup du canard.»

Il se produisit alors quelque chose d'inattendu. Un brusque afflux d'énergie surgit d'on ne savait où. C'était comme si un index géant avait, d'une pichenette, propulsé l'avion dans les airs. La queue de l'appareil se releva et Artemis dut se battre avec les pédales pour la remettre en position horizontale.

«Qu'est-ce qui a pu se passer?» se demanda-t-il.

Il regarda le tableau de commande d'un air ébahi jusqu'à ce que Holly lui donne sur l'épaule un deuxième coup de poing en deux minutes.

– Démarrage en vol! s'écria-t-elle.

Artemis se redressa sur son siège. «Démarrage en vol! Bien sûr.»

L'avion solaire était équipé d'un petit moteur destiné au décollage, ensuite, les cellules photovoltaïques prenaient le relais mais, sans batterie, le moteur ne pouvait même pas tourner, à moins qu'Artemis actionne la manette des gaz au bon moment, avant que l'appareil ne commence à perdre de l'élan. Cette manœuvre pouvait leur donner le temps, avant de trouver un courant thermique, de parcourir environ deux cents mètres, une distance suffisante pour passer de l'autre côté du lac et se mettre hors de portée des flèches.

Artemis attendit que l'avion ait atteint le sommet de sa courbe ascendante, puis il ouvrit les gaz à fond.

Bellico et ce qu'il restait de sa troupe couraient comme des dératés le long de la pente, jetant sur l'avion tous les projectiles qu'ils pouvaient trouver dans leur arsenal. C'était une situation bizarre, même pour un esprit ressuscité occupant un corps humain.

« Je poursuis un avion poussé sur une piste de terre battue par un nain chevauchant un troll, songea-t-elle. Incroyable. »

C'était pourtant vrai et elle avait intérêt à en croire ses yeux, sinon, sa proie allait réussir à s'échapper.

« Ils ne peuvent aller loin. »

À moins que l'engin ne parvienne à s'envoler, ce pour quoi il était conçu.

« Il ne parviendra pas à voler. Nous avons détruit la batterie. »

« Cette chose peut voler sans moteur une fois qu'elle est en l'air. Mon hôtesse l'a déjà vu. »

Le simple bon sens aurait dû l'inciter à arrêter la poursuite et laisser l'avion plonger dans le lac. Si les passagers ne se noyaient pas, ses archers se chargeraient de les tuer dès qu'ils essaieraient de regagner la rive à la nage. Mais le bon sens n'était guère utile en une telle nuit, quand on voyait des guerriers fantômes rôder à la surface de la terre et des nains chevaucher à nouveau des trolls. Bellico décida donc de tout faire pour empêcher cet avion de décoller.

Elle accéléra le pas et distança les autres Berserkers, utilisant au maximum de leurs capacités ses longues jambes humaines. Elle se jeta alors sur le troll, à hauteur de sa taille, agrippant d'une main une touffe de fourrure grise et arrachant de l'autre l'épée de pirate qui était restée plantée dans la jambe de la créature.

Mumf laissa échapper un hurlement mais continua à pousser l'avion.

« Je suis en train d'attaquer un troll, songea Bellico. Je n'aurais jamais fait ça avec mon propre corps. »

Elle leva les yeux vers le ciel et, à travers un enchevêtrement de bras de troll et de jambes de nain, elle regarda briller la pleine lune au-dessus d'elle. Beaucoup plus bas, elle vit le nain, dans une situation extrêmement inconfortable, changer de position pour essayer de se cramponner à l'avion, en s'aplatissant contre le fuselage.

– Va-t'en, ordonna-t-il au troll. Retourne dans ta caverne.

« Ça ne va pas du tout, pensa Bellico. Vraiment pas du tout. »

Parvenu au bas de la rampe de terre battue, l'appareil s'élança dans les airs. Au même instant, Mumf obéit à son maître et lâcha prise, se projetant avec Bellico dans le lac à la surface duquel ils rebondirent comme des cailloux qu'on fait ricocher, ce qui était beaucoup plus douloureux qu'il n'y paraît. Mumf avait une fourrure pour protéger sa peau mais Bellico couvrit la plus grande partie de la distance à plat ventre, ce qui allait laisser des marques sur le visage de son hôtesse pendant plusieurs mois.

Là-haut, Mulch ne pouvait se retenir plus longtemps. Il relâcha un jet de graisse fluide, de vent et d'aliments à moitié digérés, provoquant une poussée qui augmenta de quelques mètres l'élan de l'avion, juste assez pour lui permettre de s'envoler au-dessus du lac.

Au moment où elle refaisait surface, Bellico reçut sur le front quelque chose qui ressemblait à un crâne de chien.

« Je préfère ne pas y penser », songea-t-elle avant de revenir vers la rive à la nage.

Artemis actionna à nouveau la manette des gaz et le moteur démarra enfin. L'unique hélice toussa, tourna par saccades, de plus en plus vite, puis s'emballa jusqu'à ce que ses pales forment devant le nez de l'appareil un cercle continu et transparent.

– Que s'est-il passé ? demanda Artemis à haute voix. Qu'est-ce que c'était que ce bruit ?

– Vous vous demanderez ça plus tard, dit Holly. Pour l'instant, contentez-vous de piloter cet avion.

C'était une bonne idée car ils n'étaient pas du tout sortis d'affaire. Le moteur tournait, certes, mais il n'y avait plus de batterie solaire pour l'alimenter suffisamment et, à cette altitude, ils ne pouvaient planer que pendant un temps limité.

Il tira le manche à balai, montant de trente mètres et, à mesure que le vaste monde se déployait au-dessous d'eux, l'ampleur de la dévastation provoquée par les agissements d'Opale devenait de plus en plus manifeste.

Les routes qui menaient à Dublin étaient éclairées par des incendies qu'alimentaient des réservoirs d'essence et des matériaux combustibles. Dublin elle-même était plongée dans l'obscurité, en dehors de quelques lueurs orangées, là où on avait pu rafistoler des générateurs ou allumer des feux de joie. Artemis vit deux grands navires qui étaient entrés en collision dans le port et un autre échoué sur la grève comme une baleine. Il y avait trop d'incendies dans la ville pour pouvoir les compter et les panaches de fumée qui s'élevaient dans le ciel formaient comme un nuage d'orage.

« Opale voudrait hériter de cette nouvelle Terre, songea Artemis. Je ne la laisserai pas faire. »

Ce fut cette pensée qui ramena l'esprit d'Artemis à la réalité et le poussa à concevoir un plan qui pourrait mettre Opale Koboï définitivement hors d'état de nuire.

Ils volèrent au-dessus du lac mais ce ne fut pas un vol très gracieux – on aurait plutôt dit une longue chute. Artemis se débattait avec les commandes qui semblaient lui résister tandis qu'il s'efforçait de rendre leur descente aussi progressive que possible.

Ils passèrent juste au-dessus d'une rangée de pins et survolèrent directement la porte des Berserkers où Opale Koboï poursuivait sa tâche, entourée d'une couronne magique. Holly profita de ce survol pour évaluer les forces ennemies.

☏ ⚲·⚹⚲⚲⊙·⚶·1&⫯&⊗⚲·⚶⫰⊙⚙ ⚲·1&⫰◊·

Opale était entourée d'un cercle de Berserkers. Il y avait là des pirates, des guerriers de terre cuite et un assortiment d'autres êtres divers. Plus loin, les murs d'enceinte du domaine étaient surveillés par des patrouilles composées d'autres Berserkers. On voyait surtout des animaux – deux renards et même des cerfs qui trottinaient le long des murs, flairant les alentours.

«Pas moyen d'approcher, pensa Holly. Et le ciel commence à s'éclaircir.»

Opale s'était donné jusqu'au lever du soleil pour ouvrir la deuxième serrure.

«Peut-être qu'elle va échouer et que l'aube fera le travail à notre place», songea Holly. Mais il était peu probable qu'Opale ait commis une erreur dans ses calculs. Elle avait passé trop de temps dans sa cellule à examiner chaque détail avec une application obsessionnelle.

«Nous ne pouvons pas compter sur les éléments. Si le projet d'Opale doit échouer, c'est à nous de le faire échouer.»

À côté d'elle, Artemis pensait la même chose, la seule différence étant qu'il avait déjà établi dans sa tête les bases d'un nouveau plan. S'il l'avait formulé en cet instant, Holly en aurait été très surprise. Non pas par le génie du plan en soi – elle n'en attendait pas moins de lui – mais en raison de son caractère désintéressé. Artemis Fowl avait l'intention d'attaquer avec la seule arme qu'Opale Koboï ne l'aurait jamais soupçonné de posséder : son humanité.

Pour lancer sa torpille secrète, Artemis devait compter sur les défauts de deux personnes.

�96ᘉ8ᘒ·ᚠ·ᘒ·ᗄᚱ·ᗄᚱᚠ ᗰᗰᗰ·ᘙᘪᚠᚠ·ᚠ·ᗯᗰᚱ·ᚠᚱ

Il faudrait que Foaly soit aussi paranoïaque qu'à l'ordinaire.

Et que le narcissisme déchaîné d'Opale Koboï ait atteint un tel degré de folie qu'elle ne puisse se résoudre à détruire l'humanité sans que ses ennemis proches assistent à l'avènement de sa gloire.

Finalement, Holly ne pouvait plus supporter de rester assise à regarder Artemis s'efforcer maladroitement de pratiquer l'art du pilotage.

– Donnez-moi ce manche à balai, dit-elle. Sortez les pleins volets quand nous nous serons posés. Ils seront très vite sur nous.

Artemis abandonna les commandes sans protestation. Ce n'était pas le moment de jouer les machos. Holly était sans nul doute dix fois plus qualifiée qu'il ne le serait jamais en matière de pilotage et aussi beaucoup plus macho qu'il ne l'était lui-même. Artemis l'avait vue un jour se battre à coups de poing contre un autre elfe qui lui avait dit qu'elle avait de beaux cheveux. Elle avait pensé qu'il se moquait d'elle car, ce jour-là, elle s'était fait faire une coupe en brosse. Holly n'acceptait pas souvent les invitations à dîner.

Du plat de la main, elle donna un petit coup sur le manche, alignant l'avion sur l'allée de gravier qui menait au manoir.

– L'allée est trop courte, dit Artemis.

Holly s'agenouilla sur le siège pour mieux voir.

– Ne vous inquiétez pas. De toute façon le train d'atterrissage va sans doute s'écraser totalement dès que nous aurons touché le sol.

La bouche d'Artemis se tordit en une expression qui aurait pu être interprétée comme un sourire ironique ou une grimace de terreur.

– Le ciel soit loué. Moi qui croyais que nous avions déjà pas mal d'ennuis.

Holly luttait contre le manche à balai comme s'il s'était agi d'un délinquant résistant à une arrestation.

– Des ennuis? Pour nous, poser un appareil endommagé fait partie de la routine du mardi matin, Bonhomme de Boue.

Artemis regarda Holly et éprouva pour elle une immense affection. Il aurait voulu se repasser en boucle les dernières dix secondes et les observer dans un moment plus calme pour pouvoir pleinement apprécier la beauté féroce de sa meilleure amie. Holly ne paraissait jamais plus débordante de vitalité que lorsqu'elle se trouvait en équilibre sur le fil qui sépare la vie de la mort. Ses yeux brillaient et son esprit était plus aiguisé que jamais. Là où d'autres se seraient effondrés, Holly affrontait la situation avec une vigueur qui la rendait resplendissante.

«Elle est véritablement magique, songea Artemis. Peut-être que ses qualités m'apparaissent avec plus d'évidence maintenant que j'ai décidé de me sacrifier.» Puis il prit conscience de quelque chose. «Je ne peux pas lui révéler mon plan. Si elle savait, elle essaierait de m'empêcher de le réaliser.»

Artemis souffrait à l'idée d'être obligé de mentir et

d'induire Holly en erreur lors de leur dernière conversation.

« Pour le plus grand bien de tous. »

Artemis Fowl, l'humain qui autrefois mentait sans se poser de questions, fut surpris de découvrir qu'en l'occurrence, mentir pour le plus grand bien de tous n'atténuait en rien le malaise qu'il ressentait.

– On y va ! cria Holly par-dessus le hurlement du vent cisaillant. Attachez vos lacets !

Artemis resserra son harnais.

– Lacets attachés, répondit-il.

Et il était juste temps, à un millième de seconde près. Le sol qui semblait se jeter sur eux emplit intégralement leur champ de vision et leur cacha le ciel. Puis, dans un fracas terrifiant, le choc se produisit, projetant des pierres qui retombaient sur eux en une pluie indistincte. Des fleurs aux longues tiges s'étalèrent sur le pare-brise comme des gerbes funéraires et l'hélice se tordit dans un grincement assourdissant. Artemis sentit son harnais pénétrer dans la chair de ses épaules, empêchant son corps de s'incliner plus loin vers la gauche, ce qui était tout aussi bien car sa tête serait venue naturellement se poser à l'endroit exact où une pale de l'hélice venait de s'enfoncer dans le siège.

Le petit avion perdit ses ailes et glissa le long de l'allée, puis il se retourna sur le toit et s'arrêta dans un tremblement de tôles devant les marches de la maison.

– Ça aurait pu être pire, dit Holly qui ouvrit avec un bruit sec la boucle de son harnais.

« Sûrement », pensa Artemis en regardant au bout de

son nez des gouttes de sang qui paraissaient couler vers le haut.

Soudain, quelque chose qui ressemblait à une grosse pêche furieuse glissa sur ce qui restait du pare-brise, enfonçant le verre de sécurité, et s'immobilisa mollement sur la première marche du perron.

«Mulch s'en est sorti, pensa Artemis. C'est bien.»

Dans sa quête désespérée d'une nourriture qui puisse remplacer la graisse qu'il avait expulsée, Mulch monta les marches en rampant littéralement.

– Et dire que les top-modèles font ça tous les mois, gémit-il.

Artemis ouvrit la porte à l'aide de sa télécommande et le nain disparut à l'intérieur de la maison. On entendait le claquement de ses pas le long du hall, sur le chemin de la cuisine.

La tâche revint à Holly et à Artemis de hisser Butler en haut de l'escalier, ce qui, dans l'état d'inconscience du garde du corps, se révéla à peu près aussi aisé que de traîner un sac d'enclumes. Ils avaient atteint la troisième marche lorsqu'un rouge-gorge d'une hardiesse inhabituelle vint atterrir sur le visage de Butler, se perchant de ses pattes minuscules sur l'arête de son nez. Le spectacle était en lui-même assez surprenant, mais le morceau de papier que l'oiseau tenait dans son bec lui donnait un côté plus inquiétant.

Artemis lâcha le bras de Butler.

– C'est rapide, dit-il. L'ego d'Opale ne perd pas de temps.

Holly saisit le papier.

– Vous vous y attendiez ?

– Oui. Inutile de vous donner la peine de lire, Holly. Les mots d'Opale ne valent pas le papier sur lequel ils sont écrits et je peux vous dire que c'est un papier très bon marché.

Bien entendu, Holly lut ce qui était écrit et ses joues rougissaient un peu plus à chaque mot.

– Opale nous demande de lui faire le plaisir d'assister au grand nettoyage. Si nous nous rendons, simplement vous et moi, elle laissera la vie sauve à vos frères. Elle promet aussi d'épargner Foaly lorsqu'elle aura été couronnée impératrice.

Holly chiffonna le papier en une boulette qu'elle jeta à la tête du rouge-gorge.

– Va dire à Opale qu'il n'en est pas question.

L'oiseau émit un sifflement agressif et agita ses ailes d'une manière qui avait quelque chose d'insultant.

– Tu veux te battre, Berserker ? lança Holly au minuscule oiseau. Je viens de survivre à un accident d'avion mais j'ai encore assez de forces pour te botter les plumes.

Le rouge-gorge s'envola et son chant traîna derrière lui, tel un petit rire moqueur, tandis qu'il retournait auprès de sa maîtresse.

– C'est ça, file, sale petit piaf ! lui cria Holly, s'autorisant une bouffée de colère qui n'était pas très professionnelle mais qui lui fit quand même un peu de bien.

Lorsque l'oiseau eut disparu au-delà de la cime des arbres, elle se remit au travail.

– Il faut se dépêcher, dit-elle en prenant Butler sous un bras. C'est un piège. Opale a sûrement lancé d'autres Berserkers sur nos traces. Nous sommes sans doute épiés par des… *vers de terre*… en ce moment même.

Artemis n'était pas d'accord.

– Non. La porte est plus importante que tout, à présent. Elle ne va pas risquer la vie d'autres soldats pour nous retrouver. Mais nous devons quand même faire vite. L'aube sera là dans quelques heures et nous n'avons plus le temps de lancer qu'une seule attaque.

– Donc, nous ne tenons aucun compte du mot qu'elle nous a envoyé ?

– Bien sûr que non. Opale joue avec nos nerfs, pour son propre plaisir. Rien de plus. Elle veut se mettre dans une position de pouvoir d'un point de vue émotionnel.

Comme toujours en cette saison, les marches étaient recouvertes de cristaux de glace, qui scintillaient sous la lune comme le givre d'un décor de cinéma. Artemis et Holly parvinrent enfin à faire rouler Butler sur le seuil de la porte et à le pousser sur un tapis qu'ils tirèrent sous l'escalier. Ils installèrent l'immense garde du corps dans une position aussi confortable que possible à l'aide des coussins dont Angeline Fowl avait coutume de parsemer chaque fauteuil.

Le dos de Holly craqua lorsqu'elle se redressa.

– Bon, on a réussi à tromper la mort une fois de plus. Quelle est la suite du programme, l'intello ?

Les paroles de Holly paraissaient désinvoltes mais le blanc de ses yeux, plus ouverts que d'habitude, exprimait un sentiment de désespoir. On était si proche d'un désastre inimaginable que même Artemis, avec le don qu'il avait de sortir à la dernière minute des lapins miraculeux de son chapeau, ne semblait pas capable de sauver l'humanité.

– J'ai besoin de réfléchir, dit-il simplement en montant l'escalier quatre à quatre. Mangez quelque chose et faites un petit somme. J'en ai pour au moins une heure et demie.

Holly grimpa derrière lui, escaladant avec difficulté les marches conçues pour une taille humaine.

– Attendez! Attendez-moi! cria-t-elle.

Elle rattrapa Artemis, monta une marche de plus que lui et se tourna pour le regarder dans les yeux.

– Je vous connais, Artemis. Vous aimez bien garder pour vous votre dernière carte de petit génie en attendant la grande révélation. Jusqu'à présent, ça a bien marché. Mais cette fois-ci, il faut me mettre au courant. Je peux aider. Dites-moi la vérité, vous avez un plan?

Artemis regarda son amie dans les yeux et lui mentit ouvertement.

– Non, dit-il. Aucun plan.

CHAPITRE 17
LA DERNIÈRE LUEUR

CENTRE DE POLICE, MONDE SOUTERRAIN

Les FAR disposaient de plusieurs agents qui travaillaient anonymement dans des parcs à thème humains car les humains ne s'étonnaient jamais à la vue d'un nain ou d'une fée, du moment qu'ils se trouvaient à côté d'un circuit de montagnes russes ou d'une licorne animatronique. Foaly avait un jour visionné un film montrant une attraction à Orlando dont des théoriciens du complot siégeant au Grand Conseil étaient convaincus qu'il s'agissait d'une base d'entraînement pour un commando secret de tueurs de fées financé par l'État. Les clients de cette attraction très particulière étaient assis dans un train qui les amenait dans une gare souterraine. L'endroit était alors exposé à toutes les catastrophes naturelles qu'on puisse connaître dans le monde des hommes ou celui des fées. D'abord, un tremblement de terre provoquait un éboulement dans le tunnel, puis un ouragan soulevait un nuage de débris, ensuite, une inondation précipitait sous terre divers véhicules emportés à la surface et enfin une coulée de lave que les dieux n'auraient pas reniée venait lécher les vitres.

Lorsque Foaly retourna enfin dans son bureau, il contempla les rues de Haven depuis le quatrième étage du centre de police et ce qu'il voyait de sa ville bien-aimée lui fit penser à cette gare souterraine d'Orlando. Détruite jusqu'à en devenir méconnaissable.

«La différence, c'est que ma ville ne peut pas être reconstruite en pressant sur un bouton.»

Foaly appuya son front contre la fraîcheur de la vitre et regarda les membres des services d'urgence exercer leur magie.

Des sorciers secouristes soignaient les blessés en projetant de rapides décharges magiques avec leurs gants isolants. Des gnomes pompiers découpaient des poutrelles au laser pour ouvrir un chemin aux ambulances et des ingénieurs des travaux publics, accrochés à des pitons, descendaient en rappel le long des rochers pour boucher les fissures avec de la mousse à durcissement rapide.

«C'est drôle, songea Foaly. J'ai toujours pensé que ce seraient les humains qui nous détruiraient.»

Le centaure posa le bout de ses doigts sur la vitre.

«Non. Nous ne sommes pas détruits. Nous reconstruirons.»

Tous les nouveaux équipements technologiques avaient explosé mais il existait encore beaucoup de

⚙🐴🜨·🐜🌀🐚◗🐚·🐍🐴🦫·☉⊖∪▢🐚·🐜·🐍 ∪🌙

matériels obsolètes qui n'avaient pas été recyclés faute de crédits. La plupart des véhicules d'incendie étaient opérationnels et aucun des générateurs de secours n'avait été modernisé au cours des cinq dernières années. Le commandant Kelp supervisait une opération de nettoyage à une échelle qu'on n'avait encore jamais connue à Haven-Ville. L'Atlantide avait subi autant de dégâts, sinon davantage.

«Au moins, le dôme était consolidé. S'il avait cédé, le nombre de morts aurait été énorme. Pas énorme au sens humain du terme mais quand même très important. »

Tout cela parce qu'une félutine psychotique voulait dominer le monde.

«De nombreuses familles ont perdu des proches aujourd'hui. Combien de fées sont malades d'inquiétude en cet instant ? »

Les pensées de Foaly se tournèrent vers Holly, échouée à la surface, essayant d'affronter la situation sans le support des FAR.

« Si toutefois elle est encore vivante. Si l'un d'eux est encore vivant. »

Foaly n'avait aucun moyen de le savoir. Tout leur système de communication à longue distance se trouvait hors d'usage, car il était en grande partie adossé aux satellites de fabrication humaine réduits à présent à l'état de déchets spatiaux.

Foaly tenta de se consoler en pensant qu'Artemis et Butler se trouvaient auprès de son amie.

« Si quelqu'un peut contrecarrer les plans d'Opale, c'est sûrement Artemis. »

Puis il pensa : « Contrecarrer ? J'utilise des mots comme "contrecarrer", maintenant. Opale aimerait beaucoup. Cela lui donne une aura de super ennemie. »

Mayne s'approcha de lui dans un bruit de sabots.

– *Dak tak jivô, incle.* On a quelque chose sur les écrans de ton labo.

Le neveu de Foaly n'avait aucun mal à parler la langue des licornes mais il avait quelques difficultés à en venir à l'essentiel.

– Ce sont de grands écrans, Mayne. En général, il y a toujours quelque chose dessus.

Mayne gratta le sol de son sabot antérieur.

– Je sais, mais il s'agit de quelque chose d'intéressant.

– Vraiment ? Il y a beaucoup de choses intéressantes, ces temps-ci, Mayne. Pourrais-tu être plus spécifique ?

– Spécifique ? De quelle espèce tu parles ?

Foaly, à son tour, gratta le sol de son sabot, rayant les dalles.

– Dis-moi simplement ce qu'il y a de si intéressant sur l'écran. Nous sommes très occupés, aujourd'hui, Mayne.

– Tu as bu du café ? interrogea son neveu. Tante Caballine dit que tu deviens un peu agité après deux tasses.

– Qu'est-ce qu'il y a sur l'écran ? tempêta Foaly d'un ton qu'il jugeait imposant mais qui était en fait légèrement criard.

Mayne recula de quelques pas, puis il se reprit, en se demandant pourquoi il provoquait souvent ce genre de réaction.

– Tu te souviens de ces LAMParc que tu as envoyés au manoir des Fowl?

– Bien sûr que je m'en souviens. Ils sont tous morts. Je les ai envoyés, Artemis les a trouvés. C'est un petit jeu auquel nous jouons.

D'un geste du pouce par-dessus son épaule, Mayne montra l'écran mural, à l'endroit où il n'y avait jusqu'à présent qu'un rectangle vide.

– Une de ces petites bêtes est revenue à la vie. Voilà ce que j'essayais de te dire.

Foaly décocha un coup de pied à Mayne, mais le jeune centaure avait déjà trottiné hors de sa portée.

MANOIR DES FOWL

Artemis verrouilla derrière lui la porte de son bureau et promena son regard sur les écrans de contrôle et les capteurs qui surveillaient les environs pour s'assurer qu'aucun danger immédiat ne menaçait. Il se passait ce qu'il avait prévu. La seule activité perceptible dans l'enceinte du domaine se situait à un kilomètre de là, à l'endroit où s'était trouvée la tour Martello et où, à présent, la porte des Berserkers pointait au centre du cratère provoqué par l'arrivée d'Opale. À titre de précaution, il régla les alarmes sur « État de siège », un niveau qui comportait des éléments dissuasifs absents

⦾ⶀ⸗ⶀⷀ∙ ⷈⶂⶀ∙ ⷈⶀⶀⷀ∙ ⶀⷈⶀⷈⶀⶀⶀⷈⶀ∙ ⶀⷈⶀ∙ ⷈⶀⶀⶀ⸗

des systèmes de défense des résidences standards, telles les vitres électrifiées et les charges explosives dans les serrures. De toute façon, le manoir des Fowl avait cessé d'être une résidence standard depuis qu'Artemis s'était mis en tête de retenir prisonnière dans la cave la fée qu'il avait kidnappée.

Une fois certain qu'ils étaient bien protégés, Artemis ouvrit un tiroir à combinaison de son bureau et en sortit une petite boîte de plomb. Il en tapota le couvercle du bout de l'ongle et fut satisfait d'entendre un grattement à l'intérieur.

« Toujours vivante. »

Artemis fit coulisser le couvercle de la boîte. Au fond, attachée à une batterie de trois volts, se trouvait une minuscule libellule équipée d'une biocaméra. Un des petits jouets de Foaly, généralement court-circuités lors des vérifications régulières auxquelles se livrait Artemis pour découvrir d'éventuels engins d'espionnage. Il avait cependant décidé de garder celui-ci et de le nourrir, au cas où il aurait besoin d'établir une communication privée avec Foaly. Il avait espéré utiliser cette caméra pour annoncer le succès de leur assaut sur la porte des Berserkers, mais à présent, le petit insecte allait transmettre un message beaucoup plus sombre.

Artemis secoua la boîte pour faire tomber la libellule sur le bureau où, pendant quelques instants, elle courut en tous sens avant que son logiciel de reconnaissance faciale identifie Artemis comme cible prioritaire et se concentre sur lui. Les minuscules lentilles de ses yeux bourdonnèrent presque imperceptiblement et deux micros à tige se déployèrent comme les antennes d'une fourmi.

Se penchant tout près, Artemis commença à parler doucement pour qu'on ne puisse l'entendre autour de lui, même si ses propres capteurs lui assuraient qu'il était le seul corps d'une masse notable à émettre de la chaleur dans un rayon de six mètres.

– Bonjour, Foaly. Je sais qu'il n'y a pas le moindre atome en provenance des laboratoires Koboï dans cette petite mutation biotechnologique, donc en théorie, je peux m'en servir pour transmettre un message en espérant que vous êtes toujours vivant pour le recevoir. Les choses vont mal, ici, mon cher ami, très mal. Opale a ouvert la porte des Berserkers et travaille sur la deuxième serrure. Si elle réussit à la déverrouiller, une vague de magie tellurique codée sera relâchée et détruira entièrement l'humanité. À mon avis, ce n'est pas une très bonne idée. Pour empêcher ce désastre, il faut que vous me fassiez parvenir deux choses dans un de vos drones en forme d'œuf pour le transport des mineurs. Il ne reste pas assez de temps pour obtenir des permis ou réunir des commissions, Foaly. Ces deux choses doivent se trouver au manoir des Fowl dans moins de deux heures ou il sera trop tard. Envoyez-moi ce dont j'ai besoin, Foaly.

Artemis se pencha encore un peu plus vers la minuscule caméra vivante et répéta dans un murmure précipité :

– Deux choses, Foaly. Deux choses pour sauver le monde.

)ᛒ·ᛟᛂᛃᛁᛂᛃ·ᛒᚱᛒᛟᛒᚱᛃᛊᛃᚱ✦)ᛁᛝᛂᛁᛟ·ᛞᛃ

Il révéla alors au petit insecte ce qu'il lui fallait et où il le lui fallait.

CENTRE DE POLICE, HAVEN-VILLE, MONDE SOUTERRAIN

Le teint de Foaly perdit toute couleur.

Koboï essayait d'ouvrir la deuxième serrure.

C'était catastrophique – même si de nombreuses fées, à Haven-Ville, auraient dansé dans les rues pour célébrer la disparition de l'humanité, mais pas des esprits rationnels.

Deux choses.

La première ne posait aucun problème. Ce n'était qu'un jouet.

« Je crois que j'en ai un dans mon bureau. »

Mais la deuxième. La deuxième !

« Ça, c'est un problème. Un problème majeur. »

Qui posait des questions légales et des questions morales. Il aurait suffi qu'il en prononce le nom devant le Conseil pour que ses membres exigent aussitôt la création d'une délégation spéciale et d'une sous-commission.

Ce qu'Artemis demandait était techniquement possible. Il disposait en effet, dans la zone d'essai, d'un prototype d'œuf pour le transport dans les mines. Il suffisait d'entrer les coordonnées dans le système de navigation et l'œuf foncerait vers la surface. Conçu pour transporter des mineurs après un éboulement, l'engin pouvait résister à des pressions considérables et voler à la vitesse du son sur une distance équivalente à trois fois le tour du monde. Le délai imposé par Artemis ne devait donc pas présenter de difficultés.

Foaly se mordit les jointures. Fallait-il faire ce qu'Artemis lui demandait ? Le voulait-il ? Le centaure aurait pu se poser toutes sortes de questions jusqu'à ce que le délai soit écoulé mais une seule comptait vraiment.

« Ai-je confiance en Artemis ? »

Foaly entendit respirer derrière lui et s'aperçut que Mayne était présent dans la pièce.

– Qui d'autre est entré ici ? demanda-t-il à son neveu technicien.

Mayne s'ébroua.

– Ici ? Tu crois que les fées d'élite vont s'attarder dans le quartier des abrutis alors qu'il y a une bonne grosse catastrophe en cours ? Personne n'est entré ici et personne n'a vu cette vidéo. À part moi.

Foaly arpenta son bureau d'un bout à l'autre.

– Bien. Mayne, mon jeune ami, que dirais-tu d'un travail à plein temps ?

Mayne plissa les yeux d'un air soupçonneux.

– Qu'est-ce que j'aurais à faire ?

Foaly prit dans un tiroir de son bureau la première chose demandée par Artemis puis il se dirigea vers la porte.

– Comme d'habitude, répondit-il. Traîner dans le laboratoire en étant parfaitement inutile.

Mayne fit une copie de la vidéo d'Artemis, au cas où il aurait été impliqué dans une quelconque affaire de trahison.

– C'est dans mes compétences, dit-il.

CHAPITRE 18

LA SURVIE DE L'ÂME

Dans son bureau, Artemis achevait ses derniers préparatifs. Il mit son testament à jour et essaya de maîtriser ses émotions, réprimant une tristesse qui s'étendait comme un ciel gris et menaçait d'assombrir sa résolution. Il savait que le docteur Argon lui aurait déconseillé de refouler ses émotions, ce qui pouvait laisser des cicatrices psychologiques à long terme.

«Mais il n'y aura pas de long terme, docteur», pensa-t-il avec ironie.

Après avoir vécu tant d'aventures, Artemis aurait dû savoir que les choses ne se passent jamais exactement comme prévu, mais il était surpris malgré tout du caractère définitif de ce qu'il allait être forcé de faire – il était même surpris d'avoir simplement envisagé de le faire.

«Le jeune garçon qui a kidnappé Holly Short il y a bien des années n'aurait jamais eu l'idée de se sacrifier lui-même.»

Mais il n'était plus ce jeune garçon. Il avait retrouvé son père, sa mère était redevenue elle-même et il avait maintenant des frères.

«Et des amis très chers.»

Autre chose qu'Artemis n'avait jamais prévu.

Il regarda ses mains trembler tandis qu'il signait le document contenant ses dernières volontés. Quelle valeur pouvaient avoir ses legs en cet âge nouveau, il n'aurait su le dire. Le système bancaire était presque définitivement, irrémédiablement, détruit, tout comme les bourses du monde entier. Actions, obligations, participations ne vaudraient plus rien.

«Tout ce temps passé à accumuler des richesses, songea Artemis. Quel gâchis.»

Puis : «Allons. Tu te laisses gagner par la mièvrerie. Tu aimes l'or presque autant que Mulch Diggums aime le poulet. Et si on t'en donnait l'occasion, tu referais sans doute la même chose.»

C'était vrai. Artemis ne croyait pas aux conversions sur le lit de mort. Elles étaient beaucoup trop opportunistes. Un homme doit être ce qu'il est et savoir prendre dans la figure les jugements qui l'attendent.

«Si saint Pierre existe, je ne discuterai pas avec lui aux portes du paradis», promit-il à son inconscient, bien qu'Artemis sût que si sa théorie se révélait exacte, il pouvait rester prisonnier de ce monde sous forme d'esprit, tout comme les Berserkers.

«Je pourrais devenir un garde du corps surnaturel pour Myles et Beckett.»

Cette pensée le réconforta et le fit sourire. Il s'aperçut

qu'il n'avait pas peur du tout, comme si ce qu'il s'apprêtait à tenter n'était qu'une simulation dans un jeu de rôle, plutôt qu'une action véritable. Cette impression changea lorsqu'il cacheta son testament dans une enveloppe et le posa contre la lampe de son bureau. Il contempla le document en ressentant le caractère définitif de ce moment.

« Impossible de reculer, maintenant. »

Alors, la peur tomba sur lui comme un poids écrasant, le clouant à son fauteuil. Il sentit un bloc de plomb lui peser sur l'estomac et, soudain, ses membres semblèrent comme greffés à son corps sans qu'il en ait le contrôle. Il respira profondément à plusieurs reprises, simplement pour se retenir de vomir et, peu à peu, il retrouva son calme.

« J'avais toujours imaginé que j'aurais du temps pour les adieux. Un moment pour adresser des paroles essentielles à ceux que j'aime. »

Il n'y avait plus de temps. Plus de temps pour rien d'autre que l'action.

La peur était passée et Artemis était toujours décidé à aller jusqu'au bout.

« J'y arrive, maintenant, réalisa-t-il. J'arrive à penser avec mon cœur. »

Artemis repoussa son fauteuil rouge sang à roulettes, se donna une claque sur les genoux et se leva pour affronter l'épreuve qui l'attendait.

Holly fit irruption dans le bureau, le regard assassin.

– J'ai vu ce qui est sorti de la cave, Artemis.

ᛒ⏋ᛈ·✦·ᛒᚱ⏋ᚫᚱᚩ✦·ᚫᚢ⏋ᛈ·∞ᚱᚦᚫ·ᚋ∞ᚱᛒ✦·

– Ah, dit-il. L'œuf est arrivé.

– Oui, il est arrivé. Et j'ai jeté un coup d'œil à l'intérieur.

Artemis soupira.

– Holly, je suis désolé que vous ayez vu. Mulch était censé le cacher.

– Mulch est aussi mon ami et je lui ai dit que vous alliez essayer de manigancer quelque chose. Il était en train de se creuser un tunnel de dernière minute pour s'échapper quand l'œuf a débarqué en pilotage automatique. Mulch pense que c'est le «quelque chose» que vous essayez de manigancer.

– Holly, ce n'est pas ce que vous pensez.

– Je sais ce que vous avez en tête. Je l'ai deviné.

– Ça paraît un peu radical, je sais. Mais c'est le seul moyen. Il faut que je le fasse.

– Il faut que vous le fassiez! s'exclama Holly, furieuse. Artemis Fowl prend des décisions pour tout le monde, comme d'habitude.

– Peut-être, mais cette fois, les circonstances le justifient.

Holly dégaina son pistolet d'un air décidé.

– Non. Oubliez ça, Artemis. Il n'est pas question que les choses se passent de cette manière.

– Il faut qu'elles se passent comme ça. Peut-être qu'avec du temps et des moyens, je pourrais élaborer une autre stratégie.

– Élaborer une autre stratégie? Nous ne sommes pas en train de lancer une OPA, Artemis. Il s'agit de votre vie. Vous avez l'intention d'aller vous faire tuer. Et Butler, vous y avez pensé ?

Artemis soupira. Il lui était douloureux de quitter Butler pendant qu'il était inconscient et ignorant du plan qu'il mettait en œuvre, surtout parce qu'il savait que son fidèle garde du corps considérerait à jamais qu'il avait échoué dans sa mission.

« Dommage collatéral. Tout comme moi. »

– Non. Je ne peux pas le lui dire et vous non plus…

Holly l'interrompit en agitant son pistolet.

– Je n'ai pas d'ordres à recevoir de vous, monsieur le civil. Je suis l'officier en charge ici et je m'oppose catégoriquement à cette tactique.

Artemis s'était rassis dans son fauteuil, le menton posé sur ses mains.

– Holly, il nous reste trente minutes avant le lever du soleil, ensuite, je mourrai de toute façon. Butler mourra et Juliet aussi. Et ma famille. Tous ceux que j'aime ou presque seront partis. Vous ne faites qu'assurer la victoire d'Opale. Vous ne sauverez personne.

Holly se tenait debout à côté de lui et il sentait son contact contre son épaule, léger comme une caresse. Artemis s'aperçut soudain que les elfes avaient une odeur spécifique.

« Herbe et agrumes. Autrefois, j'aurais noté cette information dans mes archives. »

– Je sais qu'il ne vous plaît pas, Holly, ma chère amie, mais c'est un bon plan.

Les doigts de Holly remontèrent le long du cou d'Artemis et il ressentit un léger chatouillement.

〟⏃⟊⟊⟊⟊⟊⟊⟊⟊⟊

– Il ne me plaît pas, Arty, dit-elle, mais il est vrai que c'est un bon plan.

Le tampon de tranquillisant mit quelques secondes à faire son effet et Artemis se sentit tomber sur le tapis afghan, son nez écartant les fibres dans un motif en forme de palmier. La drogue lui embrumait l'esprit et il ne parvenait pas à analyser exactement ce qui se passait.

– Je suis désolée, Artemis, dit Holly en s'agenouillant auprès de lui. Opale appartient à mon peuple, c'est donc à moi de faire le sacrifice.

L'œil gauche d'Artemis roula dans son orbite et sa main remua faiblement.

– Ne me détestez pas, Arty, soupira Holly. Je ne le supporterais pas.

Elle lui prit la main et la pressa avec force.

– C'est moi le soldat, Artemis, et c'est un travail de soldat.

– Votre argument est juste, Holly, dit Artemis d'une voix claire. Mais c'est mon plan et avec tout le respect que je vous dois, je suis le seul à être capable de l'exécuter.

Holly était perplexe. Un instant auparavant, Artemis était sur le point de perdre conscience et maintenant, il lui faisait un discours avec sa condescendance habituelle.

« Comment était-ce possible ? »

Holly retira sa main et vit une petite capsule adhésive sur sa paume.

« C'est moi qu'il a droguée ! comprit-elle. Ce petit faux-jeton de Bonhomme de Boue m'a droguée. »

Artemis se leva et mena Holly vers le canapé de cuir où il l'allongea sur des coussins moelleux.

– Je pensais que Foaly serait tenté de bavarder et j'avais donc pris de l'adrénaline pour neutraliser les effets de votre sédatif.

Holly essaya de lutter contre le brouillard qui obscurcissait son esprit.

– Comment avez-vous pu… comment ?

– Logiquement, vous n'avez pas le droit d'être en colère. J'ai simplement suivi votre exemple.

Holly avait les yeux pleins de larmes qui débordèrent sur ses joues tandis qu'au loin, derrière un gouffre rempli de brume, une voix lui criait la vérité : « Il va véritablement aller jusqu'au bout. »

– Non, parvint-elle à dire.

– Il n'y a pas d'autre moyen.

La peur donna à Holly une sensation d'amertume au creux de son ventre.

– S'il vous plaît, Arty, marmonna-t-elle. Laissez-moi…

Mais elle n'ajouta rien de plus. Ses lèvres étaient devenues molles et inertes.

Artemis faillit se laisser briser par l'émotion – elle le voyait dans ses yeux dépareillés, l'un humain, l'autre féerique – mais il s'écarta du canapé et respira profondément.

– Non, il faut que ce soit moi, Holly. Si la deuxième serrure est ouverte, je mourrai, mais si mon plan réussit, alors toutes les âmes des fées, à l'intérieur de la couronne magique, seront emportées dans l'au-delà.

𝄆·ᑌ𝔄𝔧ᑕ·𝔅 𝔇·ᵹᏝᐯ·❖𝔔𝔅ᐯ·⊗·ᵹᏝᐯ·ᑌ𝔄𝔅ᐯ𝔔𝔅ᐯ·

Les âmes des *fées*. Mon âme à moi est humaine, Holly, vous comprenez ? Je n'ai pas l'intention de mourir et il y a une chance pour que je survive. Une faible chance, c'est vrai. Mais une chance quand même.

Artemis se frotta l'œil avec son poing.

– Ce plan est loin d'être parfait mais il n'y a pas d'autre possibilité.

Artemis installa Holly confortablement sur les coussins.

– Je veux que vous sachiez que, sans vous, je ne serais pas l'être que je suis aujourd'hui.

Il se pencha tout près d'elle et murmura :

– J'étais cassé de l'intérieur et vous m'avez réparé. Merci.

Holly avait conscience qu'elle pleurait car sa vision était brouillée, mais elle ne sentait pas les larmes sur ses joues.

– Opale nous attend, vous et moi, entendit-elle Artemis dire, et c'est ce qu'elle va avoir.

« C'est un piège ! aurait voulu crier Holly. Vous vous jetez dans un piège. »

Mais même si Artemis avait pu entendre ses pensées, Holly savait qu'il n'y avait pas moyen de le détourner de son chemin. Au moment où elle croyait qu'Artemis avait quitté la pièce, il réapparut dans son champ de vision, l'air pensif.

– Je sais que vous m'entendez toujours, Holly, dit-il. Et je voudrais vous demander de me rendre un service. Si Opale se montre plus intelligente que moi et que je ne parvienne pas à sortir de ce cratère, je veux que vous disiez à Foaly d'activer la chrysalide.

Il se pencha à nouveau et embrassa Holly sur le front.

– Et donnez-lui ça de ma part.

Puis le jeune génie s'éloigna et Holly ne put même pas tourner la tête pour le regarder partir.

Opale savait que les rangs de ses guerriers avaient diminué mais c'était sans importance. Elle avait atteint la phase finale des opérations magiques qui permettaient d'ouvrir la deuxième serrure fermant la porte des Berserkers. Le sentiment de satisfaction qu'elle éprouvait animait tout son corps d'une vibration qui faisait jaillir des étincelles à la pointe de ses oreilles.

– J'ai besoin de paix, dit-elle au Berserker qui assurait sa protection rapprochée. Si quelqu'un arrive, tue-le.

Elle apporta précipitamment une rectification :

– Sauf l'humain nommé Fowl et son capitaine des FAR préféré. Tu as compris ?

Oro, dans le corps de Beckett, comprenait très bien mais il aurait souhaité que le lien magique qui le soumettait à Opale lui donne suffisamment de marge de manœuvre pour suggérer à son chef d'oublier un peu son désir de vengeance personnelle. Les règles de Bruin Fadda étaient cependant très claires : obéissance totale à la fée qui aura ouvert la porte.

« Nous devrions les pourchasser, aurait-il voulu dire. Si nous parvenons à capturer ces quelques humains qui restent, alors, il ne sera plus nécessaire d'ouvrir la deuxième serrure. »

Opale se tourna vers lui et lui hurla au visage, en postillonnant :

– J'ai dit : tu as compris ?

– J'ai compris, répondit Oro. Tuer tout le monde, sauf Fowl et la fille.

Opale lui tapota son mignon petit nez en forme de bouton.

– Exactement. Maman est désolée d'avoir élevé la voix. Maman subit un stress qui dépasse l'entendement. Tu n'arriverais pas à imaginer le nombre de cellules cérébrales que maman doit mettre en œuvre pour faire ce travail.

« Répète "maman" une fois de plus, pensa Oro, et lien magique ou pas lien magique... »

Le maximum qu'Oro pouvait faire contre l'emprise qu'Opale exerçait sur lui était de froncer légèrement les sourcils en supportant les crampes d'estomac qui s'ensuivaient, mais son froncement de sourcils n'eut aucun effet car Opale était déjà retournée à sa tâche, sa couronne de magie noire scintillant autour de ses épaules.

Le dernier rouage qui permettait d'ouvrir la serrure enchantée de Bruin Fadda était le sorcier lui-même. Bruin avait enterré sa propre âme dans le roc de la même façon que l'esprit des Berserkers avait été conservé dans le sol.

Tandis qu'Opale caressait du bout des doigts la surface rocheuse, le visage du druide apparut dans la

꙰꙰꙰ ꙰꙰꙰꙰꙰ ꙰꙰꙰꙰ ꙰꙰꙰꙰꙰ ꙰꙰꙰ ꙰꙰꙰꙰ ꙰꙰꙰꙰ ꙰꙰꙰꙰꙰ ꙰꙰꙰

pierre, grossièrement représenté, mais avec les traits caractéristiques d'un elfe.

– Qui me réveille de mon sommeil ? demanda-t-il d'une voix rocailleuse, marquée par l'âge. Qui me rappelle des confins de l'éternité ?

« Non, mais vraiment, songea Opale. "Qui me rappelle des confins de l'éternité ?" Faut-il vraiment que je subisse ces discours à la bouse de troll, simplement pour exterminer l'humanité ? »

– C'est moi, Opale Koboï, répondit-elle sur le même ton. De la maison des Koboï. Reine suprême des familles de fées.

– Je te salue, Opale Koboï, dit Bruin. Cela fait du bien de voir le visage d'une autre fée. Nous ne sommes donc pas encore éteints ?

– Pas encore, puissant sorcier, mais au moment même où nous parlons, les humains s'approchent de la porte. Haven est menacée. Nous devons ouvrir la deuxième serrure.

Le roc se mit à gronder comme une meule lorsque Bruin fronça les sourcils.

– La deuxième serrure ? C'est là une requête lourde de conséquences. Pourras-tu supporter la culpabilité qu'une telle action entraînerait ?

Opale afficha l'expression contrite qu'elle avait mise au point chaque fois qu'elle demandait une liberté conditionnelle.

– Oui, je la supporterai pour le bien du Peuple.

– Il est vrai que tu ne manques pas de bravoure, reine

⟨symboles⟩

Opale. Les félutins ont toujours fait preuve de noblesse en dépit de leur modeste stature.

Opale était disposée à laisser passer la remarque sur la *modeste stature* car elle aimait bien la sonorité de *reine Opale*. Et puis, elle n'avait pas de temps à perdre. Dans moins d'une heure, le soleil se lèverait, la pleine lune s'effacerait, et les chances de maintenir cette petite armée une journée de plus, même si les humains tournaient en rond, étaient assez minces.

– Merci, puissant Bruin. Le moment est venu de donner votre réponse.

Le froncement de sourcils du sorcier se creusa un peu plus.

– Cela demande consultation. Mes Berserkers sont-ils à tes côtés ?

Voilà qui était imprévu.

– Oui, le capitaine Oro est à côté de moi. Et il est entièrement d'accord avec moi.

– Je vais m'entretenir avec lui, dit le visage de pierre.

Ce Bruin Fadda commençait à énerver sérieusement Opale. Une seconde auparavant, il n'y en avait que pour la reine Opale, et maintenant, il voulait consulter le personnel ?

– Puissant Bruin, je ne pense pas qu'il soit nécessaire que vous vous entreteniez avec vos soldats. Le temps nous manque.

– Je veux lui parler ! tonna Bruin et les sillons qui dessinaient les traits de son visage étincelèrent d'une puissance magique qui ébranla Opale jusqu'au plus profond d'elle-même.

«Pas de problème, pensa-t-elle. Oro m'est soumis. Ma volonté est la sienne.»

Oro s'avança d'un pas.

– Bruin, mon camarade. Je pensais que tu étais parti dans l'au-delà.

Le visage de pierre sourit et il semblait qu'à la place de ses dents brillait la lumière du soleil.

– C'est pour bientôt, Oro le Bienvenu. Je préférais ton ancienne tête à cette face d'enfant, bien que je puisse voir ton âme derrière.

– Une âme qui a hâte d'être libérée, Bruin. La lumière nous appelle tous. Certains de mes guerriers ont perdu l'esprit ou c'est tout comme. Nous n'avions jamais pensé rester si longtemps sous terre.

– Le temps de la délivrance est proche, mon ami. Notre tâche est presque accomplie. Alors, dis-moi, le Peuple est-il toujours menacé?

– Il l'est. La reine Opale dit la vérité.

Les paupières de Bruin se plissèrent.

– Mais je vois que tu es soumis au lien magique.

– Oui, Bruin. Je suis l'esclave de la reine.

Les yeux de pierre de Bruin Fadda lancèrent des éclairs blancs.

– Je te délivre de tes liens pour que tu puisses me parler librement.

«Très mauvais», songea Opale.

Les épaules d'Oro s'affaissèrent et il sembla que toutes ses années s'inscrivaient sur le visage de Beckett.

– Les humains ont des armes, à présent, qui me

⏀⏁⏂ ⏃ ⏄ ⏅⏆⏇⏈ ⏉⏊⏋⏌ ⏍⏎⏏⏐⏑⏒

paraissent miraculeuses, dit Oro et il était étrange d'entendre ces mots sortir d'une bouche aux dents de lait. Dans la mémoire de cet enfant, j'ai vu que, faute de nous pourchasser, ils s'entretuent par milliers. Ils détruisent la Terre et ont anéanti plusieurs milliers d'espèces animales.

Le visage de pierre sembla préoccupé.

– Ils n'ont pas changé ?

– Ils sont plus efficaces que de notre temps, c'est tout.

– Dois-je ouvrir la deuxième serrure ?

Oro se frotta les yeux.

– Je ne peux pas répondre à ta place. Il est vrai que la reine Opale a saboté leurs efforts, mais à nouveau, ils se rassemblent contre nous. La porte a été attaquée par deux fois, avec deux des nôtres parmi les assaillants. Une elfe et un nain, deux adversaires rusés.

Le visage de pierre laissa échapper un soupir et une lumière blanche s'éleva de sa bouche.

– Il y a toujours eu des traîtres.

– Nous ne pourrons pas tenir beaucoup plus longtemps, admit Oro. Certains de mes guerriers ont déjà été appelés aux côtés de Danu. Le monde est plongé dans le chaos et si les humains attaquent la porte demain, il n'y aura plus personne pour la défendre. Avec leurs nouvelles armes, ils trouveront peut-être le moyen de détruire la deuxième serrure.

Opale se réjouissait en silence et si elle avait pu applaudir de ses mains minuscules sans que sa dignité de reine en soit affectée, elle ne s'en serait pas privée.

&#8; &#8; &#8; &#8; &#8; &#8; &#8; &#8; &#8; &#8; &#8; &#8; &#8; &#8; &#8; &#8; &#8; &#8; &#8;

Oro parvenait à convaincre ce crétin buriné mieux qu'elle n'aurait jamais su le faire.

— Le Peuple se flétrit et meurt sans la lumière du soleil, ajouta-t-elle, impassible. Bientôt, nous aurons tous disparu. La souffrance est notre lot quotidien. Nous devons remonter à la surface.

Oro ne pouvait qu'approuver.

— Oui. Nous devons remonter.

Bruin rumina ces paroles pendant un long moment et son intense réflexion faisait crisser ses traits de pierre.

— Très bien, dit-il enfin. Je vais ouvrir la serrure, mais le choix final t'appartiendra, reine Opale. Lorsque la fin sera en vue, tu devras choisir et ton âme en subira les conséquences comme c'est déjà le cas de la mienne.

« Oui, oui, oui », pensa Opale qui parvenait à peine à cacher sa hâte enthousiaste.

— Je suis prête à porter cette responsabilité, dit-elle d'un air sombre.

Elle ne pouvait le voir, mais Oro, derrière elle, levait les yeux au ciel, conscient qu'au fond de son cœur, Opale ne cherchait pas à défendre les intérêts du Peuple. Ses motivations n'avaient cependant pas grande importance car le résultat final, l'extinction de l'humanité, serait le même.

Le visage de Bruin se dilua soudain dans une mare de magma bouillonnant qui imprégna la roche et révéla deux empreintes de main enfoncées dans la pierre. La clé originelle d'Opale et une autre qui brillait d'un rouge profond, couleur de sang.

— Choisis sans égoïsme, dit la voix de Bruin qui mon-

347

tait des profondeurs de la pierre. La prudence fermera complètement la porte, elle libérera les âmes et détruira à jamais le chemin secret. Le désespoir commandera la puissance de Danu et balaiera les humains de nos contrées. Les fées marcheront à nouveau sur la terre.

« C'est l'empreinte B qu'il me faut, pensa Opale avec joie. J'ai toujours trouvé que le désespoir était un merveilleux stimulant. »

À présent qu'on était arrivé au point culminant, Opale s'interrompit pour savourer l'intensité du moment.

– Cette fois, je ne peux plus perdre, dit-elle à Oro. Maman va appuyer sur le gros bouton.

Oro aurait volontiers appuyé lui-même sur le bouton simplement pour ne plus entendre Opale parler d'elle en disant « maman » mais hélas, seule la fée qui avait réussi à ouvrir la porte pouvait activer la deuxième serrure.

Opale remua les doigts.

– Allons-y. Maman est prête.

Une voix retentit alors au bord du cratère :

– L'humain se rend. Et il a amené l'elfe avec lui.

Jusqu'à cette seconde, Opale ne s'était pas rendu compte que le moment qu'elle vivait n'était pas absolument parfait. Maintenant, il le serait.

– Qu'on me les amène, ordonna-t-elle. Je veux qu'ils voient ce qui va se passer.

Artemis traînait avec lui une silhouette encapuchonnée dont les talons laissaient des traces sur le sol. Lorsqu'ils parvinrent au bord du cratère creusé par l'arrivée d'Opale, Artemis fut poussé par l'un des pirates et tomba le long de la pente, son visage s'écrasant face contre terre à chaque tour sur lui-même. La silhouette glissa derrière lui et leurs mouvements semblaient presque coordonnés lorsqu'ils roulèrent au pied de la porte des Berserkers. Ils formaient un étrange couple, épuisé, dépenaillé. La silhouette s'immobilisa sur le dos. C'était Holly Short. De toute évidence, l'elfe n'était pas venue ici de son plein gré.

– Oh, là, là, dit Opale en pouffant de rire derrière sa main. Les pauvres chéris. C'est vraiment pitoyable.

Opale était fière d'être encore capable d'éprouver une certaine compassion pour les autres.

« Ces gens me font vraiment de la peine, réalisa-t-elle. Tant mieux pour moi. »

Puis Opale se rappela qu'Artemis Fowl et Holly Short étaient responsables de ses années passées dans une prison de haute sécurité et de tout ce qu'elle avait dû faire pour organiser son évasion. La *peine* qu'elle ressentait pour *ces gens* s'évapora aussitôt comme rosée au soleil.

– Aide-les à se relever, ordonna Oro à Juliet qui était accroupie un peu plus loin, occupée à manger un lapin ensanglanté.

– Non ! s'écria Opale d'une voix perçante. Fouille le Bonhomme de Boue pour voir s'il n'a pas d'armes, et ensuite, qu'ils viennent tous les deux ramper à mes pieds. Que le garçon me supplie d'épargner l'humanité. Je veux qu'il ait les genoux en sang et des larmes de désespoir sur le visage.

Les esprits féeriques sentaient que la fin était proche et que bientôt leurs âmes, le devoir accompli, connaîtraient enfin la paix. Ils rassemblèrent leurs corps possédés au pied de la porte des Berserkers en scellant le cercle magique et regardèrent Artemis hisser péniblement Holly en haut de l'escalier, le dos courbé sous l'effort.

« J'aimerais voir son visage, pensa Opale. Voir ce qu'il lui en coûte. »

À chaque marche qu'Artemis montait, le corps inanimé de Holly était secoué comme par un cahot et l'une de ses jambes pendait dans le vide, à l'extérieur de la tour. Elle paraissait toute petite et fragile, la respiration saccadée. Opale se plut à imaginer que Fowl avait dû user de violence pour neutraliser l'elfe.

« Je les ai dressés l'un contre l'autre, songea-t-elle. Mon ultime victoire. Et ils ont fait tout cela pour rien, les imbéciles. »

Parvenu au sommet, Artemis laissa tomber Holly comme un sac. Puis il se tourna vers Opale, la haine largement affichée sur ses traits d'habitude impassibles.

– Et voilà, Votre Majesté, dit-il en lançant ce titre comme un crachat. Je me rends, comme il m'a été ordonné, et j'ai forcé Holly à faire de même.

– Je suis si contente de vous voir, Artemis. Tellement contente. À présent, tout est simplement parfait.

Artemis se pencha, les coudes sur les genoux, le souffle court, du sang coulant de son nez.

– Holly disait que vous ne tiendriez jamais parole

mais j'ai essayé de la convaincre qu'il y avait quand même une chance et tant qu'il restait une chance, nous n'avions pas le choix. Elle n'était pas d'accord et j'ai donc été obligé d'endormir ma plus chère amie.

Artemis regarda la félutine dans les yeux.

– Reste-t-il une chance, Opale ?

Opale eut un rire aigu.

– Une chance ? Par tous les dieux, non. Il n'y a jamais eu la moindre chance. Je vous aime vraiment, Artemis. Vous êtes trop drôle.

Elle remua les doigts et des étincelles se mirent à danser.

Le visage d'Artemis se vida de toute couleur et ses mains tremblèrent sous l'effet des efforts physiques qu'il avait déployés et de la colère qu'il ressentait.

– Vous ne vous souciez donc pas des vies que vous supprimez ?

– Je ne veux pas tuer *tout le monde*. Mais soit les humains, soit les fées doivent disparaître pour que je puisse dominer ceux qui resteront. J'ai décidé d'éliminer votre espèce car je dispose déjà de beaucoup de soutien dans le monde souterrain. Il existe un site Internet secret et vous seriez étonné de voir certains noms qui y sont inscrits.

Les autres Berserkers qui se trouvaient dans le cratère levèrent les yeux, se balançant doucement et marmonnant des prières à la déesse Danu. Deux pirates s'effondrèrent soudain dans un bruit d'os entrechoqués.

– Mes enfants sont à bout de forces, dit Opale. Il est temps pour maman de les envoyer au ciel. Bellico, écarte un peu cet agaçant petit génie. Il est improbable qu'Artemis Fowl lance une attaque physique mais il a un certain don pour détruire mes plus beaux plans.

Juliet poussa Artemis qui tomba par terre dans la poussière. Aucune émotion ne se lisait sur son visage : il lui était simplement impossible de faire autrement.

– Dois-je tuer le Bonhomme de Boue ? demanda-t-elle avec indifférence.

– Certainement pas, répondit Opale. Je veux qu'il voie. Je veux qu'il ressente l'ultime désespoir.

Artemis se releva sur les genoux.

– Les humains ne sont pas une menace pour vous, Opale. La plupart d'entre nous ne connaissent même pas l'existence des fées.

– Oh, maintenant, ils savent. Sans leurs boucliers, nos ports de navettes sont devenus visibles pour tout le monde. J'ai révélé notre existence aux Hommes de Boue, il n'y a donc plus d'autre choix que de les éliminer. Simple logique.

Juliet posa son pied sur le dos d'Artemis et l'aplatit par terre.

– Il est dangereux, ma reine. Et si l'elfe traîtresse se réveille, elle pourrait vous faire du mal.

Opale montra du doigt les guerriers de terre cuite.

– Surveille l'elfe et ordonne aux statues ambulantes de retenir le garçon. Maman a envie d'amuser un peu la galerie. Je sais que c'est assez banal mais, après cela, il faudra sans doute que j'adopte des manières royales et que je me montre soucieuse de l'intérêt général, en public tout au moins.

ᴡꝋ·ꞵ·ꞙꝅᴚꞖꝃ·ꝁᴚꝝᴚꝡꝋꞖ·ꞝ·ꞵᴚ·ꓴꝋꞖꟷꝧꝗꝙ ꝁ·

Juliet prit Holly par la peau du cou et la souleva facilement. Deux guerriers chinois encadrèrent Artemis, le maintenant immobile dans leur étreinte d'argile. Seuls ses mains et ses pieds pouvaient encore bouger.

«Il ne peut rien tenter», pensa Opale, satisfaite.

– Amenez-les-moi, ordonna-t-elle. Je veux qu'ils me voient tous les deux pendant que je nettoie la planète.

Artemis se débattit vainement mais la tête de Holly dodelinait sous sa capuche, ce qui était un peu agaçant pour Opale qui aurait préféré voir l'elfe bien réveillée et terrifiée.

Opale se plaça à côté du socle de pierre qu'elle tapota de ses doigts à la manière d'un pianiste de concert. Tout en parlant, elle se mit à pétrir la porte des Berserkers, plongeant les mains dans la roche qui fondait sous ses doigts.

– Les humains étaient doués de magie, autrefois, dit-elle.

Peut-être aurait-elle dû bâillonner Artemis au cas où il aurait cherché à tempérer sa joie en lançant quelques-unes de ces réflexions goguenardes dont il avait le secret. Quoique, à en juger par l'expression vide de son visage, le Bonhomme de Boue avait perdu le goût de la *goguenardise.*

– C'est vrai. Les humains maîtrisaient la magie presque aussi bien que les démons. C'est pourquoi Bruin Fadda a chargé cette serrure de tant de maléfices. Son raisonnement était que, si un humain acquérait un jour suffisamment de pouvoir pour déchiffrer les enchantements, alors Bruin n'aurait d'autre choix que de déchaîner la puissance de Danu pour le bien du Peuple.

Opale regarda la porte des Berserkers avec un sourire affectueux.

– Tout semble très simple, à présent, comme un jouet d'enfant, poursuivit-elle. Deux empreintes de main sur une table de pierre, rien d'autre. Mais les calculs que j'ai dû faire pour en arriver là, Foaly n'aurait jamais pu les mener à bien, je peux vous l'assurer. Ce centaure ridicule n'a aucune idée du travail que demande la résolution de ce casse-tête. Des runes enchantées dans plusieurs dimensions, la physique quantique, les mathématiques magiques. Je doute qu'il y ait quatre personnes au monde capables d'avoir ramené à la vie ce vieil idiot de Bruin. Et il a fallu que je le fasse entière-ment dans ma tête. Sans écrans, sans papier. Une partie en communiquant par télépathie avec mon double plus jeune. Je n'ai même pas perdu mes souvenirs quand elle est morte, pourtant je croyais que ce serait le cas. Étrange, n'est-ce pas?

Artemis ne répondit pas. Il s'était réfugié dans un silence blessé et boudeur.

– Voilà comment ça marche, reprit Opale d'un ton joyeux, comme si elle expliquait un problème d'arith-métique à une classe de maternelle. Si je choisis la pre-mière empreinte de main, je ferme la porte à jamais et toutes les âmes féeriques qui se trouvent à l'intérieur du cercle magique seront libérées – sauf la mienne bien sûr puisque je suis protégée par la magie noire. En revanche, si je choisis la redoutable empreinte de la main rouge, alors la puissance de Danu se déchaînera, mais uniquement contre les humains. Il est dommage que nous soyons mal placés pour voir le spectacle d'ici mais au moins, je pourrai vous regarder mourir et imaginer les effets que la magie aura sur tous les autres.

Artemis parvint à arracher un bras à l'étreinte d'un des guerriers d'argile, déchirant sa manche et sa chair. Avant que quiconque ait pu réagir il posa sa propre main sur la première serrure de la porte des Berserkers.

Bien sûr, rien ne se produisit, à part un grand éclat de rire d'Opale.

– Tu ne comprends pas, espèce d'idiot. Je suis la seule à pouvoir choisir. Pas toi, ni ce pitoyable centaure de Foaly, ni ton amie elfe. Opale Koboï, personne d'autre. Tout est là. Celle qui ouvre la serrure contrôle la porte. C'est écrit jusque dans mon ADN.

À mesure qu'Opale se gonflait de sa propre importance, son minuscule visage se colorait d'une teinte violacée et son menton pointu s'était mis à trembler.

– Je suis le messie. Et je verserai le sang pour que le Peuple m'adore. Je bâtirai mon temple autour de cette stupide porte qui ne mène nulle part et on le montrera aux enfants des écoles pour qu'ils apprennent mon histoire.

Artemis eut encore la force de lancer un ultime défi.

– Je pourrais fermer la porte, grogna-t-il. Si on me donnait quelques minutes.

Opale parut déconcertée.

– Tu pourrais… Tu pourrais fermer la porte ? Tu n'as donc pas écouté ? N'ai-je pas été assez simple dans mes explications ? Personne ne peut fermer cette porte à part moi.

Artemis ne sembla pas impressionné.

– Je pourrais très bien trouver la solution. Il suffirait d'une heure, ou même de dix minutes. Holly est une fée, elle possède un pouvoir magique. Je pourrais utiliser sa main et mon cerveau. Je sais que je le pourrais. Ce ne doit pas être si difficile si vous y êtes arrivée. Vous n'êtes même pas aussi intelligente que Foaly.

– Foaly ! s'écria Opale. Foaly est un clown. Il bricole ses gadgets alors que des dimensions entières restent inexplorées.

– Je vous présente mes excuses, Holly, dit Artemis d'un ton cérémonieux. Vous m'aviez averti et je n'ai pas écouté. Vous étiez notre seule chance et je vous ai trompée.

Opale était furieuse. Elle contourna les guerriers chinois et s'approcha de Juliet qui tenait toujours dans ses bras Holly dont la tête pendait.

– Tu crois vraiment que cette *chose* ridicule aurait pu accomplir ce que j'ai accompli.

– C'est le capitaine Holly Short, officier de police du monde souterrain, répliqua Artemis. Montrez-lui un peu de respect. Elle vous a déjà vaincue avant.

– Il n'y a pas d'avant, dit Opale d'un ton catégorique. Nous sommes aujourd'hui. Et aujourd'hui, l'humanité arrive à sa fin.

Elle attrapa la main de Holly et en frappa vaguement la pierre, à proximité des empreintes creusées dans la porte des Berserkers.

〰〰〰〰〰〰〰〰〰〰〰

– Regarde bien. La porte ne se ferme pas. Ici, Holly n'a aucun pouvoir.

Opale eut un rire cruel.

– Holly, pauvre petite mignonne. Imagine, si ta main pouvait actionner la porte, tes souffrances prendraient fin immédiatement.

– Nous pourrions y arriver, marmonna Artemis, mais ses yeux se fermaient et on aurait dit qu'il avait perdu foi en lui-même.

Sa main libre pianotait distraitement la pierre sur un rythme machinal. L'esprit humain avait fini par craquer.

– Ridicule, dit Opale en se calmant. Et moi qui me laisse troubler par tes prétentions. Tu m'agaces, Artemis, et je me réjouirai quand tu seras mort.

Il était arrivé deux choses pendant qu'Opale tempêtait contre Holly. La première c'était que la félutine avait fait diverses observations : « La main de Holly semble vraiment toute petite. »

Puis Opale avait réalisé qu'elle n'avait pas examiné l'elfe de près depuis son apparition au bord du cratère. Elle avait toujours été ou bien allongée, ou bien cachée derrière Artemis.

« Mais son visage. J'ai vu son visage. C'était bel et bien le sien. »

La deuxième chose qui était arrivée, c'était que la petite main en question, qui était toujours posée sur la porte des Berserkers, avait commencé à s'approcher par saccades de l'empreinte, avançant de biais comme un crabe, tâtonnant du bout des doigts.

Opale retira le capuchon de Holly pour mieux la voir

⚡𝒩·⒤◊♙▨⊕𝒩·𝒩⒤ ∪⊖⟪⟩◿·♙·♙⟬⟫◊·⚡·𝒩♙β·

et s'aperçut que son visage émettait un léger grésillement quand on le regardait de près.

«Un masque. Un masque électronique pour les enfants. Comme celui utilisé par Pip…»

– Non! hurla-t-elle. Non, je ne le permettrai pas!

Elle passa la main sous le menton de Holly et arracha le masque. Bien sûr, ce n'était pas Holly.

Opale vit sous le masque son propre visage cloné et en éprouva un choc violent, comme si un coup puissant, venu de nulle part, l'avait frappée de plein fouet.

– C'est moi! dit-elle dans un souffle, avant d'être prise d'un fou rire irrépressible. Et moi seule peux fermer la porte.

Pendant deux secondes, Opale resta pétrifiée, ce qui donna le temps aux doigts de Tropale d'épouser parfaitement la première empreinte creusée dans le roc. L'empreinte prit alors une couleur verte et diffusa une lumière chaude. Un parfum d'été émana de la pierre et on entendit un chant d'oiseau.

Artemis pouffa de rire, montrant ses dents ourlées de sang.

– J'imagine que vous êtes vraiment *agacée*, maintenant.

Opale projeta un flux magique chargé de haine en plein sur le torse du clone qui fut arraché des mains de Juliet et roula par terre, loin de la porte. Mais sa brutalité eut pour seul effet de permettre à la lumière éthérée de jaillir plus vite. Les rayons d'émeraude s'élevèrent en spirale, dans une volute serrée, puis s'évasèrent en formant un hémisphère autour du cercle magique. Les

Berserkers laissèrent échapper un soupir et levèrent la tête pour exposer leur visage à la clarté d'un vert éclatant, semblable à celui des herbes de la prairie.

– C'est enfin terminé, Opale, dit Artemis. Votre plan n'a pas marché. Vous êtes finie.

Dans la lumière, des personnages souriaient et faisaient des signes de la main. On voyait des scènes venues d'un temps lointain. Des fées qui avaient cultivé la terre de cette même vallée.

Opale n'abandonna pas si facilement et reprit ses esprits.

– Non, j'ai toujours un pouvoir. Je perdrai peut-être ces imbéciles de Berserkers, mais ma magie me protégera. Il y a encore bien des fées que je peux duper et la prochaine fois, tu ne m'arrêteras pas.

Opale donna à Oro une grande claque pour le détourner de la lumière.

– Tue ce clone, ordonna-t-elle. La magie n'a peut-être pas d'effet sur cette créature sans âme. Achève-la s'il le faut. Fais-le maintenant.

Oro fronça les sourcils.

– Mais elle est des nôtres.

– Et alors ?

– Tout est fini, Majesté. Nous partons.

– Fais ce que je dis, esclave. Ce peut être ton dernier acte avant ton ascension. Ensuite, j'en aurai fini avec vous.

– Elle est innocente. Une félutine sans défense.

Cette discussion remplissait Opale de fureur.

– Innocente ? Pourquoi devrais-je m'en soucier ? J'ai

tué mille fées innocentes et j'en tuerai dix fois plus si je l'estime nécessaire. Fais ce que j'ordonne.

Oro tira un poignard qui, dans sa main, semblait aussi grand qu'une épée.

– Non, Opale. Bruin m'a libéré du lien magique. Tu ne tueras plus d'autres fées.

Et avec le savoir-faire d'un soldat, il lui transperça le cœur d'un unique coup de lame. La minuscule félutine s'effondra sans cesser de parler. Elle lança, jusqu'à ce que son cerveau meure, des paroles au vitriol qu'on pouvait lire sur ses lèvres, refusant encore de croire que c'était fini pour elle. Elle rendit son dernier soupir avec un regard de haine fixé sur le visage d'Artemis.

Celui-ci aurait voulu la haïr à son tour, mais il ne ressentait que de la tristesse devant tant de vies perdues.

Quelque chose qui aurait pu être un esprit ou une ombre noire et noueuse vacilla un moment derrière Opale, tel un voleur en fuite, puis finit par se dissoudre dans la lumière magique.

« Tout ce temps. Toutes ces luttes et aucun vainqueur. Quelle tragédie. »

La lumière devenait de plus en plus brillante, des éclats se détachaient de la couronne et se liquéfiaient avant de se figer autour des Berserkers, à l'intérieur du cercle. Certains quittaient leur corps avec aisance, comme s'ils se débarrassaient d'un vieux manteau, d'autres étaient arrachés membre par membre puis propulsés brusquement dans le ciel. Oro lâcha son poignard, dégoûté par ce qu'il avait été obligé de faire, et abandonna le corps de Beckett dans un éclair de flammes vertes.

«Enfin», se disait-il peut-être, mais Artemis ne pouvait en être sûr. De chaque côté, les guerriers d'argile se désintégraient à mesure que les esprits s'en échappaient et Artemis se laissa tomber à terre, face à Tropale.

Le clone était allongé, ses yeux brillant d'un éclat inhabituel et avec, sur son visage, ce qu'on aurait pu interpréter comme un sourire. Tropale sembla se concentrer sur Artemis pendant quelques instants puis la lueur mourut dans ses yeux et elle-même expira. Elle semblait paisible au moment de sa fin et, à la différence des autres fées, aucune âme ne se détacha de son corps.

«Tu n'aurais jamais dû exister», songea Artemis. Ses pensées se tournèrent alors vers son propre salut.

«Il faut que j'échappe le plus vite possible à la magie.»

Les chances étaient en sa faveur, il le savait, mais ce n'était pas une garantie. Ces dernières années, il avait survécu tant de fois à des situations désespérées qu'il était conscient de l'inanité des pourcentages, dans certains cas tout au moins.

Artemis pensa que, étant un humain et non une fée, il pourrait tout simplement se jeter à travers les parois de cet hémisphère magique et rester en vie.

«Avec tout le génie qu'il y a dans ma tête, je vais être sauvé par un simple saut en hauteur.»

Il se releva à la hâte et courut vers le bord de la tour

qui abritait la porte des Berserkers. Elle ne faisait pas plus de trois mètres de haut. Difficile, mais pas impossible de sauter.

« Je donnerais cher pour avoir une de ces paires d'ailes Colibri de Foaly », pensa-t-il.

À travers la lumière verte et liquide, Artemis vit Holly et Butler escalader la colline, courant en direction du cratère.

« Restez où vous êtes, mes amis, pensa-t-il. J'arrive. »

Et il sauta dans le vide. Artemis était content que Butler soit là pour être témoin de ses efforts presque athlétiques. De cette hauteur, Artemis eut l'impression de voler.

Holly dévalait à présent la pente du cratère. Pour une fois, elle était plus rapide que Butler. En voyant le mouvement de ses lèvres, Artemis comprit qu'elle criait son nom. Lorsque ses mains touchèrent l'enveloppe de la bulle magique et passèrent au travers, il éprouva un immense soulagement.

« Ça a marché. Tout sera différent, désormais. Un nouveau monde avec des fées et des humains qui vivront ensemble. Je pourrais être un ambassadeur. »

Mais le sortilège le prit au piège aussi efficacement qu'un insecte enfermé dans un bocal et Artemis glissa sur la face intérieure de la couronne magique comme si elle était en verre.

Holly se rua au centre du cratère, les mains tendues vers la lumière verte.

– Reculez ! s'écria Artemis, ses paroles légèrement

décalées par rapport au mouvement de ses lèvres. Le sortilège vous tuerait.

Holly ne ralentit pas. Artemis voyait qu'elle voulait tenter de le sauver.

«Elle ne comprend pas», pensa-t-il.

– Butler! lança-t-il. Arrêtez-la.

Le garde du corps tendit ses bras massifs et serra Holly contre lui avec la force d'un ours. Holly tenta toutes les manœuvres prévues dans le manuel en pareil cas, mais il était impossible de se libérer d'une telle étreinte.

– Butler, s'il vous plaît. Ce n'est pas juste. C'est moi qui aurais dû être à sa place.

– Attendez, répondit Butler. Contentez-vous d'attendre, Holly, Artemis a un plan.

Il plissa les yeux pour regarder à travers le dôme de lumière verte.

– Quel est votre plan, Artemis?

Artemis ne put que sourire et hausser les épaules.

Holly cessa de se débattre.

– La magie ne pouvait affecter un humain, Artemis. Pourquoi ne vous a-t-elle pas encore libéré?

Artemis sentit la force magique analyser sa personne, à la recherche de quelque chose. Quelque chose qu'elle trouva dans l'orbite de son œil.

– J'ai un œil de fée, l'un des vôtres, vous vous souvenez? répondit Artemis en montrant son iris couleur noisette. Je pensais que mes gènes humains pourraient faire oublier cela, mais c'est une magie très sensible. Un pouvoir intelligent.

– Je vais chercher le défibrillateur, dit Butler. Peut-être qu'il y restera une dernière étincelle.

– Non, répliqua Artemis. Ce sera trop tard.

Les paupières de Holly n'étaient plus que deux fentes étroites et une terrible pâleur se répandait sur son corps comme de la peinture blanche. Elle se sentait malade, brisée.

– Vous le saviez. Pourquoi, Artemis ? Pourquoi avez-vous fait cela ?

Artemis ne répondit pas à cette question. Holly le connaissait suffisamment bien pour pouvoir analyser plus tard ses motivations. Il ne lui restait que quelques secondes et il avait des choses plus urgentes à dire.

– Butler, vous n'avez pas démérité. C'est moi qui vous ai trompé. Après tout, je suis un génie tactique et vous étiez inconscient. Je veux que vous vous en souveniez, au cas où…

– Au cas où quoi ? cria Butler à travers la lumière visqueuse.

Cette fois encore, Artemis ne donna pas de réponse à cette question. D'une manière ou d'une autre, Butler finirait par comprendre de lui-même.

– Vous vous rappelez ce que je vous ai dit ? reprit Artemis en se touchant le front.

– Je m'en souviens, répondit Holly. Mais…

Il ne restait plus de temps pour poser des questions. La lumière verte était aspirée en arrière, vers la porte des Berserkers, comme attirée par un vide. Pendant un moment, Artemis resta debout, indemne, et Butler lâcha Holly pour se précipiter au secours de son protégé. Alors, l'œil féerique d'Artemis se mit à briller d'une lueur verte, et lorsque Butler rattrapa dans ses bras le jeune homme qui s'effondrait, le corps d'Artemis Fowl était déjà mort.

Holly se laissa tomber à genoux et vit le cadavre tordu d'Opale Koboï près de la serrure. Les restes de magie noire avaient rongé sa peau en plusieurs endroits, mettant à nu les reflets d'ivoire de son crâne.

Sur le moment, cette vision ne l'affecta pas le moins du monde, mais le regard fixe de la félutine hanterait les rêves de Holly pour le reste de sa vie.

CHAPITRE 19

LES ROSES

SIX MOIS PLUS TARD

Le monde était résistant et, peu à peu, il se répara.
Une fois passé le premier coup de tonnerre de la dévastation, une vague d'opportunisme déferla lorsque certaines personnes, c'est-à-dire la majorité, s'efforcèrent
de tirer avantage de ce qui s'était produit.

Les gens dont on s'était moqué en les traitant d'écolo-hippies New Age avaient été célébrés comme des sauveurs de l'humanité quand il était apparu que leurs
méthodes traditionnelles de chasse et d'agriculture
pourraient permettre à des familles entières de passer
l'hiver sans mourir de faim. Des guérisseurs, des évangélistes et des rebouteux dansaient, le poing levé, autour
de feux de camp et leurs adeptes se multipliaient.

Il se passa des millions d'autres choses qui allaient
changer la vie de l'humanité sur Terre, mais les deux
événements sans doute les plus importants qui suivi-

rent le Grand Effondrement technologique furent d'une part la prise de conscience que les objets pouvaient être réparés et d'autre part la découverte de l'existence des fées.

Après les premiers mois de panique, un fan des BD de science-fiction, et notamment de *La Lanterne verte*, parvint, à Sydney, à remettre l'Internet en fonction, découvrant qu'en dépit de l'explosion de la plupart des pièces dont son antenne était constituée, il savait quand même comment la réparer. Lentement, l'âge moderne commença à se réinstaller lorsque des amateurs bricolèrent des réseaux de téléphone mobile et que des enfants prirent en main les chaînes de télévision. La radio revint en force et de vieux animateurs des années soixante-dix, à la voix de velours, furent arrachés à leur retraite et poussés dans des fauteuils roulants pour mettre des CD bien réels dans des lecteurs de disque. L'eau devint le nouvel or et le pétrole descendit à la troisième place dans la liste des énergies, derrière le solaire et l'éolien.

Tout autour du globe, des centaines de témoins avaient aperçu d'étranges personnages qui auraient pu être des fées ou des extraterrestres. Tout d'un coup, dans des endroits où on n'avait jamais vu semblables créatures, on entendait un crépitement ou une détonation et des postes d'observation peuplés de petits êtres bizarres apparaissaient instantanément, sur tous les continents. De petits appareils volants tombèrent du ciel et des sous-marins privés de propulsion remontèrent à la surface, se balançant sur les vagues, au large d'une centaine de grandes villes portuaires.

L'ennui, c'est que toutes les machineries de ces engins s'autodétruisirent et que les fées/extraterrestres mis en garde à vue disparurent inexplicablement au cours des semaines suivantes. L'humanité savait qu'elle n'était plus seule sur la planète, mais elle ne savait pas où trouver ces curieuses créatures. Et, étant donné que le genre humain n'avait même pas encore réussi à explorer totalement les océans, il se passerait plusieurs siècles avant qu'il ne développe des technologies capables de sonder les profondeurs de la terre.

Les histoires qu'on racontait furent donc exagérées au point que plus personne ne les crut et la seule vidéo qui survécut était beaucoup moins spectaculaire que n'importe quelle émission pour la jeunesse du samedi matin.

Les gens savaient ce qu'ils avaient vu et ils continueraient d'y croire jusqu'au jour de leur mort, mais bientôt, les psychiatres attribuèrent ces visions de fées à des phénomènes d'hallucinations collectives qui venaient s'ajouter à un folklore déjà abondant où se côtoyaient les dinosaures, les superhéros et les monstres du Loch Ness.

MANOIR DES FOWL

L'Irlande redevint véritablement une île. Des communautés vécurent en autonomie et se mirent à cultiver des fruits et des légumes qu'on mangeait pour de bon au lieu de les mettre dans des machines qui en détruisaient tous les éléments bénéfiques, de les congeler, de leur

ᘐᑫᗷᖴᘘ◆• ⬨ᕼᘓᔕᘘᘘ•ᑫᗷᘏ• ☉ᖱᔕ ᘘ• ᖴᑫᘘᔕ• ᔕᖱ•

ajouter des additifs et de les expédier sur d'autres continents. De riches propriétaires terriens donnèrent volontairement leurs champs inexploités à des gens affamés et mécontents, équipés d'outils tranchants.

Les parents d'Artemis avaient réussi à revenir de Londres où ils se trouvaient au moment de l'écroulement du monde et peu après les funérailles d'Artemis, le domaine des Fowl avait été découpé en cinq cents parcelles séparées où les habitants des environs pouvaient faire pousser tous les fruits et légumes dont la culture était compatible avec le climat irlandais.

La cérémonie elle-même avait été simple et intime. Seule la famille Fowl et celle de Butler étaient présentes. Le corps d'Artemis fut inhumé dans le pré, au sommet de la colline, où il avait passé tant de temps à bricoler son avion solaire. Butler lui-même n'avait pas assisté à l'enterrement car il refusait obstinément de croire la réalité qu'il avait vue de ses propres yeux.

« Artemis n'est pas mort, affirmait-il avec insistance. Ce n'est pas la fin de l'histoire. »

Il refusait d'entendre le contraire, quel que soit le nombre de visites que Juliet ou Angeline Fowl venaient lui rendre dans son dojo pour lui parler.

C'est pourquoi le garde du corps ne manifesta pas la moindre surprise quand, un matin à l'aube, le capitaine Holly Short apparut à la porte de la maison de gardien qu'il habitait.

– Eh bien, il était temps, dit-il en attrapant son blouson accroché au portemanteau. Artemis vous laisse des instructions et vous autres, vous mettez six mois à les comprendre.

Holly se hâta de le suivre.

– Les instructions d'Artemis n'étaient pas vraiment faciles à appliquer. Et, comme on pouvait s'y attendre, totalement illégales.

Dans la cour du manoir, une porte se découpait dans la lueur orangée du ciel matinal et sur le seuil se tenait Foaly qui paraissait indéniablement nerveux.

– À votre avis, qu'est-ce qui semble le moins suspect ? demanda Butler. Un engin d'apparence extraterrestre en vol stationnaire dans la cour d'une résidence de campagne ? Ou une porte flottante avec un centaure au milieu ?

Foaly descendit la passerelle dans un bruit de sabots. Il tirait derrière lui un chariot à coussin d'air. La porte de la navette se referma et, dans un sifflement, disparut du spectre visible.

– On pourrait s'y mettre, s'il vous plaît ? demanda-t-il. Tout ce que nous faisons ici est contraire aux lois des fées et peut-être même aux lois de la morale. Caballine pense que je suis à la cérémonie en l'honneur de Mulch. Le Conseil a décidé de décerner une médaille à Diggums, vous vous rendez compte ? Ce petit cleptomane a réussi à convaincre tout le monde qu'il a plus ou moins sauvé la planète à lui tout seul. Il a même signé un contrat avec une maison d'édition. Quoi qu'il en soit, je déteste mentir à mon épouse et si j'arrête de penser à tout cela pendant plus de dix secondes, il se pourrait bien que je change d'avis.

Holly prit le contrôle du chariot à coussin d'air.

– Vous ne changerez pas d'avis. Nous sommes allés trop loin pour revenir simplement chez nous sans aucun résultat.

– Hé, répliqua Foaly, c'était une simple façon de parler.

Le regard dur de Holly exprimait une détermination qui ne tolérait aucune discussion. Il y avait six mois qu'elle affichait chaque jour cette expression, depuis l'épisode de la porte des Berserkers. À son retour, elle était tout de suite allée voir Foaly au centre de police.

– J'ai un message pour vous de la part d'Artemis, avait-elle dit lorsque Foaly l'avait enfin libérée d'une étreinte à lui faire craquer les côtes.

– Vraiment ? Qu'a-t-il dit ?

– Il a parlé de chrysalide. Vous deviez l'activer.

Ces paroles eurent un puissant effet sur le centaure. Il trottina vers la porte et la verrouilla derrière Holly. Puis, à l'aide d'une baguette dont il ne se séparait jamais, il fit une rapide inspection pour détecter d'éventuels micros. Holly sut alors que le mot qu'elle avait prononcé signifiait quelque chose pour lui.

– C'est quoi, cette chrysalide, Foaly ? Et pourquoi Artemis s'y intéresse-t-il tant ?

Foaly prit Holly par les épaules et l'installa dans un des fauteuils du laboratoire.

– Pourquoi Artemis s'y intéresse-t-il ? Vous parlez au présent ? Notre ami est mort, Holly. Peut-être devrions-nous le laisser partir ?

Holly repoussa Foaly et se dressa d'un bond.

꙳⏽⏽◊ ⊍◔⬪⚘⏉ ⬧⟡⏡◔◊ ⬪⏉⏣◊ ⬪⏜ ⟐⏜⑳◔⊍ ⬪

– Le laisser partir ? Artemis ne m'a pas laissée partir quand nous étions dans les limbes. Il n'a pas laissé partir Butler quand il a été blessé à Londres. Il n'a pas laissé partir Haven tout entière pendant la révolution des gobelins. Alors, dites-moi, c'est quoi, cette chrysalide ?

Foaly répondit donc à sa question et l'idée d'Artemis devint évidente dans son principe, mais d'autres informations étaient nécessaires.

– Y a-t-il autre chose ? demanda le centaure. Artemis a-t-il dit ou fait quelque chose de plus ?

Holly hocha la tête d'un air malheureux.

– Non. Il est devenu un peu sentimental, ce qui est inhabituel chez lui, mais compréhensible. Il m'a dit de vous embrasser.

Elle se dressa sur la pointe des pieds et embrassa le front de Foaly.

– Au cas où, j'imagine.

Foaly fut soudain troublé et même bouleversé, mais il toussota et garda ses sentiments pour plus tard.

– Il a dit « Embrassez Foaly » ? Ce sont ses mots exacts ?

– Non, répondit Holly en réfléchissant. Il m'a embrassée et a dit : « Donnez-lui ça de ma part. »

Le centaure sourit, puis eut un petit rire et entraîna Holly de l'autre côté du laboratoire.

– Il faut que je vous mette le front sous un microscope à électrons, dit-il.

Tandis qu'ils se dirigeaient vers la porte des Berserkers, Holly expliqua à Butler la façon dont ils avaient interprété le plan d'Artemis. Foaly trottait devant eux, marmonnant des calculs pour lui-même et jetant des coups d'œil alentour pour repérer d'éventuels humains lève-tôt.

– La chrysalide, c'est ce qu'Opale a utilisé pour fabriquer un clone d'elle-même. Elle a été confiée à Foaly qui était censé la détruire.

– Mais il ne l'a pas fait, devina Butler.

– Non. Et Artemis l'a appris en piratant les dossiers de recyclage des FAR.

– Et donc, Artemis voulait que Foaly crée un clone de lui ? Même un vieux soldat comme moi sait qu'il faut de l'ADN pour ça.

Holly se tapota le front.

– C'est pourquoi il m'a embrassée. Il y avait suffisamment d'ADN dans sa salive pour que Foaly puisse fabriquer une armée, mais pour les détecteurs des aéroports, ce n'était rien de plus qu'une trace naturelle.

– Un génie jusqu'au bout, commenta Butler.

Puis il fronça les sourcils.

– Mais les clones ne sont-ils pas de pauvres créatures stupides ? Tropale arrivait tout juste à survivre.

Foaly s'arrêta au bord du cratère pour lui fournir des explications.

– En effet, parce qu'ils n'ont pas d'âme. C'est là que la magie intervient. Quand la première serrure des Berserkers a été à nouveau verrouillée, tous les esprits féeriques qui se trouvaient à l'intérieur du cercle magique ont été libérés de leur corps. Mais Artemis était suffisamment humain et avait assez de volonté pure pour demeurer dans ce monde, même après que son corps physique fut mort. Son esprit est peut-être devenu aujourd'hui un organisme éthéré, un ectoplasme qui flotte librement quelque part.

Butler faillit trébucher, comme s'il s'emmêlait les pieds.

– Vous voulez dire qu'Artemis serait un fantôme ?

Il se tourna vers Holly pour obtenir une réponse directe.

– Est-ce qu'il veut vraiment dire qu'Artemis est un fantôme ?

Holly tira le chariot à coussin d'air le long de la pente du cratère.

– Les Berserkers ont été des fantômes pendant dix mille ans. C'est comme ça que fonctionnait le sortilège. S'ils ont duré si longtemps, il est possible qu'Artemis ait tenu six mois.

– Possible ? demanda Butler. C'est tout ce qu'on peut dire ?

Foaly montra un endroit près de la tour.

– Possible est un terme optimiste. Je dirais que « à peine concevable » serait plus approprié.

Holly ouvrit les attaches du conteneur réfrigéré qui se trouvait sur le chariot.

– Oui, l'à-peine-concevable est une spécialité d'Artemis Fowl.

Butler souleva le couvercle et ce qu'il vit dans le conteneur lui coupa le souffle, bien qu'il s'y fût attendu. Le clone d'Artemis était étendu sous une tente transparente, son souffle projetant de la buée sur le plastique.

– Artemis, dit-il. C'est exactement lui.

– J'ai dû me débrouiller avec une simple serre, expliqua Foaly en détachant le clone de son respirateur artificiel. Je ne pouvais rien faire dans mon propre labo, c'est pour ça qu'il a six orteils à son pied gauche mais ce n'est pas mal pour un travail clandestin. Je ne pensais pas devoir dire cela un jour, mais Opale Koboï fabriquait du bon matériel.

– Il a… Il a quinze ans, maintenant, c'est ça ?

Foaly se baissa derrière un enchevêtrement de tubes d'alimentation pour cacher son visage.

– À vrai dire, la question du temps m'a un peu échappé, il est donc un peu plus vieux. Mais ne vous inquiétez pas, je l'ai refait entièrement, j'ai tiré la peau, nettoyé les os, injecté de la moelle – j'ai même lubrifié son cerveau. Croyez-moi, sa propre mère ne verrait pas la différence.

Il se frotta les mains et changea de sujet.

– Maintenant, au travail. Montrez-moi l'endroit où Artemis est mort.

– Là-bas, dit Holly en pointant l'index. À côté de…

Elle s'apprêtait à dire « la tour », mais sa voix s'étouffa dans sa gorge à la vue des roses extraordinaires qui poussaient en bouquets touffus aux tiges contournées, à l'endroit précis où Artemis s'était effondré.

Les roses du manoir des Fowl faisaient sensation. Elles avaient éclos en une spirale parfaite au pied de la tour ronde où l'on n'avait jamais planté de roses. Leurs pétales d'une couleur orange aux reflets dorés étaient visibles de toutes les autres parcelles et Juliet s'était vu confier la tâche de s'assurer qu'aucun des villageois ne vienne en cueillir ne serait-ce qu'une seule.

À cause de rumeurs qui circulaient sur des gens de petite taille, les cultivateurs alentour les avaient appelées les roses des fées, ce qui était un nom beaucoup plus pertinent qu'ils n'auraient pu le croire.

Butler porta dans ses bras le clone enfermé dans sa tente et se rappela soudain une certaine nuit, quelques années auparavant, où il avait porté quelqu'un d'autre à travers champs, en regardant les hautes herbes se balancer dans le sillage d'Artemis.

« Cette fois-là, c'était Holly que je portais. »

Foaly interrompit le cours de ses pensées.

– Butler, il faudra étendre le corps dans les roses. Au centre de la spirale. Sans respirateur artificiel, nous n'avons que quelques minutes avant que le processus de dégénérescence ne se déclenche.

Butler déposa doucement le clone au cœur de la spirale, sur une surface de terre lisse où il n'y avait pas d'épines qui risquent de s'enfoncer dans sa peau.

Holly ouvrit la fermeture éclair de la tente et écarta les deux pans de plastique. Le nouveau corps d'Artemis, vêtu d'une blouse d'hôpital, était étendu à l'intérieur, le souffle court, de la sueur sur son front.

Foaly contourna rapidement le clone, raidit ses membres et rejeta la tête en arrière pour laisser passer les ondes.

– Ces roses, dit-il, c'est un signe. Il y a des résidus magiques, ici. Je parie que la disposition de ces fleurs a à peu près la même forme que la rune originale de Bruin Fadda.

⊕⊙◌· ⋌⟩· ∪⊿ㆍ⬡⋌⊕◆· ⋌· 8⟩8⊙⊕· ⬡⟩⊕⊙◌·

– Vous fondez vos espoirs sur un massif de roses qui a poussé dans la prairie ?

– Non, bien sûr que non, Butler. La magie de Bruin Fadda était puissante et quelqu'un doté d'une volonté comme celle d'Artemis pourrait facilement durer plusieurs mois après sa mort.

Butler se tint la tête entre les mains.

– Et si ça ne marche pas, Holly ? Si Artemis meurt ?

Holly se retourna aussitôt et vit Butler terriblement tendu. Il s'était réfugié dans le déni de réalité pendant six mois et s'en voudrait à jamais si Artemis ne revenait pas à la vie.

« Si ça ne marche pas, Butler ne s'en remettra peut-être jamais », comprit-elle.

– Ça *marchera* ! assura Holly. Et maintenant, fini les bavardages, place à la résurrection. Combien de temps nous reste-t-il, Foaly ?

– Sans respirateur, le clone peut survivre environ un quart d'heure.

Butler savait que le moment n'était plus aux objections. Il ferait ce qui serait nécessaire pour donner à ce plan une chance de réussite.

– Très bien, Holly, dit-il en se mettant au garde-à-vous. Quels sont les ordres ?

Holly s'accroupit à un mètre du clone, entourant de ses doigts des tiges de rose, indifférente aux épines qui lui perçaient la peau.

– Il n'y a plus rien à faire. Ou bien il réapparaît ou bien nous l'aurons perdu à jamais.

«Je pense que nous aussi, nous aurons perdu une partie de nous-mêmes», songea-t-elle.

Ils attendirent et rien d'extraordinaire ne se produisit. Les oiseaux chantaient, les haies bruissaient sous le vent et le son d'un tracteur leur parvenait à travers champs. Holly, toujours accroupie, se montrait fébrile, arrachant des fleurs par la racine. Tandis qu'elle s'inquiétait, Butler fixait du regard le visage du clone et se souvenait d'épisodes passés qu'il avait vécus avec son principal.

«Il n'y a jamais eu quelqu'un comme Artemis Fowl, pensa-t-il. Bien qu'il ne m'ait pas rendu la tâche facile avec toutes ses manigances.»

Butler sourit.

«J'ai toujours épaulé Artemis même si mes épaules, il arrivait à peine à les atteindre.»

– Holly, dit-il d'une voix douce. Il ne revient pas…

Le vent changea alors et soudain, Butler sentit l'odeur des roses. Holly tomba en avant.

– Quelque chose se passe. Je sens que quelque chose se passe.

La brise arracha quelques pétales de rose et les envoya tourbillonner dans le ciel. D'autres pétales se détachèrent, de plus en plus nombreux. Le vent semblait suivre la spirale orange, dépouillant rapidement chaque fleur. Les pétales s'élevaient comme des papillons, voletaient, scintillaient, emplissaient le ciel, cachaient le soleil.

– Artemis, appela Butler. Écoutez ma voix, venez vers moi.

«A-t-il réussi? Sommes-nous en train d'assister au plus grand moment de la vie d'Artemis Fowl?»

𝕁𝔹⊕·𝟠·𝟠 𝔻·𝕀𝔸𝔹·ℝℴℝℝ⊕ 𝕁·𝒵·ℝ𝔸𝔹𝔸𝕁ℴℝ𝔸

Les pétales tournoyèrent dans un bruit semblable à un chœur de soupirs puis, tout à coup, ils retombèrent comme des pierres. Le clone n'avait pas bougé.

Holly se releva, s'avança lentement comme si elle apprenait à marcher, puis se laissa retomber à genoux serrant une main du clone dans les siennes.

– Artemis, dit-elle, comme si elle prononçait une prière. Artemis, s'il vous plaît.

Toujours rien. Pas même un souffle, à présent.

Butler n'avait plus le temps de respecter ses habituelles bonnes manières et il repoussa Holly.

– Désolé, capitaine. C'est mon domaine de compétence.

Il s'agenouilla au-dessus du clone blafard et chercha de sa main un battement de cœur. Il n'y en avait pas.

Butler rejeta la tête du clone en arrière, lui pinça le nez et s'efforça de gonfler ses poumons d'un souffle de vie.

Il sentit alors une faible pulsation sous sa main.

Butler se redressa.

– Holly, je crois… Je crois que ça a marché.

Holly rampa sur le tapis de pétales.

– Artemis, dit-elle précipitamment. Artemis, revenez parmi nous.

Le clone sembla respirer à deux reprises, puis il y eut plusieurs halètements brefs et saccadés et enfin, Artemis ouvrit les yeux. Tous deux d'un bleu surprenant. Au début, ils étaient écarquillés sous le choc puis ses paupières battirent comme les ailes d'un papillon de nuit prisonnier d'un bocal.

⊕⊖⏁⏃⊢· ⟐⏃⏃⊕ · ⟐⏚⎍⊖⏚⊕⏃℈· ⅋· ⎎⏉· ⟒⏃⌇⊖· ⟐

– Calmez-vous, dit Holly. Vous ne craignez plus rien, maintenant.

Artemis fronça les sourcils, essayant de reprendre conscience. Il était manifeste qu'il n'avait pas retrouvé toutes ses facultés et il ne se souvenait pas encore des visages penchés sur lui.

– Reculez, dit-il. Vous ne savez pas à quoi vous avez affaire.

Holly lui prit à nouveau la main.

– Nous vous connaissons, Artemis. Et vous nous connaissez. Essayez de vous souvenir.

Artemis essaya, se concentrant jusqu'à ce que quelques nuages se dissipent dans sa tête.

– Vous… dit-il d'une voix hésitante, vous êtes mes amis?

Sous l'effet d'un immense soulagement, Holly fondit en larmes.

– Oui, dit-elle. Nous sommes vos amis. Il faut maintenant que nous vous transportions à l'intérieur avant que des voisins arrivent et voient l'héritier récemment décédé escorté par des fées.

Butler aida Artemis à se relever mais, de toute évidence, ses jambes n'étaient pas encore très solides.

– Bon, eh bien, allons-y, intervint Foaly en offrant son large dos. Mais pour cette fois seulement.

Butler hissa Artemis sur le centaure et, de son énorme main, le maintint en équilibre.

– Je me suis beaucoup inquiété pour vous, Arty, dit-il. Et vos parents sont effondrés. Attendez un peu qu'ils vous voient.

⊙⊙◊⊀⊛⊟⊗ · ◊⊟⊀◊ · ⊽⊀ · ∪⊠⊠∪⊛⊖⊙⊟ · ⊛ · ꖥ

Pendant qu'ils avançaient à travers champs, Holly montra des endroits où ils avaient vécu des choses ensemble, espérant stimuler la mémoire du jeune homme.

– Dites-moi, comment se fait-il que je vous connaisse ? demanda Artemis.

Holly commença alors à raconter son histoire :

– Tout a commencé un été à Ho Chi Minh-Ville. Il faisait une chaleur étouffante, tout le monde s'accordait à le reconnaître. Inutile de préciser qu'Artemis Fowl n'aurait jamais accepté de subir un tel inconfort si l'enjeu n'avait été aussi important. Important pour son plan…

TABLE DES MATIÈRES

Eoin (prononcer Owen) **Colfer** est né en 1965 à Wexford, en Irlande. Enseignant, comme l'étaient ses parents, il vit avec sa femme Jackie et ses deux fils dans sa ville natale, où sont également installés son père, sa mère et ses quatre frères. Tout jeune, il s'essaie à l'écriture et compose une pièce de théâtre pour sa classe, une histoire dans laquelle, comme il l'explique, «tout le monde mourait à la fin, sauf moi». Grand voyageur, il a travaillé en Arabie Saoudite, en Tunisie et en Italie, puis est revenu en Irlande. Avant la publication d'*Artemis Fowl*, Eoin Colfer avait déjà publié plusieurs livres pour les moins de dix ans et c'était un auteur pour la jeunesse reconnu dans son pays. *Artemis Fowl*, le premier volume de la série, est un livre événement que se sont arraché les éditeurs du monde entier et qui a propulsé son auteur au rang d'écrivain vedette de la littérature pour la jeunesse. Mais ce soudain succès international n'a pas ébranlé Eoin Colfer, qui se dit simplement chanceux. Et, même s'il a interrompu un temps ses activités d'enseignant pour se consacrer à l'écriture des aventures d'Artemis, ce qu'il souhaite avant tout, c'est rester entouré de sa famille et de ses amis qui «l'aident à rester humble». Et lorsqu'il a reçu les premiers exemplaires de son livre, il s'est précipité pour voir ses élèves, à qui il avait promis de lire l'histoire en priorité. Doté d'un grand sens de l'humour, il a également prouvé ses talents de comédien dans un one-man-show.

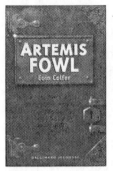

3. CODE ÉTERNITÉ

Message urgent de : Artemis Fowl
Destinataire : Peuple des fées
Je pense que je n'ai pas à me présenter, ma réputation n'est plus à faire. Je suis un jeune génie du crime, j'ai monté les mauvais coups les plus audacieux. Mais pour la première fois de ma vie, je me retrouve dans une situation désespérée. Je vous lance un appel au secours et, si vous n'y répondez pas, je suis perdu. Et vous aussi, Peuple des fées...

Ouvrage disponible également dans la collection Folio Junior n° 1391

4. OPÉRATION OPALE

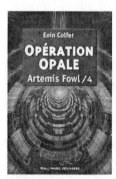

Depuis qu'une partie de sa mémoire a été effacée par le Peuple des fées, Artemis est revenu à ses affaires terrestres. Il prépare le vol d'un célèbre tableau. Mais au cours de l'opération, le voilà victime d'un attentat. Il est sauvé *in extremis* par l'intervention d'une étrange créature qui dit s'appeler Holly Short et prétend être une fée... La situation est grave car Holly a besoin de l'aide d'Artemis pour sauver le Peuple des fées. Opale Koboï s'est échappée et prépare sa vengeance...

Ouvrage disponible également dans la collection Folio Junior n° 1444

5. COLONIE PERDUE

Incroyable! Il existe sur cette Terre un cerveau aussi brillant que celui d'Artemis Fowl. Une personne aussi géniale que le célèbre bandit... Elle se nomme Minerva, elle est française et n'a que douze ans! L'ambitieuse prend Artemis de vitesse alors que les démons – les êtres les plus redoutables parmi le Peuple des fées – menacent de quitter leur colonie perdue pour débarquer chez les humains. Dans cette partie diabolique, il n'y aura qu'un gagnant. Et cette fois, il n'est pas sûr que ce soit Artemis!

Ouvrage disponible également dans la collection Folio Junior n° 1485

6. LE PARADOXE DU TEMPS

Artemis, de retour chez lui, fait la connaissance de ses deux petits frères jumeaux, âgés de deux ans, Beckett et Myles. Mais sa mère est dans un état alarmant : elle souffre d'une maladie magique. Hélas, lui-même a tué autrefois le lémurien qui aurait pu fournir un antidote. Il n'a qu'une solution : remonter le temps pour le retrouver vivant! Avec l'aide de son amie la fée Holly Short, il repart donc dans le passé, mais il se heurte à sa redoutable adversaire, la fée Opale Koboï, qui veut aussi s'emparer de l'animal. Et une personne inattendue lui met des bâtons dans les roues : c'est lui-même, âgé de dix ans! Il doit faire appel à toute son ingéniosité pour se sortir de cet imbroglio temporel, revenir avec le lémurien et pouvoir, enfin, sauver sa mère!

Ouvrage disponible également dans la collection Folio Junior n° 1539

7. Le complexe d'Atlantis

Et si le génie criminel n'était pas celui que vous croyiez? Le jour de ses quinze ans, Artemis Fowl réunit les représentants du Peuple des fées au pied d'un glacier en Islande. Il a un plan pour sauver la planète du réchauffement climatique. Il est prêt à investir sa fortune. Trop beau pour être vrai, se disent ses amis. Ce qui les inquiète davantage, c'est Artemis. Serait-il atteint du complexe d'Atlantis, qui provoque des troubles de la personnalité multiples?

Ouvrage disponible également dans la collection Folio Junior n° 1621

RETROUVEZ AUSSI TOUT LE TALENT, L'IMAGINATION ET
L'HUMOUR D'EOIN COLFER DANS :

LE DOSSIER ARTEMIS FOWL

Ce petit livre est une gourmandise offerte aux fans des

aventures d'Artemis Fowl.
Ils y trouveront deux histoires inédites :
– *Le Septième Nain*, dont le héros est le
nain Mulch Diggums, qui aide Artemis à
monter un mauvais coup,
– *Les FARfadet* (Forces Armées de
Régulation / Fées Aériennes de Détection)
met en scène le frère du commandant
Root, bandit redoutable, cherchant à se
venger de son frère responsable de son arrestation et de son
exil.

Les lecteurs découvriront également :
– Le *Livre des fées* et, pour pouvoir le déchiffrer, l'alphabet
gnomique, le langage codé des fées
– des interviews des principaux personnages et de l'auteur
lui-même
– un quiz féerique
– des révélations sur le Peuple des fées et sur les plus célèbres
inventions de Foaly, le génial centaure, avec des explications
techniques enrichies d'illustrations.

Le tout forme un dossier incontournable pour les nombreux
amateurs de l'univers d'Artemis Fowl, à consulter de toute
urgence !

Ouvrage disponible également dans la collection Folio Junior
n° 1583

LE SUPERNATURALISTE

Satellite City, la cité du IIIe millénaire. Un rêve, pensez-vous? Non, un véritable cauchemar pour la plupart de ses habitants. Prenez Cosmo Hill, quatorze ans, qui n'a jamais rien connu d'autre qu'un orphelinat dont les pensionnaires sont utilisés comme cobayes. Mais il se passe des choses plus terrifiantes encore dans cette sombre mégapole. Des créatures invisibles rôdent, des parasites se nourrissant de l'énergie vitale des humains. De rares personnes possèdent cependant la faculté de les voir : les Supernaturalistes. Lorsque, à la suite d'un terrible accident survenu pendant sa tentative d'évasion, Cosmo hérite à son tour de ce pouvoir, il est loin de se douter que les puissants dirigeants de la ville s'intéressent de très près à ses nouveaux amis. Et qu'il n'est pas vraiment conseillé de contrarier leurs plans...

AIRMAN

En cette fin de XIXe siècle, les hommes rêvent de construire la machine qui les fera voler. Mais pour le jeune Conor Broekhart la conquête de l'air est plus qu'un rêve – une destinée. Né à bord d'un ballon dirigeable, il grandit dans les îles Salines, au large de l'Irlande. Lors d'une nuit tragique, la pire des trahisons détruit sa vie et lui confisque son futur. Pour sauver sa famille et son île, Conor n'a plus d'autre choix que de prendre son envol.

Ouvrage disponible également dans la collection Folio Junior n° 1560

 Depuis que notre Terre, malencontreuse-
ment placée sur le tracé d'une voie express
intergalactique, a été détruite, Arthur Dent,
un jeune Anglais flegmatique, est devenu
malgré lui le héros des plus incroyables
aventures spatiales. Le voici à nouveau propulsé dans l'univers. Continuant sa quête
sans fin d'une bonne tasse de thé, il trouve
refuge à bord d'un vaisseau-drakkar grébu-
lon, en compagnie de son ami extraterrestre Ford Perfect, de
l'excentrique président à deux têtes de la galaxie, Zaphod, et
de sa fille Aléa en pleine crise d'adolescence...

Pas de panique, les catastrophes planétaires sont ici monnaie
courante, et *Le Guide du voyageur galactique* est là pour vous
aider !

Eoin Colfer donne ici une suite magistrale à l'œuvre culte de
Douglas Adams, *H2G2, le guide du voyageur galactique.*

Le papier de cet ouvrage est composé de fibres naturelles,
renouvelables, recyclables et fabriquées à partir de bois
provenant de forêts gérées durablement.

Loi n° 49-956
du 16 juillet 1949
sur les publications
destinées à la jeunesse

Mise en pages : Dominique Guillaumin

ISBN : 978-2-07-065082-8
Numéro d'édition : 247668
N° d'impression : 115377
Imprimé en France
par CPI Firmin-Didot

Dépôt légal : janvier 2013